Roswitha Gruber

Der Duft nach Heu

Roswitha Gruber

Der Duft nach Heu

Großmütter erzählen

BRUNNEN
Verlag GmbH · Giessen

FSC
www.fsc.org
MIX
Papier aus verantwortungsvollen Quellen
FSC® C083411

www.rosenheimer.com
Ungekürzte Lizenzausgabe mit freundlicher Genehmigung des Rosenheimer Verlagshauses.

5. Auflage 2021

2017 Brunnen Verlag Gießen
www.brunnen-verlag.de
Umschlaggestaltung: Eva Joneleit
Umschlagfotos: Shutterstock; LWL-Medienzentrum für Westfalen
Druck und Bindung: CPI – Ebner & Spiegel, Ulm
ISBN 978-3-7655-4310-4

Herrn Dr. Florian Hartmann gewidmet
als herzliches Dankeschön für die
bereitwillige medizinische Beratung

Inhalt

Vorwort

Es ist schon einige Jahre her, da habe ich mir von vielen Großmüttern aus ihrer Kindheit und Jugend berichten lassen. Daraus sind drei Bücher entstanden, mit dem Titel bzw. Untertitel »Großmütter erzählen«.

Noch heute erfreuen sich diese Bücher großer Beliebtheit, was ich durch zahlreiche Rückmeldungen per Brief, E-Mail oder Telefon erfahre. Da die Leute durchweg den Wunsch anhängen: »Ich würde zu gern weitere solcher Geschichten lesen«, habe ich mich entschlossen, einen vierten Band zu verfassen.

Diesmal kommen Frauen zu Wort, die zwischen 1905 und 1934 geboren sind. Es sind Frauen, die ihre Kindheit in der Großstadt, in einer Kleinstadt oder auf dem Lande verbracht haben und aus verschiedenen Regionen Deutschlands, Österreichs, der Schweiz und Luxemburgs kommen. Ihnen allen ist aber gemeinsam, dass ihr Leben durch die beiden Weltkriege in irgendeiner Weise beeinflusst wurde.

Obwohl sie aus sehr unterschiedlichen sozialen Verhältnissen stammen, haben die Frauen weitere Gemeinsamkeiten: Gehorsam, Fleiß und Sparsamkeit waren die Tugenden, die man allen beigebracht hatte und die sie ihr Leben lang beibehielten.

Mit diesem Buch möchte ich Ihnen aber nicht nur Unterhaltung bieten, ich sehe es auch als geschichtlichen Rückblick. Den jungen Leuten möchte ich vermitteln, wie die Menschen in einer Zeit gelebt haben, die noch gar nicht so weit zurückliegt. Ich möchte ihnen die Sitten, Gebräuche und Lebensbedingungen ihrer Groß- und Urgroßmütter vorstellen und damit aufzeigen, dass diese, obwohl sie noch ohne elektrisches Licht oder Wasserleitung, ohne Telefon oder Fernseher, ohne Computer oder Tablet-PC auskommen mussten, durchaus zufriedene Kinder waren.

In diesem Sinne wünsche ich Ihnen viel Freude
beim Lesen
Roswitha Gruber

Ein Wildfang wird gezähmt

Irma, Jahrgang 1930, aus Schweinberg/Nordbaden

Das Dorf, aus dem ich stamme, war damals ein reines Bauerndorf mit etwa 600 Einwohnern. Es bestand aus einigen größeren Landwirtschaften und vielen kleineren. Unser Anwesen muss für die damalige Zeit ein recht großes gewesen sein, und wir müssen zu den wohlhabenderen Leuten im Dorf gezählt haben. Denn ich erinnere mich, dass in meiner frühen Kindheit oft »arme Leute« aus dem Dorf kamen, um bei uns als Tagelöhner zu arbeiten. Die Frauen halfen im Haushalt und die Männer auf dem Feld. Dort brauchte man viele fleißige Hände, da es noch so gut wie keine Landmaschinen gab. Wir besaßen lediglich eine altersschwache Dreschmaschine. Die war so einfach konstruiert, dass sie das ausgedroschene Stroh lose wieder ausspuckte. Daher war man genötigt, es mühsam von Hand zu Ballen zusammenzubinden.

Aber ab Mitte der Dreißigerjahre kam jedes Jahr eine große Dreschmaschine ins Dorf, die war schon ganz modern. Sie arbeitete wesentlich schneller als unsere, und bei ihr kam das Stroh bereits gebündelt wieder heraus. Für zwei bis drei Tage arbeitete diese Maschine auf unserem Hof, dann fuhr sie weiter zum nächsten Bauern.

In unserer Gegend baute man hauptsächlich Roggen, Weizen, Hafer und Dinkel an. Auf unserem steinigen, kalkhaltigen Boden gedieh der Dinkel besonders gut; daraus wurde Grünkern gemacht. Solange er noch nicht voll ausgereift war – wenn man die Körner quetschte, mussten sie im Innern noch milchig sein –, wurde er mit der Sichel geschnitten, nicht mit der Sense. Dinkel wurde auch nicht gedroschen. Die Körner wurden mittels einer Reffe aus den Ähren gedrückt. Das war ein etwa ein Meter breites Gerät mit dreieckigen Eisenzacken, eine neben der anderen auf einer Holzleiste montiert. Büschel für Büschel wurde der Dinkel per Hand durch die Eisenzähne gezogen, sodass die Körner in die darunterstehende Kiste fielen. Das haben meine Eltern so gemacht, vor ihnen ihre Eltern und davor schon deren Eltern. Es handelte sich also um eine ganz alte überlieferte Technik.

Anschließend wurden die Körner auf die Darren – vielleicht drei Meter breite und fünf bis sechs Meter lange Eisenbleche – geschüttet. Unter diesen entfachte man Feuer, um die Körner zu trocknen. Da diese Bleche rundum offen waren, konnte die Feuchtigkeit ungehindert abziehen. Es gab lediglich als Regenschutz ein Dach darüber, das auf vier Eisenpfosten ruhte. Drei bis vier Stunden dauerte es mindestens, bis der Dinkel gedörrt war. Von der Darre wanderte er in die Mühle. Genauer gesagt, er wurde vom Müller aus dem Nachbardorf abgeholt, in unserem Dorf gab es nämlich keine Mühle. Durch den Nachbarort floss ein etwas größerer Bach, der so reichlich Wasser führte, dass er eine Mühle antreiben konnte. Das hätte unser bescheidener Bach nicht geschafft.

Mit seinen zwei Rössern und einem Wagen hinten dran zockelte der Müller von Dorf zu Dorf, sammelte die Säcke mit Getreide ein und brachte später das Mehl dafür zurück.

Dinkel konnte man vielseitig verwenden: Einen Teil ließ man fein, einen anderen Teil grob mahlen. Eine Grünkernsuppe von grobem Mehl, mit einem Stück Rauchfleisch darin, war nicht nur für uns Kinder eine Köstlichkeit. Heute noch esse ich sie gern; erst gestern habe ich wieder eine Grünkernsuppe gekocht, als zwei meiner Enkel mich besuchten. Welche Freude, zu sehen, wie die beiden Buben gefuttert haben!

Aus dem feiner gemahlenen Grünkern stellte man Grünkernküchli her. Zuerst weichte man das Mehl in Wasser ein, damit es schön aufquoll, dann gab man Eier, etwas Salz und Weizenmehl hinzu, verknetete alles zu einem Teig, formte runde Küchlein und backte sie in der Pfanne, ähnlich wie Kartoffelpuffer (Kartoffelpfannkuchen).

Auch beim Brotbacken wurde immer ein Teil Grünkernmehl dazugegeben. In unserer Küche stand ein großer Ofen, oben befand sich eine Eisenplatte mit herausnehmbaren Ringen, die als Kochherd diente. Darunter befand sich der Backofen, bestehend aus zwei Etagen; in jede passten sechs große Brote. Seitlich befand sich ein Wasserschiff, sodass man jederzeit warmes Wasser vorrätig hatte. Alle acht bis zehn Tage mussten zwölf Laibe Brot gebacken werden, denn von dem Brot aßen ja auch die Frauen mit, die bei uns im Haushalt halfen, und deren Kinder, die oft zu den Mahlzeiten bei uns erschienen.

Kurz bevor der neue Dinkel geerntet wurde, verkaufte man den Rest vom Vorjahr. Das war stets eine schöne Einnahmequelle.

Daran, dass in meinem Elternhaus die ersten Wasserleitungen verlegt wurden, kann ich mich noch erinnern, da muss ich gut drei Jahre alt gewesen sein. Vorher hatte man das Wasser mit großen »Stützen« von unserem Brunnen geholt, aus dem sich das halbe Dorf mit Wasser versorgte. Ein zweiter Brunnen versorgte die andere Hälfte der Einwohner. Die Stützen, die man nutzte, bestanden aus Blech. Man muss sie sich ähnlich vorstellen wie die Butten, welche die Winzer heute noch auf dem Rücken haben, um die Trauben aus dem Weinberg zu tragen. Mit diesen Stützen wurde das Wasser in die Küche gebracht und in den dort befindlichen, großen runden Holzbottich geschüttet. Diesen Bottich behielt man ständig im Auge, damit das Wasser nie zur Neige ging. Mit einem kleinen Holzfass konnte man bei Bedarf etwas aus dem Bottich schöpfen – das ist die früheste Erinnerung, die ich habe. Der Dorfbrunnen hatte eine Pumpe, mit der man Wasser nicht nur in die Stützen pumpte, sondern auch in den davor stehenden Trog, der als Viehtränke diente. Einmal täglich trieb jeder sein Vieh dorthin, damit es sich vollsaufen konnte. Die beiden Brunnen waren sehr tief und sind nie versiegt, selbst in den trockensten Sommern nicht.

Nachdem die Wasserleitung gebaut war, gestaltete sich das Leben natürlich viel angenehmer und bequemer. Bald wurde auch die Feldarbeit einfacher. Im Jahre 1936 kaufte mein Vater eine Landmaschine, als Erster im Dorf! Diese diente zum Mähen des Getreides und des Grases, eine enorme Erleichterung gegenüber dem Mähen mit der Sense. Allerdings nahm sie uns nicht die Mühe des Garbenbindens oder des Heuwendens ab, und auch nicht das Aufladen.

Wie alles in der Welt hatte auch das Aufkommen der Landmaschinen seine Vor- und Nachteile. Auf der einen Seite entlastete es die Feldarbeiter, die sonst schwer schuften mussten, andererseits machte es viele Kleinbauern »brotlos«, denn die großen Bauern brauchten von da an nicht mehr so viele Hilfskräfte. Nur wenige von diesen fanden ein neues zusätzliches Einkommen in den nahe gelegenen Steinbrüchen. Zum Glück entstanden aber kurz darauf in der Umgebung einige Fabriken, die neue Arbeitsplätze boten. Da viele Leute nur nach Dienstschluss ihre kleinen Betriebe bewirtschaften konnten, wurden sie »Feierabendbauern« genannt.

Die ganze Technisierung in der Landwirtschaft habe ich genauestens verfolgen können, das Einsetzen neuer Maschinen ging ja in rasantem Tempo weiter. Man kann sagen, eine Tradition vieler Jahrhunderte ist innerhalb weniger Jahrzehnte völlig umgekrempelt worden. Mein ältester Bruder, der eigentlich dafür vorgesehen war, unseren Betrieb zu übernehmen, heiratete in einen Aussiedlerhof ein, den er in technologischer Hinsicht immer wieder auf den neuesten Stand brachte. Sein Sohn hat diese Entwicklung weitergeführt und besitzt heute einen sehr modernen Bauernhof mit viel Vieh. Fast alles ist heutzutage computergesteuert. In Deutschland schreitet die Entwicklung hin zu solchen Betrieben jedoch nach wie vor eher langsam voran. Es ist für mich noch immer unfassbar, dass sich diese Entwicklung innerhalb einer einzigen Generation vollziehen konnte.

Da meine Eltern immer genügend Helfer hatten, musste ich bis zum Kriegsausbruch nie irgendwie mitarbeiten. Soweit ich zurückdenken kann, besuchte ich den Kindergarten. Der Tagesablauf dort war natürlich ganz anders als heute: Unser Kindergarten war eine reine »Aufbewahrungsanstalt«. Die Bauern waren jedoch froh, dass sie ihre Kinder morgens dort »abgeben« konnten, damit diese den ganzen Tag über »aus den Füßen« waren. Dennoch empfand ich die Jahre dort als eine sehr schöne Zeit. Der Kindergarten wurde von Ordensschwestern geleitet, die sich uns gegenüber sehr gütig verhielten.

Ab Ostern 1937 besuchte ich unsere kleine Dorfschule, in der es zwei Lehrer gab. Der Jüngere von ihnen unterrichtete die ersten vier Jahrgänge, der andere die Oberstufe. Als schon kurz nach Kriegsausbruch der jüngere Lehrer eingezogen wurde, musste sein Kollege achtzig bis neunzig Kinder gleichzeitig unterrichten. Da diese gar nicht alle in einen Raum passten, beließ er sie in den beiden Klassensälen, zwischen welchen er hin- und herpendelte. Während er die eine Gruppe unterrichtete, musste die andere Stillarbeit machen. Die Unterstufe wurde von einem zuverlässigen Schüler der vierten, die Oberstufe von einem der achten Klasse beaufsichtigt. Wenn es dennoch mal laut geworden ist, kam der Lehrer herübergesaust wie ein Donnergott. Dann war es gleich wieder mucksmäuschenstill, und wir saßen da, als könnten wir kein Wässerchen trüben.

Unsere Mutter hat uns sehr sozial erzogen. Sie lehrte uns, gut zu den Armen zu sein und mit ihnen zu teilen. Wenn wir beispielsweise geschlachtet hatten, mussten wir in einige Häuser Wurstsuppe und ein paar Würste bringen. Die Kinder derjenigen, die bei uns arbeiteten, lud meine Mutter immer wieder zum Essen ein. Die Kleinen saßen dann zwischen uns in dem großen Wohnzimmer um den langen Tisch mit der Eckbank. Mutter ermahnte uns stets, dass wir uns nichts darauf einbildeten, bessergestellt zu sein. »Wir gehören alle zusammen«, höre ich noch heute ihre Worte. »Wir sind alle gleich viel wert, und dafür, dass wir mehr haben als andere, müssen wir dankbar sein. Das ist kein Grund, auf andere herabzusehen.«

Auch in der Schule wurde diese Erziehungslinie vertreten. Unsere Lehrer achteten ebenfalls darauf, dass es zwischen den Kindern keine »Klassenunterschiede« gab. Weil ich so erzogen worden bin, versuchte ich später, auch meinen Kinder diese Werte beizubringen: Sie halfen von klein auf im Haushalt mit, nach dem Motto »Früh übt sich«. Sie sollten alles von Grund auf lernen – abgesehen davon, dass man in einer Familie mit sieben Kindern Hilfe gut brauchen kann. Dabei machte ich nie einen Unterschied zwischen Jungen und Mädchen. Meine Söhne mussten genauso abspülen, staubwischen und putzen wie ihre Schwestern. Einmal bin ich arg mit meinem Schwiegervater aneinandergeraten. Als er beobachtete, wie die Buben in der Küche mit anpackten, warf er mir vor: »Du ziehst Waschlappen groß.«

Energisch vertrat ich meine Meinung: »Es kann den Buben gar nicht schaden, wenn sie mit den Arbeiten im Haus vertraut sind.«

Das ließ der alte Patriarch nicht gelten. Mit ziemlicher Entrüstung versuchte er, mich umzustimmen: »Nein, was du machst, ist völlig falsch. Einem Mädchen kann man alles zumuten, aber ein Bub muss immer bevorzugt behandelt werden, dem bricht sonst das Herz.«

Auch dadurch ließ ich mich nicht von meinem Standpunkt abbringen. Schließlich konnten sie das, was ich ihnen beibrachte, im späteren Leben mal brauchen. Und wenn nicht, wäre es umso besser.

Noch ein Wort zu meinen Großeltern. Die Eltern meines Vaters lebten mit uns im Hause – genauer gesagt, lebten wir in ihrem Hause, denn mein Vater hatte den Betrieb von seinen Eltern übernommen. An den Großvater erinnere ich mich nur undeutlich, ich war ja erst drei Jahre alt, als er im Alter von neunundsechzig Jahren starb. Die Oma grämte sich so über seinen Tod, dass sie im Jahr darauf im Alter von nur zweiundsechzig Jahren ebenfalls gestorben ist.

An meine anderen Großeltern habe ich noch sehr lebhafte Erinnerungen. Sie wohnten in dem Haus neben unserem, denn meine Mutter hatte direkt ins Nachbarhaus eingeheiratet. Bei diesen Großeltern verbrachten wir viel Zeit. Sie waren sehr gütig zu uns Kindern, und von diesem Großvater lernte ich viel: nicht zuletzt, dass man keine Angst haben soll. Wenn man mal etwas Unbekanntes entdecke, so meinte er, solle man darauf zugehen. Denn oft entpuppe sich das, was man fürchtet, als etwas völlig Harmloses. Wenn man sich aber in die Angst hineinsteigere, würde man für lange Zeit unnötig darunter leiden. Diese Belehrung kommt mir heute noch zugute. Wenn ich nachts durch ein Geräusch aufwache, stehe ich auf und schaue nach, anstatt mich ängstlich in meine Kissen zu verkriechen. Dann ist das vielleicht ein Rollladen, der klappert, oder ein Fenster, das nicht richtig geschlossen ist und an das der Wind peitscht. In dem Fall mache ich es zu und kann beruhigt weiterschlafen.

Mit diesem Rat hat mir der Großvater wirklich etwas Gutes vermittelt, was ich mit Erfolg an meine Kinder weitergegeben habe. Erst kürzlich erzählte mir eine meiner Töchter, sie sei in der Nacht durch einen lauten Schlag aufgewacht. Ihre erste Reaktion sei gewesen, den Kopf in den Kissen zu vergraben. Während sie dann mit wild klopfendem Herzen irgendetwas Schlimmes erwartete, habe sie an mich und meinen Großvater denken müssen, hätte daraufhin all ihren Mut zusammengenommen und sei aufgestanden, um nachzuschauen. Doch es war nur ein Blumentopf, der am Boden lag und aus unerfindlichem Grund von der Fensterbank gefallen sein musste. Erleichtert legte sie sich wieder hin und konnte wohl auch sogleich wieder einschlafen. So wirken also die Lehren meines Großvaters mindestens noch eine Generation weiter.

Ganz besonders schätzte ich an ihm, dass er uns nicht nur trockene Belehrungen mitgab, sondern sie allesamt mit spannenden Geschichten ausmalte. So waren sie leichter verständlich, und man konnte sie besser behalten. An eine seiner Geschichten erinnere ich mich besonders gern.

Als Großvater noch ein junger Bursche war, befand er sich einst in der Nacht, zur Zeit der Schneeschmelze, von einem auswärtigen Bauernhof auf dem Weg nach Hause. Der Mond schien zwar hell, aber der junge Mann musste durch einen dunklen Wald, den das Mondlicht kaum durchdringen konnte. Plötzlich erblickte er auf dem Boden Sternchen, die immer wieder vor ihm her zu huschen schienen. Mit Schrecken fiel ihm ein, dass in der Umgebung allgemein behauptet wurde, in diesem Wald würde eine Hexe ihr Unwesen treiben. Im ersten Moment dachte er daran, diesen Ort des Grauens so schnell wie möglich zu verlassen.

Dann aber gab er sich einen inneren Ruck und sprach sich selbst Mut zu: »Ach, was, das ist doch alles Unsinn.« Entschlossen bewegte er sich direkt auf den Spuk zu, um ihn zu untersuchen.

Und was erkannte er? – Der Mond war an allem schuld. Die wenigen Strahlen, die das Geäst durchdringen konnten, schienen auf das dahinfließende Schmelzwasser, das sich seinen Weg auf dem Waldboden zwischen und über Kieselsteinen hinweg suchte, weswegen die Kieselsteine immer wieder aufblitzten. Erleichtert setzte er seinen Weg fort.

So erklärte uns der Großvater immer wieder Naturphänomene und nahm mir die Angst vor vielem, was mir unbekannt war. Er zeigte sich auch erfahren in anderen Dingen. Wenn die Leute z.B. krankes

Vieh im Stall hatten, riefen sie nicht den Tierarzt, sondern unseren Großvater, der sehr oft die richtige Diagnose stellen und sogar eine wirksame Therapie verordnen konnte.

Als die Großeltern nicht mehr in der Lage waren, für sich selbst zu sorgen, verbrachten sie ihre Tage bei uns daheim. Zum Schlafen kehrten sie jedoch jeden Abend in ihr eigenes Bett zurück.

Im Winter hatten wir Schüler es ganz gut, so empfanden wir das damals jedenfalls. Im Winter 1940/41 und im Winter 1941/42, in denen wir mit viel Schnee und lang anhaltender eisiger Kälte zu kämpfen hatten, gab es »Kohleferien«, die stets von Weihnachten bis Fastnacht währten. Diese »Freiheit« wussten wir zu genießen: Jeden Tag gingen wir zum Rodeln oder zum Schlittschuhlaufen auf den gefrorenen Wasserflächen. Ich gehörte zu denen, die immer vorneweg waren. Mein ältester Bruder besaß verstellbare Schlittschuhe, die ich mir immer wieder ausborgen durfte und mit denen ich so schnell sauste, dass mich kaum einer einholte.

Ab Sommer 1944 bekamen wir gar keinen Unterricht mehr, weil Soldaten in unserem Schulhaus einquartiert worden waren. Deshalb verschwand auch der verbliebene Lehrer aus unserem Ort; ob er an eine andere Schule gekommen oder trotz seines fortgeschrittenen Alters noch eingezogen worden ist, habe ich nicht erfahren.

Zu Ostern im Folgejahr sollte mein Jahrgang aus der Schule entlassen werden. Deshalb wurde ein paar Wochen vorher von irgendwoher ein Lehrer entsandt, bei dem wir vierzehn Tage lang täglich zwei Stunden Unterricht im Rathaussaal absaßen. Dann wurden uns die Abschlusszeugnisse in die Hand gedrückt, und man entließ uns mit guten Wünschen hinaus ins Leben.

Schon bald danach merkten wir, dass der viele Unterrichtsausfall, den wir Schüler sichtlich genossen hatten, in Wirklichkeit einen großen Nachteil für uns bedeutete. Überall klafften Lücken in unserem Wissen.

Aber schauen wir zurück in meine unbeschwerte Kindheit. Sämtliche Kinder des Dorfes waren befreundet, und wenn die »Winterspiele« sich mangels Schnee, Eis und Kälte dem Ende zuneigten, gab es genug anderes, was man gemeinsam spielen konnte: Verstecken und Fangen, mit Bällen und Kreiseln, Kästchenhüpfen oder Seilspringen. Ließ es die Witterung mal nicht zu, dass man sich im Freien aufhielt, trieben wir unser Unwesen in Scheunen und auf Heuspeichern, was von den Besitzern allerdings nicht gern gesehen wurde.

Ich war stets ein kleines und zierliches Kind. Selbst auf dem Abschiedsklassenbild ist zu erkennen, dass ich noch einen Kopf kleiner bin als die Schüler von durchschnittlicher Größe. Dieses Manko wusste ich aber immer durch meine Lebhaftigkeit, durch Schnelligkeit und kleine Tricks auszugleichen. Behände wie ein Eichhörnchen kletterte ich auf Bäume, sodass die Buben kaum nachkamen, und auch beim Fangenspielen war ich flink wie ein Wiesel und wurde selten erwischt. Deshalb hatte ich nie Probleme und litt zu keiner Zeit unter meinem

»Zwergwuchs«. Anders jedoch meine Mutter – das erfuhr ich aber erst, als ich bereits sechzehn war. In dem Alter steckte ich nämlich mitten in einer Wuchsphase und holte die meisten meiner Alterskameraden ein. Darüber zeigte meine Mutter riesige Freude. Sie gestand mir, dass sie schon befürchtet hätte, ich würde mein Leben lang so klein bleiben.

Innerhalb unserer Geschwisterschar bestand ein guter Zusammenhalt, vor allem fühlten die Älteren sich immer ein wenig verpflichtet, auf die Jüngeren aufzupassen, ihnen Schutz und Geborgenheit zu geben – auf dem Weg zum Kindergarten oder zum Unterricht, in der Schule oder auf dem Pausenhof, aber auch am Nachmittag beim Spielen mit den Nachbarskindern. An den langen Winterabenden saßen wir Geschwister gern zusammen am Küchentisch und vergnügten uns mit allerlei Brett- oder Kartenspielen. Den Eltern blieb leider nur wenig Zeit, sich daran zu beteiligen. Unsere Mutter saß meist dabei, stopfte Strümpfe oder besserte Wäsche aus.

Der Vater saß oft auf der Ofenbank, band Reisigbesen oder drehte Strohseile, mit denen er im nächsten Sommer Garben binden wollte. Das Stroh hatte er vorher mit Wasser bespritzt, damit es geschmeidiger wurde. Immer, wenn er fünfzig fertig hatte, bündelte er sie und lagerte sie in der Scheune in einem Kasten. Kurz vor dem Krieg gab es jedoch eine Neuerung. Ab da brauchte der Vater nicht mehr so aufwendig Strohseile zu drehen. Zum Garbenbinden verwandte man nun »Strickchen«. Das waren dickere Kordeln, die an einem Ende mit einem Hölzchen versehen waren. Die Strickchen legte man um das

Strohbündel, wand das freie Ende um das Hölzchen und zurrte das Ganze fest. Zum Schluss wurde das freie Ende zu einer Schleife gebunden; diese ließ sich kurz vor dem Dreschvorgang leicht öffnen, sodass man die Strickchen nicht zu zerschneiden brauchte und sie wiederverwenden konnte.

Unsere Schulentlassung war, wie bereits erwähnt, Ende April 1945, also noch im Krieg. Man hatte es deshalb so eilig mit unserem Abschluss, weil man uns noch einsetzen wollte. Die Buben kamen zum *Landsturm*, so nannte man das damals, glaube ich. Sie wurden sogleich in eine Ausbildung gesteckt, wo sie lernten, mit Panzergranaten umzugehen. Die Mädchen wurden hauptsächlich in landwirtschaftlichen Betrieben eingesetzt.

Für mich machte das keinen Unterschied. Gleich mit Beginn des Krieges musste ich zu Hause Unterstützung leisten, weil die Arbeitskräfte knapp wurden. Alle wehrfähigen Männer – das waren natürlich die, die auch am besten schaffen konnten – mussten weg. So sind bereits am ersten Kriegstag drei Onkel von mir eingezogen worden, ein Bruder meines Vaters und zwei Brüder meiner Mutter, dazu einer unserer Knechte. Das hieß für mich, dass ich im Alter von neun Jahren von heute auf morgen einen Berg Pflichten zu übernehmen hatte. Meine Hauptaufgaben im Stall waren das Füttern, Misten und Melken; ich musste aber auch mit aufs Feld, um Rüben zu ziehen und zu hacken, Getreide zu ernten, Heu zu machen. Eines muss ich aber zugeben: So schwer wir auch mithelfen mussten, und egal wie viel Arbeit anstand, unsere Mutter hat immer darauf geachtet, dass uns gegen Abend noch zwei Stunden zum Spielen blieben.

Nach meiner offiziellen Schulentlassung durfte ich also auf dem heimischen Hof als vollwertige Arbeitskraft verbleiben. Dass ich auch einen Beruf erlernen konnte oder gar wollte, daran dachte in diesen wirren Zeiten niemand, erst recht nicht, da ich noch so klein und schmächtig war.

Als am 8. Mai der Krieg endlich aus war, ging ein Aufatmen durch den ganzen Ort. Unser Dorf, an einer großen Durchgangsstraße gelegen, hatte während des Krieges jede Menge deutscher Panzer und Lastwagen vorbeirollen sehen. Nach dem Kriege donnerten die Fahrzeuge der Alliierten vorbei. Unser Bürgermeister war zum Glück so clever gewesen, rechtzeitig auf der alten Burgruine, die unser Dorf weithin sichtbar überragte, die weiße Fahne hissen zu lassen. Dadurch ist bei uns im Ort nichts zerstört worden. Im nächsten Dorf aber stürzten sich einige Bewohner mit Panzerfäusten auf die amerikanische Besatzung, woraufhin deren Häuser weitgehend zerschossen wurden.

Nach Kriegsende kamen viele Leute aus der Stadt zum »Quanteln«. So nannte man es, wenn die Städter alles Mögliche anschleppten, was sie noch gerettet hatten, um es gegen Lebensmittel einzutauschen. Sie kamen in solchen Scharen, dass wir gar nicht jedem etwas geben konnten. Wir hatten ja selbst nicht mehr viel, da die Landwirtschaft ziemlich am Boden lag. Die Erträge waren weit zurückgegangen, da trotz all unserer Mühe die Bewirtschaftung nicht wie vorgesehen funktioniert hatte. Zudem musste jeder Landwirt ein festgelegtes Quantum an die Besatzungsmächte abliefern.

Wenn die Bevölkerung auch mehr oder weniger unter der Besatzung litt, so war es doch allemal besser als zur Zeit des Krieges. Jetzt brauchte man wenigstens nicht mehr um Leib und Leben zu fürchten. Nach und nach erschienen die Kriegsgefangenen wieder daheim, womit wieder männliche Arbeitskräfte für die Landwirtschaft zur Verfügung standen.

Aus der amerikanischen Besatzungszeit gibt es eine nette Begebenheit zu erzählen. Im Juli 1945 gingen meine beiden Schwestern und ich mit geschulterten Rechen und Heugabeln vom Feld nach Hause. Plötzlich kam uns ein Jeep entgegen, stoppte vor uns, und zwei Soldaten sprangen heraus. Einer zückte seinen Fotoapparat und fragte in gebrochenem Deutsch, ob er uns fotografieren dürfe. Lächelnd ließen wir es geschehen. Dann legten sie uns einen Zettel vor und baten darum, dass wir unsere Adresse darauf schrieben. Das taten wir unbesorgt. Die Soldaten bedankten sich und brausten wieder davon. Nach einigen Monaten erhielten wir einen Brief aus Amerika. Die Fotos von der Begegnung waren darin, für jede von uns eines. Dieses Bild ist für mich eine wertvolle Erinnerung an meine Mädchenzeit, weil es das einzige aus diesen Jahren ist. Wer hatte damals schon die Möglichkeit, zu fotografieren?

Sobald sich nach dem Krieg die Verhältnisse zu normalisieren begannen, äußerte ich den Wunsch, Wirtschafterin zu werden.

»Das schaffst du ja doch nicht«, beschnitt meine Mutter meinen Ehrgeiz. »Du bist doch heute dümmer als zu der Zeit, da du in die Schule gekommen bist.«

Diese Aussage kränkte mich sehr, bestärkte mich aber eher in meinem Wunsch. Immer wieder hieb ich in dieselbe Kerbe. Endlich, nachdem der Krieg schon zwei Jahre vorbei und ich mittlerweile groß und kräftig geworden war, hatten meine Eltern ein Einsehen. Sie schienen nun überzeugt davon, dass es für mich von Nutzen sei, wenn ich außer Landwirtschaft noch etwas lernte, und bemühten sich um einen angemessenen Ausbildungsplatz.

Im April 1947 brachten sie mich persönlich nach Heidelberg und steckten mich zu Ordensschwestern in ein Internat. Es ist möglich, dass ihr Sinneswandel daher kam, dass ich gegenüber meiner ältesten Schwester nicht benachteiligt werden sollte. Diese hatte noch während des Krieges zwei Winter lang die Bauernschule besuchen dürfen, eine Art Haushaltungsschule für Mädchen.

In Heidelberg bestand unsere Ausbildung aus einem theoretischen Teil und einem praktischen, wöchentlich hatten wir also eine bestimmte Anzahl Unterrichtsstunden zu absolvieren. Darüber hinaus wurden wir in der Küche beschäftigt, im Nähzimmer, im Bügelzimmer, in der Waschküche. Jede von uns musste auch eine gewisse Zeit an der Pforte Dienst tun, oder am Telefon. Wenn Besucher kamen, mussten wir sie beim Essen bedienen. Unsere Ausbildung war also sehr vielseitig.

Neben dieser Haushaltungsschule unterhielten die Schwestern ein großes Gymnasium. Für dessen Schüler sollten wir jeden Tag die »Schülerspeisung«

zubereiten, aus Lebensmitteln, die in den ersten Nachkriegsjahren aus Amerika geschickt worden waren. In riesigen Kesseln wurde das Essen gekocht und auf den Hof geschleppt, wo wir es in der großen Pause austeilten. Jedes Kind hatte seinen Napf oder einen Teller und seinen Löffel dabei. Den einen Tag gab es eine Erbsensuppe, den andern Grießbrei mit Rosinen, den dritten Tag belegte Brötchen. Es wurde aber auch mal ein Nudel- oder Reisgericht gekocht. Das Programm wiederholte sich jede Woche.

Zugegeben, anfangs gefiel es mir in dieser Schule überhaupt nicht. Als ein an Freiheit gewöhntes Kind überfiel mich hinter den engen Klostermauern mächtiges Heimweh. Für mich bedeutete es eine riesige Umstellung, mich aus der Lockerheit der Landwirtschaft heraus an das strenge Gefüge der Klosterschule zu gewöhnen. Von zu Hause war ich es gewöhnt, die Treppe herunterzuhüpfen. Das wurde mir im Internat gleich untersagt. Ich war es gewohnt, laut zu sprechen; das wurde so lange gerügt, bis ich den gedämpften Umgangston angenommen hatte. Mit dem freien Herumstreunen durch Feld und Wald war es ebenfalls vorbei, allein durfte man das Schulgelände nicht verlassen. Folglich hatte man so gut wie keine Kontakte außerhalb der Schule. Wenn wir unseren freien Tag hatten, durften wir zwar spazieren gehen, aber immer nur in Gruppen, in Begleitung einer Nonne. Wir gingen also nicht eigentlich spazieren, sondern wurden »ausgeführt«. Dabei hatten wir gesittet zu schreiten und möglichst den Mund zu halten, Unterhaltungen unterwegs waren allenfalls im Flüsterton erlaubt.

Mit der Zeit gefiel es mir dennoch sehr gut bei den Schwestern. Sie waren zwar streng, aber gerecht, das imponierte mir. Außerdem verhielten sie sich uns gegenüber sehr mütterlich, sodass man sich mit jedem Anliegen zu ihnen traute. Ja, und dann gab es die vielen netten Kameradinnen. Mit einigen von ihnen schloss ich Freundschaften, die über Jahrzehnte erhalten geblieben sind. Leider sind die meisten dieser Freundinnen schon verstorben. Eine allerdings, die ich durch ihre Heirat aus den Augen verloren hatte, eine Bauerntochter aus dem Münsterland, habe ich auf wundersame Weise wiedergefunden. Mein ältester Schwiegersohn ist nämlich unmittelbarer Nachbar von ihr gewesen. Zufällig kamen wir auf sie zu sprechen. Das gab vielleicht ein Hallo, als wir uns wiedersahen!

Natürlich war es in dem Internat vorbei mit meinen Kletterpartien. Nur einmal konnte ich nicht widerstehen. Mit meinen Freundinnen Ruth und Erika promenierte ich durch den Park und entdeckte einen Pflaumenbaum, der nicht ganz abgeerntet war. In den höchsten Zweigen hingen noch überreife Pflaumen, auf diese fielen unsere begehrlichen Blicke. Alles, was weiter unten gehangen hatte, war offenbar vom Gärtner längst abgeerntet worden. Ohne jemanden zu fragen, begaben wir uns zum Geräteschuppen und zerrten eine große Leiter heraus. Mühsam schleppten wir diese zu dem Baum und stellten sie mit noch mehr Mühe an.

Die Leiter reichte leider nur bis zu den oberen Ästen, die zusehends dünner wurden, also kletterte ich im Geäst weiter. Als ich glaubte, einen sicheren Stand zu haben, begann ich, den Wipfel zu schütteln, damit die begehrten Früchte hinunterpurzeln konnten. Bedauerlicherweise war mir entgangen, dass der Ast, auf dem ich stand, morsch war. Kaum dass ich mit dem Schütteln angefangen hatte, brach er unter mir, und ich sauste in die Tiefe. Das Letzte, woran ich mich erinnere, war, dass ich auf den Füßen aufkam und dann nach hinten umkippte. Dann wurde es Nacht um mich.

Ich kann aber nicht lange ohne Bewusstsein gewesen sein, denn schon bald gewahrte ich einige aufgeregte Schwestern um mich herum, und noch mehr aufgeregte Mitschülerinnen. Ich versuchte, aufzustehen, doch ein stechender Schmerz im Rücken hinderte mich daran. Dann nahte auch schon mit Tatütata ein Krankenwagen, aus dem zwei Sanitäter und ein Arzt sprangen. Von den Umstehenden wollte der Doktor wissen, was passiert sei. Ruth beschrieb ihm alles. Zu meiner Verwunderung wollte der Mediziner von mir nur wissen, ob ich meine Beine noch spüre, was ich bejahte. Für meinen Kopf und die Platzwunde interessierte er sich überhaupt nicht. Beiläufig erwähnte ich den stechenden Schmerz im Rücken bei meinem Aufstehversuch.

»Um Gottes willen, Kind, nur nicht aufstehen!«, beschwor er mich.

Wie ein rohes Ei wurde ich anschließend behandelt. Mit äußerster Vorsicht hob man mich auf die Krankentrage und schob diese ins Auto. In der Uniklinik Heidelberg ging man ebenso vorsichtig mit mir um. Beim Röntgen stellte man dann fest, dass mein elfter und zwölfter Rückenwirbel gebrochen waren. Ich schnappte auf, wie der Notarzt sagte, er hätte gleich auf eine Verletzung der Wirbelsäule getippt.

Nun nahm sich der Professor persönlich meiner an. Eine ganz neue Methode probierte er an mir aus: An meinem Bett wurde eine Art Flaschenzug installiert. Behutsam zog man mir unter der Taille einen breiten Gurt durch, der an den Flaschenzug gehängt und so weit hochgezogen wurde, dass ich nur noch mit dem Kopf und den Füßen direkt auf dem Bett auflag.

So verbrachte ich als »schwebende Jungfrau« sechs Wochen lang meine Tage und Nächte. In dieser Zeit kamen viele Ärzte, selbst aus Amerika, an mein Bett, haben sich das angeschaut und mit meinem Professor darüber diskutiert. Nach sechs Wochen wurde die Therapieform geändert. Man schob mir einen Sandsack unter den Rücken, bevor man den Gurt entfernte. Nach einigen Tagen wurde der erste Sandsack durch einen weniger gefüllten ersetzt. Diese Behandlung zog sich ebenfalls über mehrere Wochen hin. Von Mal zu Mal wurde mir ein immer weniger gefüllter Sandsack untergeschoben, bis ich wieder normal liegen konnte. Während dieser Zeit wurden meine Arme und Beine täglich massiert.

Als ich mich nach Abschluss der Behandlung das erste Mal aufsetzen durfte, wurde mir schwarz vor Augen, und als ich stehen sollte, knickten mir die Beine weg. Damit sich meine Muskeln wieder bilden konnten, bekam ich für die Folgezeit intensive Massagen und Wassergymnastik verordnet.

Während meines Klinikaufenthaltes war ich von meinen Mitschülerinnen und Lehrschwestern nicht vergessen worden. Es verging kaum ein Tag, an dem ich nicht Besuch bekam. Auch meine Eltern und Geschwister besuchten mich in dieser Zeit, obwohl es für sie eine umständliche Fahrerei war. Wenn ich keinen Besuch bekam, so kam wenigstens ein Brief oder eine Postkarte von jemandem, der an meinem Schicksal Anteil nahm.

Wie glücklich war ich, als ich nach einem Vierteljahr wieder in meine Schule zurückdurfte. Es war ein Wunder, dass ich meine schwere Verletzung so gut überstanden hatte, ohne bleibende Schäden. Das hatten mir meine Ärzte und das Pflegepersonal immer wieder versichert. Aber davon, auf Bäume zu klettern, und vom Herumhüpfen war ich endgültig geheilt. Wenn ich mich normal verhielt, ging es mir gut, aber von jeder außergewöhnlichen Belastung bekam ich Rückenschmerzen. Also hielt ich mich an die Norm. Auf diese Weise ist ein Wildfang gezähmt worden.

Leider war die schöne Schulzeit nach wenigen Monaten vorbei, nun sollte der Ernst des Lebens beginnen. So ernst wurde es aber dann doch nicht. Nachdem wir unser Examen bestanden hatten, versuchte das Schulpersonal, uns in Stellen zu vermitteln, wobei ich großes Glück hatte. Ich kam als Haustochter nach Basel in eine reiche Familie mit zwei Kindern: einem nahezu erwachsenen Sohn und einem im Schulkindalter. Meine Aufgabe war es ausschließlich, das tägliche Essen zuzubereiten. Wenn Besuch kam oder größere Gesellschaften gegeben wurden, ließ man das Essen kommen, ich brauchte dann nur zu servieren.

Im Übrigen beschäftigte die Dame des Hauses außer mir noch eine Gesellschafterin und zwei Putzfrauen. Es ging mir also sehr gut dort, und diese Zeit war prägend für mich. Die Hausfrau, selbst mit jeglicher Hausarbeit bestens vertraut, brachte mir nicht nur all das bei, was mir in dieser Hinsicht noch fehlte, sie bemühte sich auch, meinen Horizont zu erweitern. Dazu versorgte sie mich mit Literatur, schickte mich in Museen oder Ausstellungen und auch mal ins Theater.

Am Lago Maggiore, in Ascona, besaßen sie ein Ferienhaus, in das sie mich bei jedem ihrer Besuche mitnahmen; das empfand ich jedes Mal als Urlaub. Nachdem ich einige Jahre in dieser Familie gearbeitet hatte, ohne dass es meinem Rücken geschadet hätte, begann ich, über meine Zukunft nachzudenken. Es ging mir mittlerweile wieder richtig gut, deshalb fasste ich den Plan, aus Dankbarkeit Krankenschwester zu werden. So, wie man mir geholfen hatte, wollte ich anderen helfen. Mit dem, was ich durchgemacht hatte, so war ich überzeugt, konnte ich bestimmt Patienten in ähnlicher Lage Mut machen. Wenn man selbst durch eine solche Krankheitsschule gegangen ist, kann man das viel besser als jemand, der so etwas nie durchgemacht hat.

Aus diesem Gedanken heraus meldete ich mich in einer Schwesternschule an und absolvierte beim Badischen Roten Kreuz in Karlsruhe eine dreijährige Ausbildung. In dieser Zeit hatte ich eine bedeutsame Begegnung. Mit Renate, einer der Schwesternschülerinnen aus meinem Kurs, freundete ich mich näher an. Wie das so geht, sprachen wir über dieses und jenes. So erzählte ich ihr von meinem Unfall mit dem Pflaumenbaum und berichtete von der langwierigen Behandlung im Heidelberger Krankenhaus. Auch erwähnte ich, dass diese Erlebnisse der Anlass gewesen seien, dass ich Krankenschwester werden wollte.

Einige Wochen später stellte sie mich ihrem Verlobten vor, einen jungen Arzt. Der betrachtete mich aufmerksam von oben bis unten. Schließlich konstatierte er lächelnd: »So sehen Sie also von außen aus.«

In dem Moment muss ich sehr verblüfft dreingeschaut haben, was das junge Paar zum Lachen brachte.

Endlich gab mir der junge Mediziner die Erklärung: »Renate hat mir von Ihrem Unfall erzählt. Da hat es bei mir sofort Klick gemacht. Ihre Geschichte war mir längst bekannt, und Ihre Röntgenbilder waren es ebenfalls. In den medizinischen Vorlesungen werden die nämlich eifrig hergezeigt, und Ihre Heilung wird geradezu als medizinisches Wunder dargestellt. Deshalb freut es mich sehr, dass ich mich nun persönlich von Ihrem Wohlergehen überzeugen kann.«

Nach dem Schwesternexamen arbeitete ich nur fünf Jahre als Krankenschwester, dann heiratete ich. Dennoch habe ich es niemals bereut, diese Ausbildung gemacht zu haben. In diesen fünf Jahren habe ich nicht nur meine Dankesschuld abtragen, sondern auch vielen Menschen Mut und Hoffnung geben können.

Großmutters Liebling

Elisabeth, Jahrgang 1912, aus Reit im Winkl

Mein ältester Bruder wurde 1908 geboren, der nächste 1911, und dann ich, im Jahre 1912. Danach kamen noch einige Kinder bei uns an, aber sie haben nicht alle überlebt. Einige starben bereits, als sie noch ganz klein oder erst ein paar Jahre alt waren. Dennoch waren wir ein ganzer Haufen Kinder, der miteinander aufgewachsen ist. Da ich das älteste Mädchen war, bestand mein Leben von klein auf aus Arbeit, Arbeit, Arbeit. In den ersten Jahren habe ich das aber gar nicht so empfunden. Ich hatte nicht das Gefühl, dass ich mithelfen *musste,* sondern war eher stolz darauf, dass ich schon so manches durfte, was Erwachsene taten.

Wir hatten sehr nette Eltern, bei denen wir uns geborgen fühlten. Außerdem lebte unsere liebe Großmutter mit uns im Haus. Sie war immer für uns Kinder da, wenn die Mutter krank war, was oft vorkam – schon allein der vielen Geburten wegen. Wir wurden also weitgehend von der Großmutter aufgezogen. Wenn ich mich recht entsinne, hatte sie alle ihre Enkel gern, doch als Kind hatte ich das Gefühl, dass sie mich bevorzugt und sich besonders viel mit mir beschäftigt hat. Vielleicht tat sie das deshalb, weil ich das älteste Mädchen war – ich glaube, es folgten noch acht Mädchen nach – und sie mir möglichst rasch viel beibringen wollte. Rückblickend denke ich, in mir wollte sie der Mutter eine Hilfe heranziehen, für den Fall, dass sie selbst irgendwann keine große Hilfe mehr sein könne. Sollte das ihre Absicht gewesen sein, so hat sie mich das nie merken lassen.

Es hieß bei ihr nie »du *musst* das«, sondern »du *darfst* mir helfen«. Das wollte ich nur zu gern und ich war immer stolz auf ihr anschließendes Lob. Für mich war es eine Freude, mit ihr zusammen zu sein und ihr nachzueifern. So lernte ich auf spielerische Art alles, was man im Haushalt können muss: kochen, backen, einmachen, putzen, waschen, bügeln. Auch alle möglichen Handarbeiten brachte sie mir bei, wie Stricken, Häkeln, Flicken, Stopfen, Spinnen. Wir selbst webten jedoch nicht, dazu kam immer ein alter Mann ins Haus. Der verdiente sich seinen Lebensunterhalt dadurch, dass er zum Weben von Haus zu Haus ging. Er verwebte die Wolle von unseren Schafen, die wir selbst gesponnen hatten, er webte Leintücher von unserem Flachs und auch Fleckerlteppiche. Für diese mussten wir immer alte, nicht mehr tragbare Kleidungsstücke in Streifen schneiden. Unsere Schafe haben wir auch nicht selbst geschoren. Dazu kam ebenfalls immer ein Mann auf den Hof, der sich gut darauf verstand.

Wenn ich bei der Großmutter in ihrer Kammer schlafen durfte, war das immer eine besondere Freude für mich. Ja, ich habe eine wirklich gute Großmutter gehabt. Da ich von klein auf bei ihr »spielend lernte«, kam ich eigentlich nie zum wirklichen Spielen; das vermisste ich lange Zeit auch gar nicht. Weil ich ständig mit den Dingen des Haushalts umging, fiel mir auch nicht auf, dass ich kein Spielzeug besaß. Nur einmal im Leben habe ich eine Puppe geschenkt bekommen; da muss ich fünf oder sechs gewesen sein, ich ging nämlich noch nicht zur Schule. Das war, als ich Diphterie hatte, als Einzige unserer Familie. Wo ich mir die aufgeschnappt hatte, konnte man sich nicht erklären. Jedenfalls war ich schwer krank und musste lange Zeit in meinem Zimmer liegen, Mutter war ständig bei mir. Auch sie durfte meine Kammer nicht verlassen, damit sie die Krankheit nicht auf die anderen übertrug. Großmutter stand in der Küche und bereitete Essen für die ganze Familie zu. Das Essen für Mutter und mich reichte sie immer zur Kammertür herein.

Damals gab es in Reit im Winkl noch ein Krankenhaus, das von Barmherzigen Schwestern geleitet wurde. Jeden Tag kam eine von ihnen zu uns, um mir eine Spritze zu geben. Als es mir schon etwas besser ging, hat man mir die erwähnte Puppe geschenkt, damit ich in der Einsamkeit meiner Kammer etwas zum Spielen hatte. Ich erinnere mich noch gut: Es war eine Puppe aus Stroh, die Großmutter extra für mich gemacht hatte. Mit der Puppe spielte ich so viel, dass diese nachher ganz zerfetzt war. Als ich das Krankenzimmer endlich verlassen durfte, wurde die Puppe im Ofen verbrannt. Darüber war ich nicht allzu traurig, weil sie eh schon kaputt gewesen war. Außerdem erklärte man mir, man befürchte, die Puppe könne die Diphterie übertragen.

Meine geliebte Großmutter war es auch, die mir die Feld- und Stallarbeit beibrachte, und natürlich auch die Gartenarbeit. Hinter unserem Haus gab es einen großen Nutzgarten, in dem Gemüse für das ganze Jahr gezogen wurde. Im Sommer weckte mich Großmutter oft mit den Worten: »Es ist fünfe, geh, Lisl, steh auf – wir müssen in den Garten. Jetzt ist die beste Zeit.«

Es hat mir nichts ausgemacht, früh aufzustehen, man ist ja damals schon um acht Uhr zu Bett gegangen. Im Winter sogar noch früher, man hatte ja noch kein elektrisches Licht und behalf sich mit Petroleum- oder mit Karbidlampen. Damit man von dem teuren Leuchtmaterial nicht so viel verbrauchte, ging man halt früh zu Bett.

Im Sommer werkelten wir beide dann in der Frühe im Garten, entweder bis ich mich auf den Schulweg machen musste oder bis es zu heiß wurde. So lernte ich nach und nach alle wichtigen Gartentätigkeiten, angefangen mit Unkrautzupfen. Dann lernte ich, wann man was säte, lernte Pflanzen setzen und ziehen, hacken und umgraben. Auch, wie man erntete, zeigte mir die Großmutter – man musste ja wissen, wann was reif war und wie man das erkennen konnte.

In die Schule ging ich sehr gern, denn das bedeutete für mich etwas Erholung von der schweren Arbeit, besonders in den höheren Klassen, als ich schon viel in der Landwirtschaft mithelfen musste. Unsere landwirtschaftlichen Tätigkeiten hielten sich in Grenzen und mussten überwiegend von der Mutter und uns Kindern erledigt werden. Auch die Großmutter half mit, so gut sie noch konnte. Vater musste zusätzlich einem anderen Beruf nachgehen, weil unser

Hof nicht genug abwarf, um die große Familie zu ernähren: Er verdingte sich als Holzknecht in den Bergwäldern. Viele andere Kleinbauern taten das damals ebenfalls; für jede Familie, deren Vater als Holzknecht angenommen wurde, war das reines Glück, weil es ein gesichertes Einkommen bedeutete. Daher war das ein äußerst angesehener Beruf, gleichzeitig aber auch ein sehr anstrengender und ziemlich gefährlicher.

Im Sommer wurden die großen Bäume mithilfe von Äxten und großen Handsägen gefällt, Motorsägen kannte man noch nicht. Es kam immer wieder mal vor, dass ein Waldarbeiter von einem umstürzenden Baum schwer verletzt oder sogar erschlagen wurde. Im Winter, sobald ausreichend Schnee lag, wurde das Holz zu Tal befördert. Das geschah mit großen Hörnerschlitten, die eigens für den Holztransport gebaut worden waren. Jeder Holzknecht besaß seinen eigenen Schlitten. Sie fuhren jedoch nicht einzeln zu Tal, sondern immer im Zweiergespann. Ein Holzknecht, der stolzer Rossbesitzer war, arbeitete also mit einem Knecht zusammen, der kein Pferd besaß. Waren beide Schlitten mit Baumstämmen voll beladen, wurde das Ross vorgespannt, und sein Besitzer ließ sich als Lenker und Bremser vorn auf dem ersten Schlitten nieder. Der andere Holzknecht setzte sich vorn auf den zweiten Schlitten, er musste ebenfalls lenken und bremsen. Das Ross diente weniger dazu, die Fuhre zu ziehen, sondern vielmehr zum Bremsen, denn es ging meist ziemlich steil bergab. Obwohl die Männer geübt waren, obwohl sie äußerst vorsichtig und umsichtig handelten, passierte immer wieder mal ein Unglück. In meiner Kindheit hatte ich bereits von schlimmen Unfällen gehört, die sich ereignet hatten. Deshalb waren wir immer froh, wenn der Vater am Wochenende wieder gesund zu Hause ankam. Jeden Abend vor dem Schlafengehen betete die Mutter oder die Großmutter mit uns Kindern um seine glückliche Heimkehr. Wir haben immer Glück gehabt, dem Vater ist nie etwas passiert, außer dass er mal ein paar Schrammen mitbrachte, die er sich am Holz zugezogen hatte.

Unser Ross kam jedoch nicht nur im Winter zum Einsatz, auch im Sommer und im Herbst wurde es im Wald gebraucht. Da musste es, wie die vielen anderen Rösser auch, die schweren Stämme aus dem unwegsamen Waldgelände bis an den Weg ziehen, damit man sie im Spätherbst und im Winter auf die Schlitten laden konnte.

Aber nicht nur, um mich von der Feldarbeit auszuruhen, ging ich gern zur Schule, das Rechnen machte mir ebenso viel Freude wie Schreiben und Lesen – man erfuhr so viel Neues über die große weite Welt. Bis dahin hatte ich geglaubt, sie sei an den Grenzen unseres Dorfes zu Ende. Man lernte Tiere und Pflanzen kennen, hörte Geschichten über ferne Länder und erfuhr, wie es früher gewesen war. Am liebsten von allem mochte ich das Aufsatzschreiben, während andere darüber stöhnten, was ich gar nicht verstand. Es war doch so schön, wenn man seiner Fantasie freien Lauf lassen konnte! Wenn dann der Lehrer bei der Rückgabe feststellte: »Die Lisl hat wieder so einen netten Aufsatz geschrieben«, freute ich mich noch mal. Manchmal fügte er auch hinzu: »Den muss ich euch vorlesen, damit ihr lernt, wie man einen Aufsatz schreibt.«

Die Schule vermittelte uns aber nicht nur Wissen, sie bot uns auch Abwechslung vom Einerlei des Alltags. Unser Lehrer besaß eine große Leidenschaft fürs Theaterspielen. Doch er hat nicht selbst gespielt, sondern uns Schüler spielen lassen. Er ließ keine Gelegenheit aus, kleine Stücke mit uns einzustudieren. Besonderen Wert legte er auf Hirtenspiele, die wir ab Beginn der Adventszeit probten. In der letzten Adventswoche zog dann die kleine Gruppe, die etwas einstudiert hatte, von Haus zu Haus und spielte den Leuten das Stück vor – »Anklöpfeln« nannte man das. Dafür gab es immer eine Belohnung; das konnten einige Pfennige sein, ein Lebkuchen oder ein paar Weihnachtsplätzchen. Viel war es wirklich nicht, die Leute hatten ja selbst nichts. Es war die Anerkennung, die dahintersteckte und uns freute. Dennoch, es kam ganz schön was zusammen, alles wurde in einem Henkelkorb gesammelt, den eine der Hirtenfrauen stets dabeihatte. Später verteilte der Lehrer alles gerecht unter den Mitspielern.

Damals konnte man nicht ständig etwas Neues kaufen, da wurden die Kleidungsstücke von einem Kind zum anderen vererbt. Da ich das älteste Mädchen in der Familie war, hatte ich das Glück, die neuen Kleider zu bekommen. Das kam allerdings auch nicht oft vor. Als ich zur Erstkommunion gehen sollte, hätte ich ein weißes Kleid benötigt. Meine Eltern aber hatten so wenig Geld, dass sie eine so große Ausgabe für nur einen Tag scheuten. Sie kauften also weder ein Kommunionkleid noch ließen sie eines für mich nähen. Stattdessen horchten sie in der Verwandtschaft herum. Von einer meiner Cousinen, die im Jahr zuvor zur Erstkommunion gegangen war, konnten sie das Kleid für mich ausleihen. Dabei hatte ich großes Glück: Es war ein wirklich schönes, und ich habe mich darin richtig wohlgefühlt. Gleich nach dem Festtag mussten wir es wieder zurückgeben, da im Jahr darauf die Schwester dieser Cousine das Kleid brauchte. Danach liehen wir es noch ein paarmal aus, denn all meine Schwestern trugen dieses Kleid ebenfalls zu ihrem Ehrenfest. Bei uns sind diese Tage auch nicht so groß gefeiert worden, wie man das heute macht. Da war nicht die Feier zu Hause die Hauptsache, sondern die in der Kirche. Für meine Erstkommunion backte Großmutter einen Kuchen, der musste für die ganze Menagerie reichen.

Weihnachten verlief bei uns zu Hause auch immer harmonisch, obwohl es äußerst bescheiden zuging. Während die Eltern noch im Stall waren, hielt sich die Großmutter mit uns Kindern in der Küche auf. Wir Größeren mussten uns alle auf die Erde knien, dann betete Oma den Rosenkranz mit uns. Wenn wir damit fertig waren, hieß es: »Das Christkind war da!« Endlich stürmten wir in die Stube, wo der geschmückte Baum in einer Ecke stand und für jeden ein Geschenk darunterlag. Das war immer etwas, was man brauchen konnte: mal ein Unterrock, mal eine Schürze oder eine Unterhose. Das waren noch offene Unterhosen damals. Sie hatten den Vorteil, dass man sich bei der Feldarbeit nicht hinhocken musste, wenn man mal ein »kleines Bedürfnis« hatte.

Man stellte die Beine einfach etwas auseinander und ließ es laufen ...

Auf seinem Weihnachtsteller fand jedes von uns Kindern einen Apfel, ein paar Platzerl und schon mal eine Handvoll Nüsse. Ja, was haben wir uns da gefreut! Man war ja so bescheiden damals, schon mit wenigem war man zufrieden. Mit Geschenken ist man nie überhäuft worden.

Wie bereits erwähnt, hatten wir nur eine kleine Landwirtschaft. Außer zwei Kühen hielten wir einige Hühner, damit wir Eier hatten, und ein Schwein, damit ab und zu Fleisch auf den Tisch kam. Kurz vor Weihnachten ist das Schwein geschlachtet worden, deshalb gab es am ersten Weihnachtstag immer einen Schweinsbraten. Das war was ganz Besonderes, darauf hat man sich schon wochenlang gefreut. Den Rest tischte man am zweiten Weihnachtstag auf. Sonst fiel unser Essen äußerst bescheiden aus. Man war froh, wenn man Kartoffeln mit Buttermilch hatte oder eine Mehlspeise, wie Dampfnudeln, Kierchi (Küchlein) oder Schmalznudeln. Uns hat es eigentlich immer geschmeckt, wir haben alles gegessen und waren damit zufrieden. Es gab nichts, was ich nicht gemocht hätte. Ja, auch Gemüse gab es viel, vor allem im Spätsommer und im Herbst – eben, wenn der Garten es hergab.

Wir hatten es alle nicht leicht, Vergnügungen kannten wir kaum. Wir durften nie Ski fahren und auch nicht an den Weitsee zum Baden. Es hieß immer: »Arbeiten, von früh bis spät!« Während meiner Kindheit begann der Fremdenverkehr gerade, in Reit im Winkl Einzug zu halten. Da bewunderte man sie im Stillen, die Damen und Herren, die mit den Skiern auf die Berge gestiegen oder am Weitsee in ihren Badeanzügen herumgehupft sind. Zum Schlittenfahren durften wir aber schon ab und zu gehen, mit kleinen Schlitten und manchmal auch mit einem großen, auf dem gleich mehrere von uns Platz fanden. Viel Zeit blieb dazu aber auch nicht, ein- oder zweimal sind wir vom Hügel heruntergefahren, dann war es schon wieder vorbei, denn dann wartete schon wieder die Arbeit.

Die Großmutter erzählte oft von früher, dann hörte ich sehr aufmerksam zu. Leider erinnere ich mich nicht mehr an viele ihrer Berichte, es ist ja schon so lange her. Aber eines habe ich mir gemerkt: Auch sie und ihre Geschwister haben als Kinder schon hart arbeiten müssen, ihnen ist auch nichts geschenkt worden.

Nachdem meine Schulzeit beendet war, wäre ich ja so gern Näherin geworden. Einige Techniken hatte mir ja schon meine Oma beigebrachte. Der Beruf hätte mir viel Spaß gemacht, aber eine Schneiderlehre durfte ich nicht machen. »Du bist die Älteste«, hieß es. »Du siehst ja, wie viele Kinder da sind. Du musst der Mutter zu Hause helfen.« Weil meine Mama aber sah, wie traurig ich deswegen war, machte sie nach einiger Zeit ein Zugeständnis. Ich durfte nach Traunstein zu einem Nähkurs, aber nur für sechs Wochen. Da es keine Möglichkeit gab, dass ich täglich hin- und herfuhr, brachte Mutter mich in Traunstein bei einer Schulfreundin von ihr unter. Diese hatte nach Traunstein geheiratet und mich unter der Woche gut versorgt. Samstags fuhr ich nach Hause. Es waren zwar nur sechs Wochen, die der Nähkurs andauerte, aber ich lernte viel in dieser Zeit. Danach war ich in der Lage, Oberhemden für meinen Vater und für meine Brüder anzufertigen. Später nähte ich auch alle Oberhemden für meinen Mann und meine Söhne. Für meine jüngeren Schwestern machte ich auch das eine oder andere Kleiderl und Schürzerl, meist aus alten Stoffen aufgetrennter Kleider der Mutter oder Oma. Sogar für die Mutter habe ich Schürzen und Werktagsgewänder genäht.

In der Folgezeit besorgte ich nicht nur unseren Haushalt, ich musste auch oft im Haushalt meines Onkels aushelfen, zehn Jahre lang. Lohn bekam ich dafür keinen, nur mein Mittagessen. Gefrühstückt und zur Nacht gegessen habe ich daheim. Das wurde einfach so gemacht, da wurde nicht lange gefragt. Aber ich nehme an, dass der Onkel sich im Gegenzug auch bei meinen Eltern revanchierte.

Ein bisschen beneidete ich immer meine Schwestern, die nach der Schulentlassung alle aus dem Haus durften. Nicht, dass sie einen Beruf hätten erlernen dürfen, doch sie durften in Dienst treten. Die eine ging als Sennerin auf die Alm, eine andere wurde Kindsmagd bei einer großen Familie, und einige durften sogar als Hilfen in einem vornehmen Stadthaushalt anfangen. Erst wesentlich später habe ich begriffen, dass sie nicht aus dem Haus hatten gehen *dürfen*, sondern vielmehr haben gehen *müssen*. Jede von ihnen war genötigt gewesen, eine Stellung anzunehmen, um sich ihr Brot selbst zu verdienen. Wahrscheinlich haben meine Schwestern in dieser Zeit sogar eher mich beneidet, weil ich zu Hause bleiben konnte und von den Eltern ernährt worden bin. Über dieses Thema haben wir aber nie gesprochen.

Einen Vorteil hatte es für mich auf jeden Fall, dass ich zu Hause blieb: Ich konnte dem Trachtenverein beitreten. Allerdings musste ich damit warten, bis ich achtzehn war, vorher konnte man nicht Mitglied werden; außerdem hätten es meine Eltern nicht früher erlaubt. Wie sehr hatte ich diesem Tag entgegengefiebert, wie froh war ich, als es endlich so weit war! Einige Freundinnen und ich sind gemeinsam hingegangen. Von der Vereinsseite her gab es ebenfalls große Freude, denn dort hatte man immer zu wenig Dirndln. Eine Tracht benötigte ich natürlich auch, aber Geld dafür hatte ich keines. Deshalb habe ich sie mir selbst zusammengeschustert. »Genäht« kann ich nicht sagen, denn einige Teile davon stellte mir die Großmutter von ihrer Tracht zur Verfügung: den Hut, das Oberteil, den Oberrock. Den Unterrock und die Schürze nähte ich selbst, sogar aus neuem Stoff – diesen Luxus leistete ich mir. Wenn ich mir schon die Mühe des Nähens machte, sollte es auch etwas Ordentliches sein, denn wenn man eine Tracht besaß, sollte sie möglichst ein Leben lang halten. Ja, sie war sogar vererbbar. Die weißen Strümpfe dazu strickte ich mir selbst, und die passenden Schuhe kaufte ich mir – das Geld dafür gab mir die Großmutter.

Alle sechs Wochen fand ein Treffen im Verein statt. Wie gern bin ich immer wieder dorthin gegangen! Da lernten wir Mädchen das sogenannte Dirndldrahn, eine bestimmte Form von Vorführtanz, zu dem die Burschen schuhplatteln. Für die Urlaubsgäste fanden hin und wieder Vorführungen statt, aber auch sonst wurde viel getanzt. Es gab immer ein paar Burschen, die aufspielten: Walzer, Polka, Zwiefacher. Manchmal nahmen wir auch an einem Trachtenumzug teil. Dann kamen viele Vereine aus anderen Dörfern, und jedes Dorf hatte seine eigene Tracht. Es war prächtig anzuschauen, wenn die schmucken Gruppen unter Blasmusikklängen durchs Dorf marschierten. Wir fuhren aber auch in andere Orte und nahmen an deren Trachtenfesten teil. Auf diese Weise kam ich unter anderem nach Garmisch und Rosenheim, ja sogar nach München.

Unser Dorf war damals noch viel kleiner als heute, es gab wesentlich weniger Häuser. Inzwischen ist ja so viel gebaut worden. Erste Anfänge der späteren Ausbreitung waren bereits in meiner Jugend zu sehen. Eines Tages, als ich vom Ortsteil Entfelden, wo ich wohnte, ins Dorfzentrum unterwegs war, fiel mir auf, dass rechterhand der Hauptstraße ein Neubau entstand. Später arbeitete dort immer wieder ein junger Mann, den ich seit geraumer Zeit vom Sehen kannte. Er gefiel mir recht gut, und ich schien ihm auch zu gefallen, denn in der Folgezeit grüßte er mich immer sehr freundlich, wenn ich vorbeiging. Er sagte auch schon mal ein paar nette Worte zu mir. Ich blieb jedoch immer in respektvoller Entfernung stehen und betrat nie die Baustelle. Es sollte keiner behaupten können, ich sei ihm nachgelaufen. Während der Rohbau langsam in die Höhe wuchs, war ich der Annahme, der junge Mann wäre als Angestellter einer Baufirma dort beschäftigt.

Als mich mein Weg wieder einmal an diesem Neubau vorbeiführte, fragte der Bursche mich, ob ich am

Samstag mit ihm zum Tanzen gehen wolle. Natürlich wollte ich!

Nach dem ersten Tanz eröffnete er mir, dass dieses Haus fast fertig sei. »Hast du nicht Lust, es morgen mit mir zu besichtigen?«, bot er beiläufig an, und ich sagte zu.

Während wir am nächsten Tag das leere Gebäude von unten bis oben durchstreiften, wollte er wissen, wie ich dieses oder jenes Zimmer einrichten würde. Dieses »Spiel« machte mir richtig Spaß, und ich ließ meiner Fantasie beim Einrichten freien Lauf. Zusätzlich beschrieb ich ihm, mit welchen Gardinen ich die einzelnen Fenster schmücken würde. Nachdem wir im letzten Raum angekommen waren, blieb er dicht vor mir stehen. »Ja, so gefällt mir die Einrichtung«, sagte er. »Du besorgst also die Gardinen, und ich schaue mich nach Möbeln um. Ich denke, in sechs Wochen können wir alles beisammenhaben, damit wir einziehen können.«

»Du spinnst wohl«, ich lachte über seinen vermeintlichen Scherz, »das könnt' dir wohl gefallen, dich in so ein herrschaftliches Haus zu setzen.«

Er lachte aber gar nicht, sondern betonte sehr ernst: »Das Haus habe ich extra für mich und meine Hochzeiterin gebaut. Deshalb freut es mich, dass es dir gefällt. In sechs Wochen soll Hochzeit sein.«

Da wurden mir doch die Knie weich. »J-ja! M-meinst du das i-im Ernst?«, stotterte ich. »Du … du w-willst mit mir in d-diesem Haus wohnen?«

Er nickte nur, legte die Arme um mich und drückte mir ein Busserl auf den verdutzten Mund. Da endlich hatte ich es begriffen. Aber schon wieder stotterte ich: »Ich ... ich w-weiß gar nicht, w-wovon ich die Gardinen bezahlen soll!«

»Wenn das dein einziges Problem ist, dann kriegst das Geld halt von mir.«

Das wollte ich aber auf gar keinen Fall. Wenn er schon das ganze Haus hingestellt hatte und auch noch die Möbel kaufen wollte, musste ich wenigstens die Gardinen beisteuern. Ich besaß jedoch keinerlei Ersparnisse. Weder von meinen Eltern noch von meinem Onkel hatte ich jemals einen Lohn bekommen. In meinem Kummer vertraute ich mich meiner geliebten Oma an.

»Wenn du den Burschen magst«, erklärte sie mir in ihrer schlichten Art, »dann kriegst du von mir die Aussteuer.« Sogleich kramte sie Bettwäsche, Tischwäsche und Handtücher aus ihrer großen Truhe. Dann drückte sie mir noch ihren Sparstrumpf in die Hand, mit den Worten: »Davon kaufst du dir Gardinen.«

Es war aber weit mehr Geld, als ich für Gardinen brauchen würde, stellte ich fest. Davon könnte ich noch eine Menge anderer Dinge erstehen, die man in einem jungen Hausstand eben brauchte. In unserem Dorf gab es bereits einige Geschäfte: einen Lebensmittelladen, Bäckereien, Metzgereien. Wollte man aber Geschirr oder Textilien kaufen, musste man in größere Orte fahren. So fuhr ich denn, um mir Stoff für Gardinen zu kaufen, mit dem Radl nach Unterwössen. Sorgfältig wählte ich unter den wunderschönen Stoffen aus und ließ sie mir entsprechend zuschneiden. Nähen wollte ich die Gardinen selbst. Man packte mir alles zu einem großen Paket zusammen, und ich lud es auf meinen Gepäckträger. Da ich schon mal in Unterwössen war, wollte ich auch gleich nach Grassau zum Pfarrer, um das Aufgebot zu bestellen. Mein Zukünftiger war nämlich aus Marquartstein, also war das Pfarramt Grassau zuständig.

Kaum befand ich mich wieder auf dem Heimweg, setzte Regen ein. Und was für einer! Es schüttete nur so vom Himmel. Ich strampelte, so schnell ich konnte, um möglichst bald nach Hause zu gelangen. Dass ich nass wurde, störte mich dabei weniger, ich dachte nur an meine wertvolle Fracht auf dem Gepäckträger. Auf der ganzen Strecke gab es keine Möglichkeit, sich unterzustellen, also musste ich durch dieses Wetter durch. Was hat es gegossen! Bis auf die Haut durchnässt erreichte ich unseren Hof, riss mein Paket vom Radl und stürmte ins Haus.

Völlig verstört gestand ich der Mutter: »Mei, ich getrau mich gar nicht, es auszupacken. Bestimmt ist alles kaputt, und die Farben sind allesamt ineinandergelaufen.«

Deshalb nahm die Mama die Sache in die Hand. Sie packte das Ganze aus, und zu meiner größten Überraschung war alles pulvertrocken! In dem Geschäft hatte man mir alles so gut eingepackt, dass unterwegs kein Tropfen durchgedrungen war. Was war ich da erleichtert! Nun stand der Hochzeit nichts mehr im Wege.

Der Jugendschwarm

Lieselotte, Jahrgang 1927, aus Trier

Ehe ich von meiner eigenen Kindheit erzähle, will ich ein wenig von der meiner Eltern berichten, damit man meinen Werdegang besser versteht. Meine Eltern stammen beide aus dem kleinen Winzerort Pölich an der Mittelmosel, etwa zwanzig Kilometer vor den Toren von Trier. Die Leute dort waren damals arm, wirklich sehr arm. Sie waren Kleinbauern oder Kleinwinzer, manchmal auch beides. Man war Selbstversorger, aber das Einkommen reichte kaum zum Überleben. Im Elternhaus meines Vaters waren sie sieben Geschwister, da herrschte immer Knappheit. Es stand fest, dass nur einer den Hof bekommen konnte, also mussten die anderen rechtzeitig sehen, dass sie aus dem Haus kamen, um sich eine eigene Existenz aufzubauen. Mein Vater, als einer der später Geborenen, war groß und kräftig; er schien prädestiniert, im Bergbau zu arbeiten. Nach seiner Schulentlassung zog er gleich nach Lothringen, das damals gerade zu Deutschland gehörte und wo man zum Kohleabbau ständig Bergleute brauchte. Später trieb es ihn ins Ruhrgebiet – nach Essen in die Schwerindustrie, wo er am Hochofen arbeitete.

Obwohl seit 1914 der Erste Weltkrieg tobte und mein Vater, Jahrgang 1888, bei Kriegsbeginn im besten wehrfähigen Alter war, wurde er erst 1916 eingezogen. Da seine beiden älteren Brüder bereits beim Militär Dienst leisteten, bekam er diese Galgenfrist. Kaum an der Front, ist er verwundet worden: Er verlor den rechten Arm. Ein anderer in dieser Lage wäre vielleicht verzweifelt, mein Vater aber war glücklich darüber. Wie er uns später erzählte, brach er in dieser Situation sogar in Freudengesang aus, denn für ihn war der Krieg endgültig beendet. Er war nämlich ein durchaus friedlicher Mensch, und zu den Waffen greifen zu müssen, erschien ihm furchtbar. Darüber hinaus hat ihm die Kriegsbeschädigung wahrscheinlich das Leben gerettet. Denn der nächste Kampftag, bei dem viele seiner Kameraden fielen, hätte auch ihn das Leben kosten können. Da er schwer verwundet war, gab es für ihn keinen nächsten Einsatz. Er kam umgehend ins Lazarett und anschließend nach Hause.

Durch diese Kriegsverletzung bekam er nach seiner Genesung eine Anstellung bei der Post. Behörden wie Post, Zoll, Bahn, Polizei mussten Kriegsbeschädigte aufnehmen. Später gestand mir mein Vater, diese Verwundung sei ein doppelter Glücksfall gewesen. Zum einen sei für ihn der Krieg dadurch vorzeitig beendet gewesen, zum anderen habe er so auch leichten Herzens seine schwere Arbeit am Hochofen aufgeben können. Er war sich dessen bewusst, dass er sein Leben lang in der Schwerindustrie hätte schuften müssen, wenn er unversehrt geblieben wäre.

Auch in der Familie meiner Mutter gab es mehrere Kinder und wenig Einkommen. Deshalb traf sie das gleiche Schicksal wie so viele andere Mädchen in jener Zeit: Sie wurde bereits im Alter von zwölf Jahren von zu Hause fortgeschickt. In Leiwen, einem Nachbardorf, kam sie bei einem etwas wohlhabenderen Bauern als Magd unter. Sie musste im Haushalt helfen, im Stall und auf dem Feld – wo eben gerade Arbeit anfiel. Außer ihr gab es noch eine andere kindliche Magd in diesem Hause: Anna, die aus Leiwen stammte und nicht älter war als meine Mutter. Da die beiden Mädchen noch schulpflichtig waren, lag ihre Hauptarbeitszeit morgens zwischen halb sechs und halb acht sowie zwischen 14 und 20 Uhr. Für Hausaufgaben oder kindliche Vergnügen blieb wenig Zeit. Dennoch gelang es den beiden Schicksalsgenossinnen, sich anzufreunden und sich bei der Arbeit gegenseitig das Herz auszuschütten. Wie das so ist, verloren sich die beiden aus den Augen, als sie den Dienst auf diesem Hof beendet hatten.

Im Jahre 1923 heirateten meine Eltern, mitten in der Inflationszeit. Mein Vater wurde nicht müde, zu erzählen, dass er sich vom elterlichen Erbe seine Hochzeitsschuhe gekauft hatte – sein ganzes Erbteil bestand also aus einem einzigen Paar Schuhe. Man kann sagen, das junge Paar hat bei null angefangen. Da es für sie auf dem Land keine Verdienstmöglichkeit gab, gehörten sie wie so viele damals zur Generation der Landflüchtigen. Zu dieser Zeit arbeitete mein Vater bereits seit einigen Jahren bei der Post, mit wechselnden Einsätzen, deshalb wohnte die junge Familie noch im Elternhaus meiner Mutter. Zum einen war das billiger als eine eigene Wohnung, zum anderen hatte Mutter eine feste Bleibe, während ihr

Mann an unterschiedlichen Orten eingesetzt war. In kurzen Abständen bekamen meine Eltern drei Töchter, ich war die jüngste. 1925, just an dem Tag, als die zweite von uns, meine Schwester Anni, geboren wurde, kam mein Vater glückselig nach Hause und berichtete seiner Frau, die im Wochenbett lag: »Wir haben eine Anstellung in Trier!«

Frohen Herzens siedelten sie kurz darauf nach Trier um, wo sie eine kleine bescheidene Wohnung in einem Hinterhaus fanden. Dort wurde ich 1927 geboren. Als ich zwei Jahre alt war, begannen meine Eltern damit, ein eigenes Haus zu bauen, am Rande des Stadtteiles Heiligkreuz. Diesen Schritt konnten sie sich nur deshalb leisten, weil es eine Aktion gab, bei der sich die Kriegsbeschädigten die Rente kapitalisieren lassen konnten. Das Haus kostete 28.000 Reichsmark; dafür reichte die Summe aus der Rentenkasse bei Weitem nicht aus, aber sie war der entscheidende Grundstock. Der Rest wurde finanziert und nach und nach abgezahlt. Das bedeutete für die Familie, dass gespart werden musste, wo immer es ging. Aus der Bauzeit gibt es eine kleine Episode, die mir durch die wiederholte Erzählung von Mutter und Schwestern in Erinnerung blieb. Demnach muss ich als Zweijährige schon recht unternehmungslustig gewesen sein. Als ich einen Moment unbeaufsichtigt war, lief ich von zu Hause weg. Erst ein paar Straßen weiter bin ich von Bekannten »eingefangen« worden. Auf ihre Frage, wo ich denn hinwolle, hatte ich geantwortet: »Will Haus gucken.« Damit wollte ich wohl zum Ausdruck bringen, dass ich auf unserer Baustelle mal nach dem Rechten sehen wollte.

Ein leichtes Leben hatte mein Vater in dieser Zeit auch nicht. Er war bei der Hauptpost im Stadtzentrum angestellt, aber einer von den drei Landbriefträgern. Die Region um Trier herum war in drei Zustellbezirke aufgeteilt worden, jeder einzelne mit großer räumlicher Ausdehnung, sodass der Vater täglich fünfzehn bis zwanzig Kilometer zu marschieren hatte und von morgens um sieben bis zum Abend um sechs unterwegs war. Und das zu Beginn mit der prall gefüllten Posttasche, an der rechts und links noch einiges herunterbaumelte – er hatte ja nicht nur Briefe zuzustellen, sondern auch Päckchen und die Tageszeitung. Damals gab es auf den Dörfern noch so wenige Zeitungsabonnenten, dass sich der Einsatz eines Zeitungsausträgers nicht gelohnt hätte. Also blieb die Zeitungszustellung dem Briefträger vorbehalten.

Die schwere Posttasche und die weiten Wege machten dem Vater aber nichts aus. Er war gut zu Fuß und hatte bald seine »feste Kundschaft«, der er täglich etwas brachte, und wenn es nur die Zeitung war. Diese Leute fühlten sich verpflichtet, ihm immer wieder etwas Gutes zu tun. So gab es ein Haus, in dem er jeden Morgen ein komfortables Frühstück bekam. In einem anderen sah man es als Ehre an, dem Briefträger ein Gratismittagessen zu servieren. Daneben reichte man ihm – gegen den Durst – häufig ein Glas Viez, selbstgemachten Apfelwein; manchmal taten die Leute sogar des Guten zu viel. In den letzten Häusern musste er dann dankend ablehnen, sonst hätte er wegen zu viel Alkohols im Blut den Heimweg nicht mehr geschafft.

Zur damaligen Zeit war der Briefträger nicht nur ein von der Post angebotener Servicebediensteter, sondern auch jemand, dem man etwas anvertraute, der zuhören oder gar Ratschläge geben konnte. Denn er kannte bald alle Leute in seinem Bezirk, war mit der jeweiligen Familiensituation, mit ihren Sorgen und Nöten, ihrem Kummer und Schmerz vertraut. Er wurde also so etwas wie ein Beichtvater, denn er galt als äußerst verschwiegen. Alle konnten sich darauf verlassen, dass das, was sie ihm anvertrauten, nicht im nächsten Haus weitererzählt wurde.

Auch daheim berichtete mein Vater nichts von dem, was ihm vertraulich zugetragen worden war. Nur durch Zufall habe ich Jahrzehnte später von solch einer Geschichte erfahren. Mein Mann hatte einen früheren Studienkamerad in Essen, den wir mal besuchten. Als wir beiläufig darauf zu sprechen kamen, dass mein Vater Landbriefträger im Raum Trier gewesen war, wollte die Mutter unseres Gastgebers wissen, wie mein Vater denn geheißen habe. Als ich seinen Namen nannte, lachte die alte Dame hell auf.

»Dat gibbet doch net!«, rief sie in breitem Trierisch aus. Da wir sie verständnislos anschauten, erzählte sie Folgendes: »Ich war damals jung und verliebt und hatte einen Schatz, von dem meine Eltern nichts wissen wollten. Deshalb mussten wir uns heimlich schreiben. Mit dem Briefträger, also deinem Vater, hatte ich folgende Übereinkunft getroffen: Wenn ein Liebesbrief eintraf, sollte er ihn in einen bestimmten hohlen Baum legen. Kam er danach zu meinen Eltern, um ihnen ihre Post auszuhändigen, zwinkerte er mir kurz zu, und ich wusste Bescheid.«

Über diese Geschichte mussten wir ebenfalls herzlich lachen.

Um 1930 herum wurde die Post auch im ländlichen Raum »verkraftet«, das heißt, es wurde ein kombinierter Personen- und Posttransport mit Kraftpostautos und -bussen eingesetzt, was die Zustellung auf dem Lande wesentlich vereinfachte. Der Vater aber wurde in dieser Zeit nach Trier versetzt und bekam einen Zustellbezirk in der Stadt. Dort hatte er ebenfalls ungeheure Wegstrecken zurückzulegen, die er ebenfalls in aller Herrgottsfrühe mit der schweren Tasche antreten musste. Was das für Wege waren, weiß ich aus eigener Erfahrung, denn manchmal sind wir als Kinder mit dem Vater mitgelaufen. Das machte uns gar nichts aus, im Gegenteil, wir waren stolz darauf, dass wir ihm helfen durften. Briefkästen hatten die Leute ja damals noch nicht. Die Post musste in jedes Haus, selbst bis in den fünften Stock, getragen und persönlich ausgehändigt werden. Wenn der Vater uns einen Packen Briefe gab, stieg eines von uns in einem Mietshaus bis in den obersten Stock, um mit dem Austeilen zu beginnen. Man läutete oder klopfte an der Wohnung, für welche die Post bestimmt war, und überreichte sie der öffnenden Person. Meldete sich niemand, schob man das Schreiben unter der Tür durch. Diese Aufgabe erledigte ich stets sehr gewissenhaft und war stolz über das anschließende Lob vom Vater.

Meine Mutter war immer die liebe, bescheidene Hausfrau, stets fleißig und geschickt. Neben der üblichen Hausarbeit werkelte sie im Garten. Vater hatte darauf geachtet, dass am Haus genügend

Grundstück zur Verfügung stand, auf dem er einen großen Nutzgarten anlegte. Da er jedoch beruflich den ganzen Tag unterwegs war, blieb die Gartenarbeit an der Mutter hängen, worüber sie sich aber nie beklagte. Sie zog das ganze Gemüse für uns, und bald waren auch die Sträucher und Bäume so weit, dass wir unser eigenes Obst essen konnten. Was Obst und Gemüse anging, waren wir praktisch Selbstversorger, nur dadurch konnten wir einigermaßen gesund aufwachsen. Denn das Gehalt des Vaters war nicht sehr üppig, und ein Großteil davon ging ja für die Abzahlung des Häuschens drauf. Wir waren wirklich arm, doch litten wir nie Hunger.

Dem Vater war es sogar gelungen, etwas außerhalb der Stadt ein zusätzliches Grundstück zu erwerben: eine Wiese, die er einem Bauern günstig abgekauft hatte. Die machte er urbar, indem er sie umgrub, obwohl er ja nur einen Arm hatte. Es war schon erstaunlich, wie viel Geschicklichkeit er mit der Zeit damit erlangte. Beim Anziehen musste ihm aber immer jemand helfen. Er war eine Seele von Mensch, aber wenn er allein etwas versuchte und es nicht auf Anhieb klappte, fluchte er laut: »Himmel, Arsch und Zwirn!«

Sicher, der Armstumpf hat ihm mit zunehmendem Alter auch Probleme bereitet. Immer wieder wurde Papa von Phantomschmerzen geplagt, doch er ließ sich nicht unterkriegen. Soweit ich zurückdenken kann, war er nie krank. Nach seiner Pensionierung übernahm er allein die Gartenarbeit, eine unermüdliche Schaffenskraft erfüllte ihn. Als er achtzig wurde, empfahlen wir Kinder, er solle den außerhalb liegenden Garten aufgeben, denn dort baute er noch immer sehr viel Gemüse an, das mittlerweile kein Mensch mehr brauchte. Wir waren alle verheiratet, und er überschwemmte uns mit Gemüse. Erstaunlicherweise hat er unseren Rat sogleich befolgt und wirkte sehr zufrieden, als er den Garten abgegeben hatte. Mein Vater ist neunundachtzig Jahre alt geworden.

Wir hatten wirklich liebevolle Eltern. Sicher, wir haben manchmal auch Prügel einstecken müssen, das war damals ganz normal, dann hatten wir sie auch verdient. Wir Kinder wuchsen äußerst bescheiden auf und haben von klein auf gelernt, auch mit wenig zurechtzukommen. Unsere Bescheidenheit fing schon beim Essen an: Morgens bekamen wir immer ein Pausenbrot, entweder mit Butter bestrichen oder mit Streichkäse. Hatte die Mutter mal kein Brot im Haus, gab sie jedem von uns fünf Pfennige, damit durften wir uns ein Brötchen kaufen. In der Pause aß ich also oft ein trockenes Brötchen – ein Genuss!

In der Schule war ich ein sehr braves Kind, ohne mich loben zu wollen. Aber das hatte seinen Grund. Damals gab es noch, selbst bei kleinsten Vergehen, eins mit dem Stock über die Hände. Davor hatte ich wahnsinnigen Respekt. Allein der Gedanke an diese Art von Züchtigung war für mich deprimierend. Deshalb hütete ich mich vor jeder Unartigkeit.

Zu Hause war ich nicht ganz so brav wie in der Schule. Von jeher konnte ich mich alleine gut beschäftigen, dazu brauchte ich kein Spielzeug. Die Mutter erzählte häufig, man habe mir als Kleinkind nur ein Blatt Papier in die Hand zu geben brauchen, damit hätte ich mich stundenlang amüsiert. Überhaupt, wir drei Schwestern verfügten über so gut wie kein Spielzeug, weil einfach kein Geld da war, schließlich musste das Haus abbezahlt werden. Spielzeug brauchten wir auch gar nicht, wir hatten genügend Fantasie, um aus nichts etwas zu machen. Damit waren wir bestimmt glücklicher als so manches Kind heute, dessen Zimmer mit Spielzeug überladen ist.

Nun ja, so ganz ohne Spielsachen mussten wir auch nicht auskommen. Jedes von uns hatte eine eigene Puppe. Hedwig, unsere Älteste, war immer ein bisschen »was Besseres«. Sie bekam die große Puppe, Anni die etwas kleinere, und für mich blieb ein winziges Negerpüppchen. Manch ein Kind hätte sich um so ein Möhrchen gerissen, aber ich war gar nicht froh damit. Notgedrungen musste ich es annehmen, sonst wäre ich leer ausgegangen. Da mag ich so fünf Jahre alt gewesen sein.

In der Straße, in der wir gebaut hatten, entstanden damals viele neue Häuser, deren Bauherren alle Kriegsversehrte waren und sich ebenfalls ihre Rente hatten kapitalisieren lassen. Deshalb nannte man unsere Ecke die »Kriegersiedlung«. Die Familien standen alle in etwa auf dem gleichen sozialen Niveau wie wir. Auch diese Familienväter waren aufgrund ihrer Kriegsverletzungen in öffentlichen Einrichtungen untergekommen: bei der Post, der Bahn oder beim Gericht. Noch eine weitere Gemeinsamkeit gab es: Diese Leute waren fast alle vom Lande eingewandert. Sie kamen aus dem Hunsrück, von der Mosel, aus der Eifel. In dieser Zeit wuchs Trier einwohnermäßig gewaltig an. Da wir eine so homogene

Gesellschaft waren, weil alle das gleiche Schicksal verband, pflegte man ausgiebig Kontakt untereinander. Bald kannte jeder jeden, und man verstand sich gut miteinander. Es gab ein wesentlich besseres nachbarschaftliches Verhältnis mit gegenseitiger Hilfsbereitschaft, als man es sonst in einer Stadt findet. An schönen Abenden saß man vor den Haustüren zusammen, um Schwätzchen zu halten, »maien« nannte man das bei uns, wie man es vom Lande her gewöhnt war.

Unter den Schulkindern herrschte allerdings wenig Einigkeit. Das lag daran, dass die Pfarreiengrenze längs durch unsere Straße verlief. Diese Grenze war auch maßgebliche Einteilung für die Schulbezirke. So gingen die Kinder von unserer Straßenseite nach Heiligkreuz in die Schule, und die der gegenüberliegenden Seite nach St. Mattheis. Hinzu kam, dass die Schulen damals noch Bekenntnisschulen waren. Das bedeutete, dass die wenigen evangelischen Jungen und Mädchen wieder eine andere Schule besuchen mussten. Da man also mit den Kindern von der anderen Straßenseite nicht zur Schule ging, kannte man sie kaum und entwickelte sogar bald eine fast schon feindselige Haltung ihnen gegenüber. Man hätte sich ja aus dem Weg gehen können. Aber nein, man suchte Konfrontation, ließ keine Gelegenheit aus, sich verbal zu attackieren, ja, es kam sogar zu Handgreiflichkeiten. So wurde im Sommer mit Grasbüscheln geworfen und im Winter mit Schneebällen. Aber das war nichts Ernstes, sondern mehr eine Art Kriegspielen, beide Parteien verhielten sich wie feindliche Brüder und hatten ihren Spaß daran.

Erst 1936 wurden die Grenzen neu gezogen. Die neue Regierung akzeptierte die Pfarreiengrenze nicht mehr, sondern legte den Gleisverlauf der Bahn als Grenze fest. Damit kamen die Kinder von der »feindlichen« Seite zu uns nach Heiligkreuz in die Schule, womit die gespielte Rivalität gegenstandslos wurde. Die Bekenntnisschulen wurden in Gemeinschaftsschulen umgewandelt, womit nun auch die evangelischen Schüler aus unserer Straße mit in unsere Schule gingen und man bald auch mit ihnen vertrauter umging. Vorher hatte eine riesige Kluft zwischen evangelisch und katholisch Erzogenen geklafft. Durch die Umschichtung der Schüler wuchs unsere bis dahin zweiklassige Schule gewaltig an, sodass ein Neubau für die nunmehr sieben Klassen nötig wurde.

Wir haben viel auf der Straße gespielt, was immer sehr viel Spaß machte – wir haben uns mit den »Mattheisern« also nicht nur gestritten. In unserer Straße wohnten viele Kinder, manche Familien hatten gleich sechs oder acht. Jeder von uns fand also gleichaltrige Spielkameraden. Auf der Straße zu spielen, fanden wir herrlich, es war damals ja noch völlig ungefährlich. Falls wirklich mal ein Auto kam, fuhr es nicht schnell, weil unsere Straße noch gepflastert war. Außerdem gellte dann der Warnruf von denen, die am Straßenanfang spielten, durch die ganze Straße.

Wir vertrieben uns mit Völkerball, Fangen- und Versteckspielen die Zeit. Und die Winter erst – das waren damals noch richtige Winter! Da gab es noch reichlich Schnee und wochenlang Minustemperaturen, sodass man auf dem Mattheiser Weiher

Schlittschuh laufen konnte. Leider konnten meine Schwestern und ich bei diesem Vergnügen nie mitmachen, denn wir besaßen keine Schlittschuhe. Aber geschlittert sind wir mit großer Begeisterung. Rodeln konnten wir am Heiligkreuzer Berg, weil er steil genug war, obwohl wir keinen eigenen Schlitten besaßen. Wenn uns nicht ein Kind auf seinem Schlitten mitfahren ließ, sind wir auf unseren Ranzen den Berg hinuntergerutscht. Auch hier bestand keinerlei Gefahr durch Autos, seinerzeit fuhren durch die Stadt noch mehr Pferdefuhrwerke als Autos. Besonders die nahe gelegene Brauerei hatte einen ganzen Fuhrpark und einen tollen Pferdestall mit herrlichen Kaltblütern. Mit diesen wurde noch das Bier zu sämtlichen Gaststätten im Stadtgebiet und im Umland gefahren.

Der Stallmeister der Brauerei war mir persönlich bekannt. Was war der stolz auf seine Pferde, und wie liebevoll pflegte er sie! Ehe er sie vor den Wagen voller Bierfässer spannte, wurden sie mit dem herrlichen ledernen Zaumzeug geschmückt, welches reich mit Messingbeschlägen versehen war, die in der Sonne nur so blinkten.

Meine Großeltern väterlicherseits habe ich nicht mehr kennengelernt. Auch der Vater meiner Mutter ist früh verstorben, mit fünfundvierzig. An ihre liebevolle Mutter aber, die sehr alt geworden ist – ich glaube, vierundneunzig –, habe ich schöne Erinnerungen. Ich durfte sie immer wieder mal besuchen, wenn wir die Ferien bei Verwandten in Pölich verbrachten. Sie, eine ganz treue alte Bauersfrau, hat geschafft bis an ihr Lebensende. Jedes Jahr setzte uns

Mutter zu Ferienbeginn in die Kleinbahn, die uns bis Mehring brachte. Von dort mussten wir eine gute Stunde nach Pölich tippeln. Aber das lohnte sich, es waren immer unvergessliche Ferien, die wir im Geburtsort unserer Mutter verbrachten. Da drei zusätzliche Kinder für eine Familie zu viel gewesen wären, wurden wir aufgeteilt. Ich kam zum Onkel Juppes, einem Bruder meines Vaters. Meine Schwestern wollten dort nicht so gern hin. Weil er ab und zu ein bisschen ruppig sein konnte, haben sie ihn gefürchtet. Ich dagegen kam ganz gut mit ihm zurecht, ich fühlte mich wohl in seinem Haus und bei seinen Kindern. Meine Schwestern gingen immer zu unserer Tante Lisbeth, einer Schwester meiner Mutter, deren Mann ein Bruder meines Vaters war. Wir waren also doppelt verwandt. Diese Tante und dieser Onkel hatten drei Kinder, etwa im gleichen Alter wie wir. Die Ferien in Pölich verliefen wirklich wunderbar. Dort sind wir manchmal sogar freiwillig zur Schule gegangen. Wir hatten nämlich versetzte Ferien. Während wir im Juni in der Stadt die Schule besuchten, hatte man auf dem Land Heuferien, und später im Herbst hatten sie sogenannte Kartoffelferien. Das bedeutete, dass sie im Hochsommer, wenn wir Städter große Ferien hatten, zur Schule mussten. Die einklassige Dorfschule war für uns Stadtkinder hochinteressant. Pölich hatte seinerzeit etwa fünfzig bis sechzig Häuser. In jedem gab es mindestens ein Schulkind, also war das eine ziemlich große Klasse. Wenn man bedenkt, dass die Jungen und Mädels auf acht Jahrgänge verteilt waren, aber alle im selben Raum unterrichtet wurden! Es ist mir unvorstellbar, wie der Lehrer das bewerkstelligt hat. Ja, und dann besaß dieser Mann noch die Großzügigkeit, uns drei Gastkinder in der hintersten Bank am Unterricht teilnehmen zu lassen.

In Pölich lernten wir auch schwimmen. Damals konnte man noch unbesorgt in der Mosel baden, sie war noch sauber und ziemlich seicht, da konnte nichts passieren. Jede Familie besaß einen eigenen Kahn, damit sie zu ihren Weinbergen gelangen konnte, die auf der anderen Moselseite lagen. Im Sommer lagen diese Kähne vertäut am Ufer. Jedes von uns Kindern stieg in einen Kahn, ohne Rücksicht darauf, wem er gehörte, und schaukelte wild damit herum – ein Riesenspaß. Heute ist die Mosel an dieser Stelle neun Meter tief, seit es die Staustufe gibt. Damals gab es auch noch einen Seitenarm, der »Weerth« genannt wurde. Daher wirkte das Land zwischen Mosel und Seitenarm wie eine Insel. Durch diesen Weerth sind wir immer durchgewatet, um auf die »Insel« zu gelangen. Dort haben wir uns im Schilf umgezogen, bevor wir uns in die Fluten »stürzten«.

Wenn unsere Leute das zweite Heu machten, Grummet genannt, waren wir immer zur Stelle. Morgens um fünf Uhr zogen die Bauern schon hinaus zum Mähen, es musste ja noch alles mit der Sense gemacht werden. Sobald das Heu trocken war, drückte man uns Rechen in die Hand, und wir durften das Heu zusammenrechen. Am schönsten aber fand ich es, hoch oben auf dem Heuwagen sitzend nach Hause zu fahren. Da die Straßen meist von Apfelbäumen gesäumt waren, konnte man sich beim Durchfahren Äpfel klauen, auch wenn sie noch nicht ganz reif waren. Ochsen oder Pferde leistete sich niemand im Ort, das wären unnütze Esser gewesen. Die Kühe taten mir immer leid, sie waren es nämlich, die auf den Feldern schwer arbeiten mussten. Dazu sollten sie noch Kälber gebären und Milch liefern. Der Milchertrag fiel allerdings nicht groß aus, wie man sich denken kann. Wenn eine Kuh den ganzen Tag vor den Wagen, den Pflug oder die Egge gespannt ist, bleibt ihr nicht mehr viel Kraft, um noch eimerweise Milch zu geben. Die Kühe mussten wirklich anstrengende Wege zurücklegen, denn die Felder lagen oben auf dem Berg, am Hang lagen ja die Weinberge, die so steil waren, dass man keine Fuhrwerke einsetzen konnte. Es musste alles auf dem Buckel hinauf- oder hinuntergetragen werden. Die Arbeitenden hatten es also auch nicht leicht.

Vom Hof aus bis zum Kahn konnte man mit dem Fuhrwerk fahren, dann ging es per Kahn über die Mosel. Aber ab da musste man alles zu Fuß auf den Berg tragen, z. B. Mist zum Düngen oder Schieferplatten, die auf den Boden der Weinberge gelegt wurden, um für die Reben die Sonne einzufangen. Es war alles wirklich eine harte Arbeit. Im Herbst wurde geerntet. Das war der angenehmere Teil der Tätigkeiten. Aber die ganze Traubenernte musste Butte für Butte hinuntergetragen werden zum Kahn. Leider konnten wir bei der Traubenlese nie dabei sein, weil unsere Ferien nicht »passten«.

Als ich im sechsten Schuljahr war – unsere Hedwig hatte bereits im Vorjahr die Schule beendet und unsere Anni in diesem Sommer –, brach der Zweite Weltkrieg aus. Diese Nachricht traf uns alle mit erschütternder Wucht. Noch litten wir unter den Wunden, die der Erste Weltkrieg geschlagen hatte, und nun sollte das Töten und Verwunden wieder von vorn beginnen. Wir waren nur froh, dass der Vater für einen Kriegseinsatz nicht mehr infrage kam, und er war erleichtert, dass er nur Töchter hatte und unsere Familie somit verschont blieb.

In dieser Zeit kam unsere Mutter eines Tages ganz aufgeregt nach Hause. »Ihr ratet nicht, wen ich wiedergetroffen habe!«, rief sie.

Das konnten wir wirklich nicht erraten, deshalb drängten wir: »Mach es doch nicht so spannend, erzähl es uns einfach.«

»Die Benders-Anna«, platzte sie heraus.

Irgendwie dämmerte es mir. Den Namen hatte sie schon ein paarmal erwähnt. Während ich noch krampfhaft überlegte, in welchem Zusammenhang das gewesen sein könnte, legte sie schon los: »Das hab ich euch doch erzählt. Als ich Magd in Leiwen war, war die Benders-Anna auch dort. Stellt euch vor, ihr Mann ist auch kriegsversehrt, deshalb ist er bei der Polizei untergekommen. Dadurch wohnen die auch schon seit zwölf Jahren in Trier, gar nicht weit von hier, und keine von uns hat von der anderen gewusst.«

Für meine Mutter mochte die Begegnung ganz interessant sein, aber was sollten wir Kinder damit? Wenn sie eine Bekannte aus grauer Vorzeit wiedertraf, war das ihre Sache, das berührte uns doch nicht. Unsere Einstellung sollten wir jedoch schon bald ändern. Die Mutter hatte Anna ganz spontan für den kommenden Sonntag zum Kaffee eingeladen, mit der ganzen Familie. Obwohl uns das kein bisschen interessierte, wenn zwei Jugendfreundinnen in ihren Erinnerungen kramten, so wussten wir doch, wohlerzogen, wie wir waren, was sich gehörte. Wir nahmen also an dem sonntagnachmittäglichen Kaffeeklatsch teil, obschon jede von uns Besseres vorgehabt hätte. Dass wir dabei waren, sollten wir jedoch nicht bereuen. Denn wen hatte uns die Anna noch mitgebracht? Neben einem ansehnlichen Ehemann präsentierte sie uns drei wohlerzogene, gut aussehende Burschen, die sie als ihre Söhne vorstellte. Das war wirklich gelungen: Meine Mutter, das Bäbchen, hatte drei Töchter im Alter von zwölf, vierzehn und fünfzehn Jahren, und Anna drei Söhne in genau demselben Alter! Es wurde also ein durchaus angenehmer Nachmittag für alle Beteiligten. Dass sich die Jugendfreundinnen viel zu erzählen hatten, verstand sich von selbst. Aber auch den beiden Vätern ging der Gesprächsstoff nicht aus. Beide kamen von der Mosel, beide stammten aus der Landwirtschaft, beide hatten als Kriegsversehrte bei einer staatlichen Einrichtung in Trier ein Unterkommen gefunden, beide hatten gebaut.

Wir Kinder verstanden uns prächtig. Wie sich im Laufe des Nachmittags herausstellte, waren auch die wohlerzogenen Jungs nur widerwillig mit zu dieser Familienbegegnung gegangen, und sie schienen nun ebenso angenehm überrascht wie wir. Was mich betrifft, so war ich gleich bis über beide Ohren in den zwölfjährigen Karlheinz verliebt. Deshalb war ich hocherfreut, dass Anna bei der Verabschiedung eine Gegeneinladung für den folgenden Sonntag aussprach.

Natürlich erwähnte ich niemandem gegenüber etwas von meinem heimlichen Schwarm, am allerwenigsten ihm gegenüber. Über jeden weiteren Besuch, ob bei ihnen oder bei uns, freute ich mich. Ich war so mit meinen Gefühlen für Karlheinz beschäftigt, dass ich mich gar nicht wunderte, dass meine Schwestern und seine Brüder auch bereitwillig an allen folgenden Familienbesuchen teilnahmen. Abgesehen davon, dass Karlheinz mir vom Aussehen und seiner Art her gefiel, beeindruckte mich mächtig, dass er das Gymnasium besuchte. Außerdem ging noch ein weiterer Sohn aufs Gymnasium, nur einer von ihnen machte eine Lehre – seine Familie stand offensichtlich finanziell etwas besser da als wir. Meine Eltern konnten es sich nicht leisten, auch nur eines ihrer Kinder auf eine höhere Schule zu schicken. Da ich immer gute Zeugnisse nach Hause gebracht hatte, gab der Lehrer, als ich zehn war, meinen Eltern die Empfehlung, mich beim Gymnasium anzumelden; aber davon wollten sie nichts wissen, das kostete ja Schulgeld, welches sie beim besten Willen nicht aufbringen konnten. In den meisten Familien war die finanzielle Situation ähnlich, deshalb gingen nur ganz wenige Kinder auf eine weiterführende Schule; ich glaube, aus unserer ganzen Klassen waren es ein oder zwei. Mir tut es heute noch leid, dass ich damals nicht die Möglichkeit zu einer höheren Bildung nutzen konnte.

Immerhin waren meine Eltern so fortschrittlich, dass sie uns alle einen Beruf erlernen ließen, obwohl wir Mädchen waren. Sobald eine von uns mit der Schule fertig war, wurde sie in eine Lehre gesteckt.

Meine beiden Schwestern kamen in Lebensmittelgeschäfte, um Verkäuferinnen zu werden, mich gab man zu einer Schneiderin in die Lehre. Schneiderin war nicht gerade mein Traumberuf, der Vater hatte das einfach so diktiert. Und was er sagte, wurde gemacht. Keine von uns wäre auf die Idee gekommen, ihm zu widersprechen. 1941 trat ich also meine Schneiderlehre an, während Karlheinz weiterhin zur Schule ging. Jedes Mal war ich glücklich, wenn ich ihm zufällig in der Stadt begegnete.

Durch die fortschreitenden Kriegsereignisse wurde bald einiges durcheinandergeschüttelt, und die beiden befreundeten Familien konnten sich nicht mehr so oft treffen. Dennoch blieb die Verbindung erhalten.

Obwohl ich mit nicht sonderlich großer Begeisterung das Schneiderhandwerk erlernte, erledigte ich alles zur Zufriedenheit meiner Meisterin. Dabei waren meine Lehrjahre wirklich keine Herrenjahre. Wir Lehrmädchen mussten ganze Nächte durchackern und bekamen nur einen Hungerlohn. Da ich so viel schuften musste, blieb mir wirklich keine Zeit, jung zu sein.

Nachdem ich meine Lehre längst beendet hatte und bei einer anderen Meisterin als Gesellin arbeitete, machte mein Schwarm das Notabitur. Anschließend trat er in ein Zimmereigeschäft ein, um ein zweijähriges Praktikum zu machen – die Voraussetzung für sein künftiges Studium auf der Baufachschule. Die Firma, bei der er arbeitete, hatte einen Restaurierungsauftrag am Dom auszuführen. Wenn es sich irgendwie einrichten ließ, wählte ich meinen Weg so, dass er mich am Dom vorbeiführte, damit ich wenigstens einen Blick auf meinen »Erwählten« werfen konnte. Sofern ich ihn dann wirklich sah, war ich furchtbar verlegen und wusste kein Wort zu sagen. Auch er brachte außer einem verlegenen Lächeln meist nichts heraus. Nach Beendigung des Praktikums besuchte er für drei Jahre die Bauschule, um Bauingenieur zu werden.

Ich selbst machte mich selbstständig, nachdem ich den Meisterbrief in der Tasche hatte – auch auf Wunsch meines Vaters hin – und übte den Beruf einige Jahre aus.

Wenn ich mir selbst einen Beruf hätte aussuchen dürfen, wüsste ich gar nicht, was ich dann geworden wäre. Wir sind ja so erzogen worden, dass man als Kind keine Wünsche haben durfte. Folglich waren wir wunschlos und bescheiden in jeder Hinsicht, jedenfalls die Mädchen. Vielleicht sollte ich sagen, die Mädchen in unserer Familie und ganz besonders ich. Während in anderen Familien das jüngste Kind oft verzogen wird, war es bei uns so, dass ich als Jüngste nie gefragt wurde, nichts zu sagen hatte und eigentlich von den Krümeln lebte, die für mich übrig blieben, bildlich gesprochen. Nicht, dass mich das gestört hätte. Damit war ich zufrieden, von klein auf kannte ich es ja nicht anders.

Auch während dieser Zeit, der Krieg war längst zu Ende, blieb es nur bei einer losen Freundschaft zwischen Karlheinz und mir. Deshalb sagte ich eines Tages resignierend zu mir: »Ach, das wird ja doch nichts. Für den brauchst du nicht mehr viel zu schwärmen, der beachtet dich ja doch nicht. Sieh dich endlich nach einem anderen um.«

Ich wurde Mitglied im Kirchenchor, wo mir mal dieser, mal jener den Hof machte. Aber das beeindruckte mich alles nicht. Irgendwie hing mein Herz noch immer an diesem Jugendschwarm. Manchmal traf ich ihn zufällig, wobei außer ein paar belanglosen Worten nichts gesprochen wurde. Kurzum, ich bemerkte, dass er sich für alles Mögliche interessierte, nur für mich nicht. So vergingen die Jahre. Um die schönsten Jugendjahre hatte der Krieg uns betrogen, als er endlich geendet hatte, war ich gerade einmal achtzehn gewesen. Aber auch dann war noch nicht an Tanzen und Vergnügungen zu denken. Es lag ja alles in Trümmern, man hungerte und kämpfte ums tägliche Überleben.

Mittlerweile war ich sechsundzwanzig. Irgendwann an Fastnacht ging ich mit meiner Freundin Brigitte, ebenfalls einer Schneiderin, in die »Treveris« zu einem Kostümball. Die »Treveris« war seinerzeit in Trier der Saalbau schlechthin. Es herrschte wahnsinnig viel Betrieb, dennoch fühlten wir beide uns total einsam. Waren wir schon zu alt für ein solches Vergnügen? Denn rundum wimmelte es von jüngeren Leuten, die in Begleitung da waren.

Plötzlich tauchte Hannelore auf, eine weitere Freundin von mir. Sie schlug mir vor, hinüber zur Feuerwache zu gehen, hier wäre ja nichts los. Ihr Freund war nämlich Feuerwehrmann. Also bin ich mit ihr dorthin, während meine Freundin Brigitte in der »Treveris« blieb.

Auf der Feuerwache wurden wir begeistert begrüßt, Damenbesuch war dort eine ausgesprochene Rarität. Besonders an Fastnacht war es für die Jungs dort hart, Dienst schieben zu müssen, da kam ihnen die kleine Abwechslung gerade recht. Sie luden uns spontan zu ihrem guten Essen ein. Zu trinken gab es auch reichlich, wenngleich alkoholfrei. Als dann noch einer eine Platte aufs Grammophon legte, wurde es gar lustig. An Tänzern mangelte es uns nicht.

Während wir mitten im fröhlichen Feiern waren, ertönte die Sirene, und wupp – waren alle Männer weg. Wir beiden Mädchen saßen mit einem Schlag allein da, wie bestellt und nicht abgeholt. Deshalb meinte Hannelore, wir sollten zurück zur »Treveris« gehen, wir hatten ja noch unsere Mäntel dort.

In der Zwischenzeit hatte Brigitte den Karlheinz ausfindig gemacht. Sie war die Einzige, die davon wusste, dass er seit vierzehn Jahren mein heimlicher Schwarm war. Deshalb dachte sie: *Den muss ich festhalten, bis das Lottchen zurück ist.* Sie lotste ihn an einen Tisch und veranlasste ihn, eine Flasche Wein zu bestellen. Unter dem Vorwand, sie müsse mal »für kleine Mädchen«, verließ sie den Saal. In dem Moment, als wir die Eingangshalle betraten, kam sie gerade die Treppe herunter, um nach uns Ausschau zu halten.

Hastig flüsterte sie mir zu: »Ich hab den Karlheinz getroffen.«

Mein Herz begann, wie wild zu klopfen. Demnach hatte mein Verstand es noch immer nicht zum Schweigen gebracht.

Brigitte führte mich an ihren Tisch, mit den Worten: »Guck mal, wen ich getroffen habe! Ich glaube, ihr kennt euch.«

Vor lauter Aufregung wusste ich nicht, was ich sagen sollte, und errötete wie ein Backfisch. Und wie es seine Art war, blieb auch Karlheinz beredsam wie eine Forelle.

Plötzlich tauchte meine Schwester Anni in unserer Runde auf, mit einem jungen Mann im Schlepptau. Sie sorgte nicht nur für einigen Wirbel am Tisch, sondern redete später auch dem Karlheinz ein, er müsse mich nach Hause begleiten. Sie war nämlich nicht daran interessiert, dass ich mich als fünftes Rad am Wagen ihr und ihrer neuen Eroberung anschlösse.

Obwohl wir unser Haus erst zu vorgerückter Stunde erreichten, baten wir die beiden Herren noch zu einem Kaffee in die gute Stube. Dort saßen wir noch eine Weile zusammen, alles in Ehren, alles ganz brav, und unterhielten uns über belangloses Zeug. Im Morgengrauen verabschiedeten sich die Herren, und wir spülten die Kaffeetassen.

Anscheinend war es meiner heimlichen Liebe recht gewesen, mich wiedergetroffen zu haben. Denn von da an kam Karlheinz immer treu und brav am Wochenende und holte mich zu einem Spaziergang oder zu einem Kinobesuch ab. Dennoch dümpelte unsere Freundschaft weiter so vor sich hin. Wir wurden alt und älter, und es gab keine Fortschritte in unserer Beziehung.

Nachdem drei Jahre vergangen waren, dachte ich, jetzt müsse ich ihm endlich mal einen Schubs geben. Als er am Neujahrstag bei uns auftauchte, nahm ich meinen ganzen Mut zusammen und fragte: »Na, wie ist es, Karlheinz? Jetzt gehen wir schon so lange miteinander, sollen wir nicht …?«

Weiter kam ich nicht, weil er mir ins Wort fiel: »Na ja, hast recht, können wir machen.«

Bei unserer Hochzeit erfuhr ich dann, dass meine Schwester Hedwig damals, als wir die drei Brüder kennengelernt hatten, für seinen ältesten Bruder und der mittlere der Jungen für unsere Anni entflammt war. Aus diesen Paaren wurde aber nie etwas.

Ich hingegen bin mit meinem Jugendschwarm sehr glücklich geworden, und wir haben längst unsere Goldene Hochzeit gefeiert. Ich glaube, er hat es ebenfalls nicht bereut, mich geheiratet zu haben.

Leider hat er mir bis heute noch nicht verraten, ob er auch schon als Zwölfjähriger für mich geschwärmt hat.

Die Kuhflüsterin

Gusti, Jahrgang 1926, aus Reit im Winkl

Ich hatte das Glück, in eine Familie hineingeboren zu sein, die zu den wohlhabenderen des Ortes zählte. Zum Besitz meines Vaters gehörte nicht nur ein für damalige Verhältnisse ansehnlicher Bauernhof, sondern auch noch ein gut gehendes Sägewerk. Daher waren meine Startchancen ins Leben mit Sicherheit besser als bei anderen Kindern zu dieser Zeit.

Eigentlich wären wir zehn Geschwister gewesen, doch nur acht von uns sind groß geworden. Die erste von uns, Resi, wurde 1908 geboren, die nächste war Anni, geboren drei Jahre darauf. 1912 kam endlich der ersehnte Stammhalter zur Welt: Josef. Im Folgejahr gab es wieder einen Buben, den Kaspar, und Pankraz erblickte als dritter Bub 1914 das Licht der Welt. Zwei Jahre später kam meine Schwester Ursula, 1919 gab es wieder einen Bruder, den Hans. Ihm folgte 1921 Maria, die leider nur vier Jahre alt wurde. Unsere Martha kam 1923 zur Welt, sie durfte nur drei Jahre alt werden. 1926 kam ich als Schlusslicht der Geschwisterschar zur Welt.

Ja, es war schön, als Jüngstes in so einem kinderreichen Haus aufzuwachsen. Aber seit sechzehn Jahren bin nur noch ich allein übrig, da meine Geschwister alle verstorben sind.

Meine Mutter war im Umgang mit mir sehr ängstlich, heute würde man sagen, sie hat mich überbehütet. Weil ihre beiden Dirndln Maria und Martha zuvor kurz nacheinander gestorben waren, lebte sie ständig in der Angst, sie könne mich auch noch verlieren. Deshalb hat sie streng darauf geachtet, dass ich nie allein war. Wenn sie im Stall zu tun hatte, musste immer eine meiner Schwestern auf mich aufpassen. Dabei wäre ich doch so gern mit der Mutter in den Stall gegangen. Als ich noch nicht ganz vier war, schaffte ich es endlich, meiner Schwester Ursula zu entwischen, als diese einen Moment unaufmerksam war, und der Mutter in den Stall zu folgen.

Im ersten Moment war sie entsetzt, als ich bei ihr auftauchte. Da sie aber erkannte, wie wohl ich mich im Kuhstall fühlte, nahm sie mich fortan immer mit. An die folgende Begebenheit erinnere ich mich nur, weil die Mutter sie mir oft genug erzählt hat: Im Alter von viereinhalb soll ich zum ersten Mal eine Kuh gemolken haben.

An meine Schuleinschreibung dagegen erinnere ich mich noch lebhaft. Es war an einem Februartag im Jahre 1932. Es schneite fürchterlich, und es lag auch schon mannshoher Schnee an den Stellen, die nicht geräumt waren. Da spannte die Mutter ein Ross vor den Pferdeschlitten und kutschierte uns zur Schule, zwischen den hohen Schneewänden hindurch. Vor der Schule band sie das Ross an einen Baum und legte eine Pferdedecke darüber. Während wir zur Anmeldung schritten, wartete das treue Tier geduldig und brachte uns anschließend wieder sicher nach Hause.

Die Einschulung erfolgte kurz nach Ostern, da lagen nur noch Schneereste. Ich bin gern zur Schule gegangen, und ich habe mit Freuden gelernt. Aber immer wieder huschte ich daheim in den Kuhstall. Trotzdem kam ich beim Melken kaum zum Zug. Inzwischen war unser Betrieb zu einer solchen Größe angewachsen – wir hatten fünfundzwanzig Stück Vieh im Stall –, dass wir uns einen Melker leisteten. Der wollte mich nie so richtig an die Kühe heranlassen, vermutlich fürchtete er um seinen Job. Als 1939 der Krieg anfing, war der Melker einer der ersten, die eingezogen wurde. Da war ich gerade mal dreizehn Jahre alt und ließ den Jubelruf ertönen: »Gott sei Dank! Jetzt darf ich endlich in den Stall!«

Jeden Morgen in der Frühe durfte ich nun melken. Keines meiner Geschwister machte mir diese Arbeit streitig, sie lebten ja auch gar nicht mehr zu Hause, weil sie allesamt in München weiterführende Schulen besuchten. Mein Vater legte bei seinen Kindern größten Wert auf Bildung, obwohl er Bauer war. Daher passte es ihm nicht so recht, dass ich die Stallmagd spielen wollte. Zum einen befürchtete er, diese Aufgabe werde mich auf Dauer überfordern, zum anderen war er besorgt, dass meine schulischen Leistungen darunter leiden könnten. Denn noch hatte ich ein Jahr Volksschule vor mir, und für die Zeit danach hatte er bereits feste Pläne für mich. Was tat er also? – Zu meiner großen Enttäuschung brachte er aus Tirol einen alten Melker daher. Abgesehen davon, dass der mir »meine Arbeit« wegnahm, gefiel er mir auch als Mensch nicht. Mit seinen dreckigen Stallschuhen latschte er durchs ganze Haus, er war also ein Ferkel. Nicht, dass es meine Aufgabe gewesen wäre, die Böden und die Treppe zu putzen, dafür hatten wir eine junge Magd, es störte mich trotzdem. In der Zeit, in der die Magd seinen Dreck wegmachte, hätte sie etwas Gescheiteres tun können, und besser wurden die Böden vom dauernden Putzen auch nicht.

Zu Pfingsten wurden üblicherweise die neuen Kälber zum ersten Mal »auslassen«. Meist waren das vier oder fünf, die sich ihrer neuen Freiheit freuten. An Pfingsten 1940 hat eines der Kälber in seinem Übermut den alten Melker »z'sammg'rennt«. Dabei hat er sich einen Hax gebrochen und musste ins Krankenhaus. Acht Tage später sollte der Almauftrieb sein. Das war meine Chance! Denn ich war gerade der Schule entwachsen. Der Vater aber hatte, wie bereits erwähnt, beschlossen, mich nach München auf eine weiterführende Schule zu schicken.

»Nein, Vater«, setzte ich mich zur Wehr. »Ich gehe nicht nach München. Ich gehe mit unseren Kühen auf die Alm. Es ist ja sonst niemand da, der das machen könnte.«

»Aber geh, Deandl, du wirst doch nicht die Kuhdirn bleiben wollen. Alle deine Geschwister haben was gelernt, und du sollst ihnen in nichts nachstehen. Du kannst doch nicht dein Leben lang in den Stall gehen.«

»Doch, Vater, ich möchte nichts anderes. Ich *möchte* nur in den Stall!«

Da gab er sich geschlagen. So bin ich im Alter von vierzehn Jahren zum ersten Mal mit unseren dreißig Stück Vieh auf die Hindenburg-Alm. Weil es mir aber sowohl an Erfahrung als auch an manchen Kenntnissen mangelte, gab der Vater mir unsere Hausmagd mit, die sogenannte Erste Magd, die eigentlich zuständig war für Küche und Kochen. Die Zweite Magd eines Hauses war für die schmutzigeren Arbeiten zuständig, also fürs Putzen und Stallausmisten. Unsere Hausmagd, die Lina, war etwa dreißig Jahre alt und in allem, auch was das Almleben anging, sehr erfahren. Im Laufe des Sommers brachte sie mir alles bei, was mir noch fehlte, z. B. Buttern, Käsen, Kochen und die sorgfältige Reinigung der Gerätschaften. Den Stall aber machte sie nicht.

»Den musst schon selber machen«, eröffnete sie mir gleich in der ersten Stunde, die wir auf der Alm verbrachten.

Das störte mich aber nicht. Im Gegenteil: Der Stall und die Kühe waren es ja, die mich an dieser Aufgabe reizten.

Als wir nach dem Almabtrieb wieder zu Hause ankamen, was musste ich da sehen? Die Lina verschwand im Kuhstall und machte sich darin zu schaffen. Da musste ich heimlich lachen.

Noch bevor ich mit ihr zur Alm aufgestiegen war, hatte man mir berichtet, wie schwierig es sei, die Kühe am Morgen um vier Uhr zum Melken zusammenzutreiben. Unser Melker, also der, der nun Kriegsdienst leisten musste, hätte die Tiere immer mit großer Mühe von weither holen müssen. Sie seien ihm einfach nicht heimgegangen. Wenn ich eine seiner Kühe gewesen wäre, so dachte ich, wäre ich auch nicht freiwillig mit ihm heimgekehrt. Denn wie ich später von anderen Sennerinnen erfuhr, hat er die Kühe immer geschlagen. Bei mir dagegen standen die Kühe schon am ersten Morgen pünktlich um vier vollzählig vorm Stall. Ich brauchte nur noch die Türe aufzumachen, schon drängten sie hinein, und ich konnte sie in aller Ruhe melken.

Bald fragten mich die Nachbarsenninnen: »Wie machst du das nur, dass die Kühe so gern zu dir hergehen?«

Darauf antwortete ich: »Kühe sind halt doch nicht so blöd, wie sie mancher gern hinstellen möchte. Die unsern kennen mich genau. Sie merken sehr wohl, wer es gut mit ihnen meint. Sie spüren, dass ich gern mit ihnen zusammen bin und dass mir die Arbeit mit ihnen Spaß macht.«

Meist waren es nur zwölf oder dreizehn Kühe, die ich zu melken hatte, weil die anderen trocken standen. Dafür brauchte ich etwa siebzig bis neunzig Minuten. Alle Arbeitsgänge auf der Alm mussten von Hand erledigt werden. Es gab ja noch keine Elektrizität da oben. Selbst unsere Beleuchtung bestand aus Kerzen und Petroleumlampen. Gekocht wurde auf offenem Feuer; dort wurde auch das Wasser heiß gemacht, das man zum gründlichen Reinigen für alles brauchte, was mit Milch zu tun hatte.

Dass ich im Jahr darauf wieder mit unserem Vieh auf die Alm bin, war selbstverständlich. Von da an ging ich jedes Jahr allein hinauf, schließlich kannte ich mich, dank meiner guten Lehrmeisterin, inzwischen mit allen Arbeitsgängen aus.

Im April 1942 erhielten wir einen Anruf vom Landwirtschaftsamt. Wir besaßen nämlich schon – so lange ich zurückdenken kann – ein Telefon. Das muss eines der ersten gewesen sein, die in Reit im Winkl installiert worden sind. Man beorderte mich für einen bestimmten Tag im Mai auf ein großes Gut in Grabenstätt.

Mit dem Radl begab ich mich dorthin. Auf dem Gut kamen alle möglichen Leute zusammen: Melker, Obermelker, gestandene Sennerinnen und einige solcher Personen wie ich. Ich war gerade mal sechzehn Jahre alt. Von überall aus dem ganzen Landkreis strömten die Leut her: Zwei kamen aus Übersee, wo sie in Riesenbetrieben arbeiteten, einer von ihnen war sogar Obermelker. Aus Altenmarkt kamen sie, aus Inzell, aus Trostberg, aus Palling, aus Berchtesgaden, ich glaube, wir waren dreiundzwanzig, aus meinem Dorf war ich allerdings die Einzige.

Von meinem Melklehrer wusste man offenbar, dass ich für dieses »Handwerk« eine besondere Begabung mitbrachte. Vielleicht sollte ich noch erwähnen, dass man, als ich dreizehn und noch ein Schulmädel gewesen war, bei uns im Dorf einen Melkkurs anbot, zu dem ich mich spontan angemeldet hatte. Schon damals sagte der Melklehrer, dass er mich im Auge behalten werde.

Auf dem Gut in Grabenstätt wurden für jeden von uns drei Kühe ausgelost, und es ging ans Melken. Es waren wildfremde Kühe, die ich noch nie gesehen hatte, aber es lief wunderbar. Bevor man uns auf die Tiere losließ, hatte man uns in einer kurzen Einführung eine neue, schonende Technik beigebracht, die sogenannte Allgäuer Melkmethode – diese mussten wir anschließend anwenden. Dabei standen drei

Herren um mich herum, damit sie alles genau beobachten konnten. Diese Jury, bestehend aus Leuten von der Landwirtschaftskammer und erfahrenen Melklehrern, schaute mir genau auf die Finger. Es ging darum, dass ich ausschließlich die neue Methode anwenden sollte, es ging um Schnelligkeit, um Sauberkeit und um Milchleistung. Nach dem Melken wurde die Milch auf Sauberkeit überprüft, und man kontrollierte, ob die Euter wirklich leer waren. Bei diesem Leistungsmelken für den ganzen Bezirk Traunstein wurde ich Zweite, den ersten Platz machte eine von Haslach, die noch gar nicht anwesend war, als die Kühe ausgelost wurden. Als sie endlich eintraf, war nur noch eine Kuh übrig – und zwar eine, von der man wusste, dass sie am Tag dreiundzwanzig Liter Milch gab, für die damalige Zeit eine enorme Leistung. Diese Teilnehmerin hatte es also recht leicht mit ihrer einen Kuh. Für meine Begriffe ging das nicht mit rechten Dingen zu, dieser Ansicht waren auch die anderen, mit denen ich mich im Nachhinein unterhalten habe.

Jedenfalls hatte ich alle anderen Teilnehmer und sogar den Obermelker in den Schatten gestellt. Als Anerkennung bekam ich eine Urkunde, die ich mir rahmte und in meine Kammer hängte. Es gab aber auch noch einen Sachpreis. Als zweiten Preis hätte ich ein Speiseservice bekommen sollen, während der erste Preis aus einem Butterfass bestand. Als mein Vater nach Grabenstätt kam, um meinen Preis in Empfang zu nehmen, fragte man ihn, ob er bereit wäre, zu tauschen. Die Gewinnerin des ersten Preises wollte nämlich lieber das Service haben. Zu diesem Tauschgeschäft war mein Vater sofort bereit. Denn nachdem sich der Krieg hinzog, hatte man alle Butterfässer abgeben müssen, damit niemand mehr heimlich Butter machte. Jeder musste seine Milch so fettreich abliefern, wie sie von der Kuh kam. In diesem neuen Butterfassl witterte mein Vater nun eine Chance, dass man wenigstens auf der Alm heimlich Butter machen könne, zum einen für meinen Bedarf, zum andern ließe sich gewiss ein Teil davon für die Familie abzweigen.

Als der Vater mit dem Fassl statt mit dem Service heimkam, war meine Enttäuschung groß, und das ließ ich ihn auch wissen. Deshalb versuchte er, mich zu trösten: »Sei nicht traurig, Gusti. Du kriegst schon noch dein Geschirr, spätestens zur Hochzeit.«

Im Jahr darauf, also 1943, wurden alle Mädchen aus meinem Jahrgang, aus sämtlichen umliegenden Dörfern, zusammen mit mir nach Marquartstein beordert, zur Musterung für den Arbeitsdienst.

Man machte mir den Vorschlag, dass ich einen Führungsposten bekäme, wenn ich mich für zwei Jahre verpflichten würde. Mensch, dachte ich, das Angebot nehm ich gern an. Während ich aber heimwärts radelte, stiegen Bedenken in mir auf: Wenn ich mich verpflichtete, müsste ich ja für zwei Jahre von meinen Kühen weg. Und das wollte ich auf keinen Fall.

Deshalb redete ich meinem Vater gut zu, er solle mich vom Arbeitsdienst freistellen lassen, mit der Begründung, dass er mich dringend in der Landwirtschaft brauche. Das tat er dann auch, und es klappte. Dennoch hatte ich an diesem Abend das

Bedürfnis, wie ausgemacht mit den anderen Mädchen aus unserem Dorf, die zur Musterung angetreten waren, im »Löwen« essen zu gehen.

Wir hatten unsere Teller noch nicht leer, da erreichte mich ein Anruf von zu Hause: »Du musst sofort heimkommen, ein Pferd kriegt ein Junges.«

Mein Bruder oder der Knecht, die sonst dafür zuständig gewesen wären, befanden sich ja im Krieg. Dieses Pferd tat sich ausgesprochen schwer, zu fohlen. Die ganze Nacht verbrachte ich im Pferdestall. Am Morgen hatten wir endlich ein gesundes Fohlen, und seiner Mutter ging es ebenfalls gut.

Nachdem ich mich so erfolgreich als Geburtshelferin beim Pferd gezeigt hatte, keimte in mir der Wunsch auf, Tierärztin zu werden. In dem Moment reute es mich zum ersten Mal, dass ich mich geweigert hatte, eine höhere Schule zu besuchen. Denn nun war mir der Weg, Tiermedizin zu studieren, verwehrt. In der Folgezeit habe ich mich aber auf eigene Faust auf tiermedizinischem Gebiet weitergebildet. Bei jeder Tiergeburt, bei jeder Tierkrankheit, ob in der Nachbarschaft oder auf der Alm, von der ich erfuhr, steckte ich meinen Kopf in den Stall und schaute zu, egal, ob ein erfahrener Bauer, eine gestandene Sennerin oder gar der Tierarzt den Fall in die Hand nahm. Ja, ich schaute nicht nur zu, ich half auch immer wieder tatkräftig mit. Bald sprach es sich im ganzen Ort herum, dass ich in Geburtshilfe einige Erfahrung besäße und eine glückliche Hand für kranke Tiere hätte. Also rief man mich in die Ställe, wenn man Komplikationen befürchtete, auch zu entfernter liegenden Höfen.

Einmal ging es um eine Kalbin, also eine Jungkuh, die ihr erstes Kalb kriegte. Sie hatte schon den ganzen Tag über umeinandergedrückt, doch es ging und ging nichts weiter. Endlich rief man mich hinzu. Ich stellte fest, dass das Kalb verkehrt herum lag. Statt dass Kopf und Vorderhaxen in Richtung Ausgang zeigten, lagen die Hinterhaxen vorn.

So etwas Ähnliches hatte ich auf der Alm schon mal im Stall einer Nachbarsennerin erlebt. Die hatte vorsorglich den Viechdoktor kommen lassen, der meiner Kollegin erklärt hatte: »Du musst die Kuh dazu bringen, dass sie steht.« Und mir hatte er den Auftrag erteilt: »Du musst die Kuh so führen, dass sich das Kalb dreht. Dann musst du verhindern, dass es in seine alte Lage zurückrutscht.«

Das war damals leichter gesagt als getan, so ein ungeborenes Kalb kann nämlich ganz schön hartnäckig sein. Ich bemühte mich und plagte mich ab und brauchte unheimlich viel Kraft, doch wir hatten es geschafft: Das Kalb kam in der richtigen Lage und wohlbehalten zur Welt. Dieselbe Technik wandte ich dann bei dem neuen Fall im Dorf an, und es klappte.

Das Stammhaus meiner Familie ist 1789 von meinem Urgroßvater erbaut worden, von dem es mein Großvater übernommen hat. Aber schon bald baute dieser ein neues Haus, in dem mein Vater und später auch wir Kinder geboren wurden. Das alte Haus hatte eine Schwester meines Großvaters, also eine Großtante von mir geerbt, die darin viele Jahre mit ihrem Mann lebte. Zu ihrem Bedauern blieben sie kinderlos, weshalb sie ein Kind ihrer Schwester zu sich genommen und aufgezogen hatte.

Da dieser Bub aber schon in relativ jungen Jahren mit dem Trinken anfing, sagte die Tante einst zu meinem Vater: »Dem kann ich das Haus nicht geben, der vertrinkt es sonst.«

Also kaufte mein Vater dieses Haus für unsere Familie zurück, seine Tante aber durfte in dem Haus wohnen bleiben. Damit sie eine Existenz hatte, eröffnete sie dort im Jahre 1879 einen Lebensmittelladen, vermutlich den ersten in Reit im Winkl. Bisher hatte es eines solchen Ladens nicht bedurft, da ja jeder Selbstversorger war. Außer Lebensmitteln konnte man bei der Tante auch alles andere kaufen, was in der Landwirtschaft gebraucht wurde: Kuhketten, Kälberstricke, Milchkannen, Pferdebürsten.

Der Mann der Großtante war Holzmeister und arbeitete die ganze Woche über hoch droben im Gemeindewald. Er war jedoch nicht der Einzige, der die Woche fernab von zu Hause verbringen musste. Seinerzeit gab es bereits eine Menge Männer in unserem Dorf, die von ihrer kleinen Landwirtschaft allein nicht leben konnten. Deshalb waren sie froh, dass sie die Möglichkeit nutzen konnten, sich als Holzknechte etwas dazuzuverdienen. Auch sie arbeiteten die ganze Woche über im Forst, wo sie in urigen Holzhütten lebten. Dort brauchten sie natürlich etwas zu essen. Die Tante war so vorausschauend, dass sie darin ihre Chance witterte. Am Samstagabend, bevor die Holzknechte müde und erschöpft in ihre Familien zurückkehrten, ließ sie sich deren Rucksäcke bringen. Wenn die Holzarbeiter diese am frühen

Montagmorgen wieder abholten, waren sie bis oben hin gefüllt mit allem, was man unter der Woche so brauchte: Eier, Speck, Brot, Mehl und Schmalz.

Auf diese Weise führte die Tante den Laden bis 1916, dann gab sie ihn aus Altersgründen an meinen Vater ab. Dieser stellte mit Pachtvertrag für einige Jahre eine Verkäuferin ein, bis meine älteste Schwester alt genug sein würde, das Geschäft zu übernehmen. Als diese Schwester heiratete, kam die zweite dran und dann die dritte. Ich war ja noch ganz weit hinten in der Reihe.

Als 1937 Ursula, meine dritte Schwester, heiratete, eröffnete mir der Vater: »Jetzt verpachte ich den Laden noch mal für drei Jahre, dann bist du so weit, dass du als Verkäuferin dort anfangen kannst.«

Von dieser Idee war ich nicht gerade begeistert. Schon zu der Zeit hatte ich es lieber mit Kühen zu tun, als in einem Geschäft stehen zu müssen. Das Einzige, was mich vielleicht an diesem Laden gereizt hätte, war die Tatsache, dass ein Stall mit drei Kühen und eine Magd, die schon ganz schön betagt war, dazugehörten. Die Magd stand bereits seit vierzig Jahren in unseren Diensten. Ihre Aufgabe bestand darin, sich um die Kühe, das Buttern und das Käsen zu kümmern. Sie musste auch für die jeweilige Verkäuferin, die ja den ganzen Tag hinter der Theke stand, kochen und ihr den Haushalt machen. Es waren ja nicht nur die Rucksäcke der Holzknechte zu füllen. Schon zu Zeiten der Großtante hatte es sich eingebürgert, dass die Dorfbewohner in diesem Laden all das einkauften, was sie selbst nicht produzieren konnten.

Wie wir wissen, brach am 1. September 1939 der Krieg aus. Da die Zeiten dann so unsicher wurden, wollten weder mein Vater noch die seinerzeitige Verkäuferin den Pachtvertrag verlängern. Sie blieb also ohne Vertrag auf ihrem Posten, was mich sehr freute. Deshalb brauchte ich die Stelle vorerst nicht antreten und konnte mich weiterhin meinen Kühen widmen. So reihte sich für mich Jahr an Jahr auf der Alm, und ich war glücklich mit meinem Leben.

In dieser Zeit ergaben sich ein paar lustige Situationen da oben, aber auch einige aufregende. Eines Tages, ich kam vom Heidelbeerbrocken zurück, glaubte ich, meinen Augen nicht zu trauen. Da standen um den Tisch vor meiner Hütte sage und schreibe zwölf Ziegen. Wo kamen die denn her? Ich versuchte instinktiv, sie zu verscheuchen. Doch die Tiere dachten gar nicht daran, sich fortzubewegen. Plötzlich stellte eine von ihnen die Vorderbeine auf den Tisch, da kam ich gar nicht umhin, das prall gefüllte Euter zu bemerken.

»Du willst gemolken werden?«, fragte ich sie, holte meinen Melkeimer, und sie ließ sich in aller Seelenruhe melken.

Dann schwang die zweite Ziege die Vorderbeine auf den Tisch und ließ sich ebenfalls willig melken. So ging das weiter, bis ich sie alle gemolken hatte. Die Ziegenmilch mischte ich unter meine Kuhmilch, und daraus sollte später ein wunderbarer Käse werden. Als ich am nächsten Morgen ins Freie trat, grasten die Ziegen friedlich um meine Hütte herum und ließen sich am Abend wieder melken.

So plötzlich, wie sie bei mir aufgetaucht waren, verschwanden sie nach einigen Tagen wieder. Ich habe nie erfahren, woher sie kamen und wem sie gehört hatten.

Doch auch ein aufregendes Erlebnis gibt es zu berichten. Zwischen der Hindenburghütte und der Nattersbergalm befindet sich ein Moos, also ein relativ sumpfiges Gelände, mit einigen großen grasbewucherten Löchern, die man nicht als solche erkennt. Eines Morgens fehlte beim Melken eine Kuh. Ich machte mich also auf die Suche und fand sie, bis zum Bauch in einem der Löcher stehend. Aus eigener Kraft kam sie nicht heraus. Was tun? – Allein bringe ich die nie und nimmer heraus, dachte ich.

Also trommelte ich einige Leute zusammen. Mit Seilen und Sägen bewaffnet, machten wir uns ans Werk. Zunächst fällten wir einige dünnere Bäume und zogen sie mithilfe der Seile bis zum Loch. Dort ließen wir sie zur Kuh hinunter, damit sie die Möglichkeit hatte, immer höher hinaufzusteigen. Das tat sie dann auch. Wir schafften es: Das Tier fand heraus, unverletzt. Glücklich, dass sie wieder davonlaufen konnte, raste sie in einem solchen Tempo in Richtung Stall, dass keiner von uns mit ihr Schritt halten konnte.

So haben wir Almleute immer wieder zusammengehalten. Diesmal war ich diejenige gewesen, der geholfen wurde. Ein andermal war ich dabei, wenn jemand Hilfe brauchte. So war ein ständiges Geben und Nehmen selbstverständlich, da wurde nicht kleinlich gerechnet. Auch dieser Zusammenhalt war es, der für mich das Almleben so erstrebenswert machte.

Normalerweise fand der Almauftrieb am 13. Juni, dem Antoni-Tag, statt. Je nach Wetterlage konnte man aber auch ein bis zwei Tage früher oder später aufsteigen; das sprachen die Almbauern rechtzeitig miteinander ab, damit alle Kühe gleichzeitig den Aufstieg zu den Bergweiden antreten konnten. Da eine Schlechtwetterperiode vorausgegangen war, hatte man sich in dem bewussten Jahr darauf geeinigt, die Kühe erst zwei Tage noch Antoni auf den Berg zu lassen. Inzwischen hatten wir aber herrliches Wetter.

Nun hatte ich seinerzeit eine Kuh, die etwas kleiner war als die anderen. Das war ein sehr gescheites Tier, mit der hat man reden können, die hat jedes Wort verstanden.

Zu ihr sagte ich am Morgen, zwei Tage vor Antoni: »Ich weiß gar nicht, was wir hier unten noch sollen. Bei dem schönen Wetter möchte ich morgen schon aufi und nicht erst am Montag. Da müssten wir ja noch mal drei Tage warten.«

Zu dieser Zeit weideten unsere Kühe tagsüber auf einer hausnahen Wiese. Am Abend, als ich die Kühe melken wollte, erschien die bewusste Kuh nicht auf ihrem Platz. Mit meiner Schwester Ursula suchte ich das ganze Gelände um den Hof ab. Nichts! Keine Spur von meiner gescheiten Kuh!

Deshalb sah ich mich genötigt, meiner Schwester ein Geständnis zu machen: »Du, ich habe der Kuh heute Morgen gesagt, dass ich morgen schon auf die Alm möchte.«

»Und da wunderst du dich, dass sie verschwunden ist? Du weißt doch, dass die Kühe dich verstehen, noch dazu diese, die so gescheit ist.«

Sollte die es wirklich gewagt haben, alleine aufzusteigen? Uns blieb gar nichts anders übrig, als den zweistündigen Aufstieg auf uns zu nehmen und da oben nach meiner Kuh zu suchen. An einer Hütte waren zwei Männer damit beschäftigt, das Dach zu richten. Wir fragten, ob sie nicht eine einzelne Kuh gesehen hätten, was sie verneinten. Wir suchten noch eine Weile umeinander, dann stiegen wir – ziemlich entmutigt – wieder ab, damit wir noch vor Einbruch der Dunkelheit zu Hause sein würden. Allerdings blieb uns noch die stille Hoffnung, dass die Kuh von ihrem kleinen Ausflug längst in den heimischen Stall zurückgekehrt war. Enttäuscht mussten wir feststellen, dass es nicht so war.

Am nächsten Morgen wurde von der Hindenburghütte aus angerufen, man habe eine einsame Kuh gesichtet. Einigermaßen erleichtert, atmeten wir auf. Da ich jedoch meine Kühe zu melken hatte, machte sich meine Schwester allein auf den Weg, das gescheite Tier musste ja auch gemolken werden. Bald fand sie die Kuh, die sich jedoch nicht zurückführen ließ, da sie weder auf gutes Zureden noch auf sanfte Gewalt reagierte. Selbst zwei Männer, die meiner Schwester zu Hilfe kamen, richteten nichts aus. Einer von ihnen legte der Kuh einen Strick um den Hals und versuchte, sie vorwärtszuziehen, während der andere von hinten schob. Doch die Kuh stemmte die Beine in den Boden und war nicht zum Abstieg zu bewegen. Also molk Ursula sie vor Ort und kam mit der Milch zurück.

Weil wir die Kuh nicht weitere zwei Tage allein auf der Alm wissen wollten, sprach mein Vater in aller Eile mit den Almbauern. Sie zeigten volles Verständnis, und so fand der Almauftrieb noch am selben Tag statt. So hatte ich mithilfe meiner klugen Kuh meinen Willen durchgesetzt.

Nachdem ich den zehnten Sommer mit meinen Tieren auf der Bergweide verbracht hatte, bekam ich eine Auszeichnung, vom Präsidenten der Landwirtschaftskammer persönlich unterschrieben. Auch diese hängte ich daheim in meine Kammer. Noch zwei weitere Jahre Almleben konnte ich dranhängen, dann überzeugte mich mein Vater, dass ich nun den Laden übernehmen müsse. Insgesamt war ich also zwölf Jahre als Sennerin tätig gewesen, die schönste Zeit meines Lebens.

1952 hatte unsere letzte Geschäftsführerin, die schon 1939 den Pachtvertrag nicht mehr verlängerte, endgültig gekündigt. Mein Vater verstand es, mir das Geschäft schmackhaft zu machen, indem er mir eine von seinen Kühen in den Stall stellte. Außer dem Laden befanden sich in dem Gebäude nämlich nicht nur vier Wohnräume, sondern auch ein Stall, der schon seit längerer Zeit leer stand.

Bei meinem »Amtsantritt« lagerten in den Regalen Waren im Wert von 400 DM, und ich hatte noch nie hinter einer Theke gestanden. Um Gottes Willen, dachte ich, was soll das nur werden?

Mit der in mir wohnenden Entschlusskraft arbeitete ich mich jedoch schnell ein. Damals musste man ja noch alles abwiegen. Und was kauften die Leute ein? – 50 Gramm Kaffee, ein Viertelpfund Butter, ein Viertelpfund Zucker. Auf diese Weise machte ich am Tag höchstens dreißig bis fünfunddreißig Mark Umsatz. Nun war es nicht so, dass die Leute unbedingt gleich bezahlt hätten, selbst kleinste Beträge ließen sie anschreiben. Deshalb musste ich am nächsten Monatsanfang stets meinem Geld nachlaufen. Von etlichen Leuten hätte ich das Geld noch heute zu kriegen.

Das Schlimmste allerdings war, dass ich im ersten Jahr jeden Abend Kopfweh hatte. War es die schlechte Zahlungsmoral der Leute, die mich belastete? Oder litt ich an Entzugserscheinungen, weil ich nicht mehr auf der Alm sein durfte?

Mein Trost in dieser Zeit war meine Kuh. Jeden Morgen vor Geschäftsöffnung und jeden Abend nach Ladenschluss kümmerte ich mich liebevoll um sie. Durch die Kuh hatte ich nicht nur meine eigene Milch und meine Butter, sie bescherte mir auch jedes Jahr ein Kalb, das ich aufzog und verkaufte. So konnte ich mich noch über bescheidene Nebeneinnahmen freuen.

Irgendwann kam der Tag, an dem ich nach Bernau zur Hochzeit meines Cousins Peter eingeladen war. Peter hatte einen Freund, den Michael. Vom Sehen kannte ich diesen schon lange, aber erst auf Peters Hochzeit hat es zwischen uns gefunkt. Es stellte sich auch noch heraus, dass er von Beruf Kaufmann war! Das hat perfekt gepasst. Es dauerte gar nicht lange, da waren wir schon verheiratet und schmissen gemeinsam den Laden. Nun war ich meinem Vater dankbar, dass er mich in diese Aufgabe gedrängt hatte.

Insgesamt habe ich dreiundfünfzig Jahre lang begeistert hinter der Theke gestanden. Trotzdem, wenn ich Kühe sehe, geht mir heute noch das Herz auf.

Ein Leben im Dienste des Wassers

Birgit Fresenius, Jahrgang 1918, aus Wiesbaden

Am 12. September 1918 erblickte ich in Wiesbaden das Licht der Welt, und zwar in dem Hause, in dem ich noch heute lebe. Damit man meine Lebensgeschichte besser versteht, muss ich bei meinem Urgroßvater anfangen. Sein Name war Carl Remigius Fresenius, geboren in Frankfurt am Main im Jahre 1818, also genau hundert Jahre vor mir. Sein Taufpate war kein Geringerer als Johann Wolfgang von Goethe. Mit Goethe verband uns auch noch etwas anderes: Carls Urgroßvater Johann Philipp Fresenius, geboren 1703 – also mein Ururururgroßvater – ist evangelischer Pfarrer an der Barfüßerkirche in Frankfurt gewesen, er hatte Johann Wolfgang von Goethe die Nottaufe gespendet und ihn später konfirmiert. Da in unserem Hause diese Ereignisse häufiger erwähnt wurden, betrachtete ich Goethe immer als einen Bestandteil unserer Familie.

Ab 1840 studierte Carl Remigius in Bonn Chemie. Zwei Jahre später wurde er Staatsassistent am Universitätslaboratorium zu Gießen und promovierte bei Justus von Liebig (1803–1873), dessen Verdienst u. a. darin besteht, die Mineraldüngung begründet zu haben, durch welche die landwirtschaftliche Produktion erheblich gesteigert werden konnte.

Im Jahr darauf wurde Urgroßvater Privatdozent in Gießen.

Kurz bevor er Gießen verließ, lernte er bei Liebig noch Emil Erlenmeyer (1825–1909) kennen, den deutschen Chemiker, der den berühmten Erlenmeyer-Kolben erfunden hat. Diese beiden bedeutenden Chemiker würden später im Haus meines Urgroßvaters ein- und ausgehen. Daher wurde in meiner Familie noch oft von ihnen gesprochen, sodass mir diese Namen seit frühester Kindheit vertraut waren.

Im Jahre 1845 wurde dieser Urgroßvater Professor für Chemie, Physik und Technologie am Herzoglichen Nassauischen Landwirtschaftlichen Institut, wohin ihn der Landesfürst berufen hatte. Bereits drei Jahre später kaufte er dieses Haus und gründete darin ein chemisches Laboratorium, in dem er wichtige Grundlagen und Methoden der chemischen Analyse entwickelte. Er begnügte sich jedoch nicht damit, selbst Wasser- und Lebensmittelanalysen zu machen, sondern reichte sein Wissen auch weiter, indem er in seinem Laboratorium Studenten ausbildete. Er hatte drei Söhne und vier Töchter. Als er im Jahre 1897 starb, übernahmen zwei seiner Söhne die Leitung des Werkes, nämlich der Älteste, Remigius Heinrich (1847–1920), und der Jüngste, Theodor Wilhelm (1856–1936). Letzterer war mein Großvater. Im Jahre 1920 wurde mein Vater Remigius Ludwig (1886–1936) Mitdirektor und Mitinhaber des chemischen Laboratoriums Fresenius. Der andere Mitinhaber und Mitdirektor war sein Cousin, Wilhelm Karl Achim Remigius. In dieser Zeit siedelte man die

Firma an anderer Stätte an, da das Wohnhaus aus allen Nähten zu platzen drohte. Die beiden Herren leiteten das Unternehmen so lange, bis mein Bruder Wilhelm Friedrich Nils Remigius (1913–2004) seine Studien abgeschlossen hatte und die nötige Reife besaß, um ein solch großes Unternehmen, zu dem es mittlerweile herangewachsen war, leiten zu können. Im Jahre 1949 erfolgte dann der Stabwechsel.

Von klein auf war ich mir auch dessen bewusst, dass Urgroßvater Carl Remigius ein bedeutender Mann gewesen ist. Denn es wurde stets mit Hochachtung von ihm gesprochen, und die Gemälde in unserem Wohnzimmer, von denen jeweils eines ihn, seine Frau, seinen Vater und seine Mutter zeigt, wurden stets in Ehren gehalten. Wie wichtig diese Bilder für unsere Familie waren, belegt ein Ausspruch meiner Mutter zu Beginn des Zweiten Weltkrieges: »Wenn irgendetwas geschieht – ich greife mir als Erstes die Familienbilder.«

Das hat sie wirklich getan, als Wiesbaden bombardiert wurde. Daher sind die Gemälde bis heute erhalten geblieben. Leider war ich selbst nicht so geistesgegenwärtig, deshalb existiert ein frühes Kinderbildnis von mir nicht mehr. Meine Eltern hatten es malen lassen, als ich zwischen vier und fünf Jahre alt war, um es dem Großvater zu schenken. Weil aber ein vierjähriges Wesen nicht so lange still sitzen kann, wie es zum Malen nötig wäre, ließ man ein Foto von mir machen, nach welchem der Künstler dann das Bild malte. Bevor das Foto geknipst wurde, stellte ich mich in meinem duftigen weißen Trägerkleidchen der Großmutter vor.

»Kind, an dem Kleidchen fehlt noch etwas«, monierte die alte Dame. »Geh doch mal an die Schublade, da sind Bänder drin.«

Darin fand ich u. a. zwei himmelblaue Bänder, die brachte ich der Großmutter. Je eines davon legte sie um eines der Trägerchen und band sie zu wunderhübschen Schleifen. So dekoriert, musste ich auf einen Stuhl steigen, von da auf den Tisch, und mich dort auf ein Stühlchen setzen. Inzwischen hatte der fremde Mann einen schwarzen Kasten auf wackligen Standbeinen aufgebaut, an dem er herumhantierte. Schließlich legte er über den Kasten ein schwarzes Tuch und verschwand dahinter. Er erzählte etwas von einem Vögelchen, es machte Klick, und ich konnte wieder von meinem Thronsessel herabsteigen. Nach dem gelungenen Foto ist tatsächlich ein entzückendes Kinderbild gemalt worden, welches eben leider mitverbrannte, als wir im Krieg ausgebombt wurden.

Bald, nachdem das Bild gemalt worden war, starb meine Großmutter, und wir siedelten um in das Haus des Großvaters, für uns Kinder eine schöne Sache. Nicht nur, dass wir ungehindert mit unseren Freunden in Großvaters Garten herumtollen durften. Er konnte auch wunderschöne Geschichten erzählen. Jeden Abend kam er zu mir ans Bett und erzählte mir eine selbst erfundene Geschichte, die nie aufhörte. Von diesem Haus aus besuchte ich auch schon den Kindergarten, übrigens sehr gerne.

Ich hatte nur einen einzigen Bruder, er war fünf Jahre älter als ich. Eine Erinnerung aus frühesten Kindertagen, die ich an ihn habe, ist folgende: Wir befanden uns in unserer Wohnung in der Kapellenstraße. Mein damals neunjähriger Bruder hantierte mit dem Schürhaken im Ofen herum, als plötzlich mit Sirenengeheul ein Feuerwehrauto durch unsere Straße raste. Neugierig, wie mein Bruder war, stürzte er ans Fenster, um das seltene Ereignis nicht zu verpassen. Dabei vergaß er, dass er noch den glühenden Schürhaken in der Hand hielt. Dieser kam der Gardine zu nahe, sodass sie Feuer fing. Zunächst ein Schrei, dann das beherzte Eingreifen meiner Mutter. Sie riss den Vorhang herunter und erstickte das Feuer, sodass weiterer Schaden verhindert wurde.

Im Alter von fünfeinhalb Jahren hätte ich in die Schule kommen sollen. Diese lag aber ganz schön weit von uns entfernt, diesen Weg wollte man dem zarten kleinen Mädchen noch nicht zumuten. Deshalb veranlasste mein Vater, dass ich im ersten Jahr Privatunterricht bekam, dazu musste ich jeden Tag in eines der Nachbarhäuser zu einer pensionierten Lehrerin gehen. Dieses adlige Fräulein sollte mir die Grundkenntnisse des Lesens, Schreibens und Rechnens beibringen. Viel interessanter war für mich jedoch ihre Kuckucksuhr. Jedes Mal, wenn der Kuckuck rief, war ich sehr abgelenkt. Ja, meist auch schon lange vorher, weil ich ungeduldig darauf wartete, dass der kleine Vogel wieder aus seinem Häuschen käme.

Dennoch muss ich bei dem Fräulein gute Fortschritte gemacht haben, denn nach einem Jahr kam ich direkt ins zweite Schuljahr und hatte keine Probleme, dem Unterricht zu folgen.

Auf dem Weg zur Schule holte ich immer meine neu gewonnene Freundin Ulla ab, damit wir die restliche Strecke gemeinsam zurücklegen konnten. Erstens war mir der weite Weg dadurch nicht so langweilig, und zweitens fühlte ich mich in ihrer Gesellschaft sicherer. Unser Weg führte nämlich an einer Kaserne vorbei, in der die französische Besatzungstruppe untergebracht war. Einige von ihnen hielten immer vor der Tür Wache, darunter auch einige Marokkaner. Sie waren von dunkler Hautfarbe und sprachen Französisch. Das alles war mir ein bisschen unheimlich. Vielleicht rührt daher meine lebenslange Abneigung, die französische Sprache zu erlernen, während ich mit Latein, Englisch und Schwedisch keine Schwierigkeiten hatte.

Wir Geschwister genossen es sehr, im Hause des Großvaters zu wohnen. Denn er hatte mehr Zeit für uns als die Eltern. Mein Vater war nicht nur durch seinen Betrieb sehr eingespannt, sondern auch sehr krank. Im Ersten Weltkrieg hatte er eine Verletzung davongetragen, von der er sich nie wieder erholte. Wenn er nicht gerade arbeitete, musste er viel liegen. Er konnte also nie mit uns herumtollen. Das aber tat in einem gewissen Maße der noch erstaunlich rüstige Großvater.

Damit ich auf dem Gebiet des Sporttreibens nicht zu kurz kam, meldete mein Vater mich mit zehn Jahren bei einer Gruppe der Bündischen Jugend an. Was mir daran so gefiel, war nicht nur die körperliche Ertüchtigung, sondern auch das tolle Gemeinschaftserlebnis. Wir sind viel auf Fahrt gegangen, per Rad oder per Schiff, und viel gewandert, es bestand eine wundervolle Kameradschaft unter uns Mädchen. Es war selbstverständlich, dass man, wenn eine kein Brot hatte, das seine mit ihr teilte.

Nachdem ich die vierte Klasse der Volksschule durchlaufen hatte, war es selbstverständlich, dass ich aufs Lyzeum überwechselte. Leider war ich die Einzige aus meiner früheren Klasse, die diese Schule besuchte. Ehemalige Mitschülerinnen, die ebenfalls auf eine höhere Schule gehen durften, besuchten eine andere Lehranstalt.

Zu meinem zwölften Geburtstag bekam ich ein Fahrrad geschenkt, weil mein Bruder zu seinem zwölften Geburtstag ebenfalls eines bekommen hatte; bei uns herrschte also schon absolute Gleichberechtigung. Ich nehme an, das war nicht zuletzt darauf zurückzuführen, dass meine Mutter aus dem fortschrittlichen Schweden stammte. Mit diesem Fahrrad war ich viel beweglicher und fuhr nach Schulschluss immer an der anderen Mädchenschule vorbei, um meine Freundinnen zu treffen. Es blieben uns immer nur ein paar Minuten zum Plaudern. Da sie in der entgegengesetzten Richtung wohnten, konnten wir den Heimweg nicht gemeinsam zurücklegen. Erst in der Oberstufe bekam ich eine Mitschülerin, die in derselben Gegend wie ich wohnte. Mit ihr halte ich noch immer Kontakt, bis zum heutigen Tag.

Wenn ich mit dem Fahrrad zur Schule fuhr, musste ich darauf achten, so frühzeitig aus dem Haus zu kommen, dass ich den Bus noch an einer breiten Straßenstelle überholen konnte. Hatte ich diesen Zeitpunkt verpasst, kam ich unweigerlich zu spät.

Denn die folgenden Straßen waren so eng, dass man, da reger Gegenverkehr herrschte, den breiten Bus unmöglich überholen konnte. Natürlich fuhren noch bei Weitem nicht so viele Autos wie heute, aber Wiesbaden hatte auch zu Beginn der 1930er-Jahre schon ein beachtliches Verkehrsaufkommen. In dieser Zeit gab es noch nicht viele Kinder, die mit dem Rad zur Schule fuhren, zudem konnte man in unserer Straße nicht gut fahren. Sie führte ziemlich steil bergab und war weder asphaltiert noch gepflastert, ein besserer Feldweg. Man konnte nur mit angezogener Handbremse hinunterfahren. Froh war ich immer, wenn ich das geschafft hatte und ab der ersten Querstraße richtig losstrampeln konnte.

Mein Bruder hatte einen guten Freund, den Herbert, der auch in unserer Straße wohnte. Herbert hatte etwas ganz Besonderes. Er besaß eine Spielzeugeisenbahn aus Metall, die auf richtigen Schienen fahren konnte, und zwar so eine, die man mit einem Schlüssel aufziehen musste. In jeder freien Minute besuchte mein Bruder den Freund, um mit ihm und dessen Eisenbahn zu spielen. Für mich bedeutete es immer das höchste Glück, wenn ich ihn dabei begleiten und wenigstens zuschauen durfte. Eines Tages nun, die Jungs waren mittlerweile vierzehn oder fünfzehn, begegnete ich Herbert auf der Straße. Er erklärte mir, sie beide seien nun zu alt, um sich noch mit solchen Spielzeugen zu beschäftigen. Großmütig fügte er hinzu: »Du kannst die ganze Eisenbahn haben, wenn du sie willst.«

Zunächst konnte ich das gar nicht glauben. Ich dachte, er wolle mich verulken. Als er mich aber davon überzeugt hatte, dass dies ein ernst zu nehmendes Angebot war, schlug mein Herz vor Freude Purzelbäume. Ich eilte nach Hause und holte unseren Leiterwagen, damit begab ich mich zu Herberts Wohnung.

Er packte mir die Eisenbahn mit sämtlichem Zubehör darauf. Glückstrahlend zog ich meine Last nach Hause, baute die Bahn in meinem Zimmer auf und verbrachte von da an viele Stunden in seligem Spiel vertieft.

Von jeher mochte ich Knabenspielzeug am liebsten. Noch bevor ich zur Schule ging, hatte ich einen kleinen Freund, den Peter in der Nachbarschaft, mit dem ich häufig spielte, mal bei ihm, mal bei uns. Immer war er drauf aus, mit meinen Puppensachen zu spielen, während ich mich viel lieber mit seinen Jungenssachen beschäftigte. Es wurde also hüben wie drüben eifrig getauscht.

Streiche habe ich am liebsten auch immer mit den Jungs ausgeheckt. Ab und zu steckten wir in der Nachbarschaft Stecknadeln neben die Klingelknöpfe, damit diese nicht zurückspringen konnten und einen Dauerton erzeugten. Ein anderes beliebtes Spiel war, die Tore anzubinden, damit die Leute nicht aus ihren Ausfahrten kamen. Auch die Fußabstreifer tauschten wir gern aus. Wenn sich im Nachhinein die Dienstboten vor den Haustüren um die Fußmatten stritten, hatten wir einen Heidenspaß.

Mit meinem Bruder und seinem Freund Herbert bauten wir auch in Großvaters Garten ein Häuschen. Die Pfosten, die uns ein Zimmermann überlassen hatte, rammten wir in die Erde, Bretter für die

Wände konnten wir aus dem Labor holen, unser Dach deckten wir mit Blechstücken. Dann strichen wir das ganze Häuschen rot an, wie wir das von Schweden her kannten.

Wenn mein Bruder auch fünf Jahre älter war als ich, und wir dadurch nicht so viele Gemeinsamkeiten hatten, so lernte ich doch einiges von ihm, was wichtig war. Er führte mir immer wieder Experimente vor und zeigte mir beispielsweise, wie man im Sonnenschein mit einem Vergrößerungsglas Papier zum Brennen bringt.

Einmal bekam ich in der Apotheke ein winziges Fläschchen mit Kölnisch Wasser geschenkt. Mein Bruder hielt es für nötig, mir zu demonstrieren, was passieren konnte, wenn man es erwärmte. Er machte ein kleines Feuerchen darunter, und schon zersprang es in tausend Stücke.

Ich besaß einen sehr schönen, stabilen Roller. Der war noch mit eisenbeschlagenen Rädern ausgestattet, nicht mit Gummirädern. Auch befand sich an dem Gefährt keine Bremsmöglichkeit, doch vor unserem Hause ging es, wie gesagt, gleich ziemlich steil bergab. Mit den Schuhsohlen zu bremsen, war untersagt, weil sie sich zu schnell abgewetzt hätten. Denn auch bei uns war Sparsamkeit angesagt, obwohl wir eine relativ wohlhabende Familie waren. Es blieb mir also nichts anderes übrig, als mir selbst eine Bremse zu konstruieren. Dazu kaufte ich mir ein Scharnier, montierte es auf ein Brettchen und brachte das Ganze mit noch ein paar Kleinigkeiten so an meinem Roller an, dass ich die hinter mir befindliche Bremsvorrichtung während der Fahrt mit einem Fuß betätigen und somit auf das Hinterrad einwirken konnte.

In den Labors hatte ich als Kind eigentlich nichts zu suchen, obwohl es mich brennend interessiert hätte, zu sehen, was in den verschiedenen Töpfchen und Kolben und Reagenzgläsern geschah. Als ich schon etwas verständiger war, durfte ich nach Schulschluss meinen Vater öfter vom Büro abholen, das mitsamt dem Betrieb in einer anderen Straße lag. Diese Minuten genoss ich sehr. So hatte ich immer wieder mal eine Gelegenheit, einen Blick in die Labors zu werfen. Außerdem hatte ich dadurch meinen Vater eine Weile für mich ganz allein und durfte sogar noch ein Stück zusammen mit ihm Taxi fahren. Denn da es meinem Vater ob seiner Kriegsverletzung zusehends schwerer fiel, unseren Berg hochzusteigen, ließ er sich im Taxi nach Hause bringen. An den Tagen, an denen ich Taxi fahren wollte, ließ ich mein Rad wohlweislich zu Hause.

Natürlich verbrachten wir auch immer wieder mal einige Zeit mit unserer Mutter in Schweden. Bei meiner ersten Schwedenreise war ich drei, doch daran kann ich mich nicht mehr erinnern, man hat mir aber Fotos davon gezeigt. Bei der nächsten Reise war ich sieben und bei einer weiteren elf. An diese beiden Reisen erinnere ich mich noch lebhaft, allein die Fahrt dorthin war schon aufregend, ich glaube, wir waren jeweils vierundzwanzig Stunden unterwegs.

Zunächst ging es mit der Bahn nach Berlin, dort mussten wir von unserem Ankunftsbahnhof zu einem anderen. Dazu benutzten wir ein Taxi, das noch mit Vollgummirädern bereift war, das schüttelte einen ganz schön übers Pflaster. Dann ging es weiter nach Sassnitz, von dort setzte man mit der Fähre über nach Trelleborg. Danach war es nicht mehr weit. Mutters Verwandte lebten in Südschweden, in Schonen. Meine Großeltern waren schon nicht mehr am Leben, aber es gab Onkel und Tanten, eine Cousine und drei Vettern. Das war natürlich etwas für mich! Zu der Zeit, als ich sieben war, sprachen sie kein Deutsch und ich kein Schwedisch, dennoch gab es keine Sprachbarriere. Die Kinder redeten in ihrer Sprache, von der ich immer mehr verstand. So eignete ich mir in diesem Urlaub einen Teil der schwedischen Sprache an, einfach nur nach Gehör.

Das kam mir zugute, als ich mit elf wieder in Schonen weilte. Da spielten wir oft miteinander Krocket oder gingen zum Schwimmen zu einem großen unweit gelegenen See. Ich liebte es zwar sehr, im Wasser zu plantschen, ging aber immer nur so weit hinein, wie ich noch stehen konnte. Leider lernte ich dabei nicht schwimmen. Das lag wohl daran, dass ich kurz zuvor ein traumatisches Erlebnis gehabt hatte. Mit meiner Klasse war ich in Wiesbaden im Viktoria-Bad zum Schwimmunterricht gewesen. Bereits am ersten Tag – ich stand noch unschlüssig am Beckenrand – hat mich die Lehrerin ins Wasser geschubst. Voller Todesangst zappelte ich im Wasser, bis ich endlich Halt am Beckenrand fand. Durch dieses Erlebnis war ich so geschockt, dass ich beschloss, von nun an nicht mehr mit zum Schwimmen zu gehen.

Als ich in der Oberprima war, hatte ich zwei einschneidende Verluste zu verkraften. Im April 1936 starb mein geliebter Großvater. Im Juli desselben

Jahres folgte ihm sein Sohn, also mein Vater, ins Grab. Diese beiden Todesfälle bedeuteten für uns nicht nur schwere menschliche Verluste, sondern auch einen gravierenden Einschnitt in die Geschichte unserer Firma, vor allem in meine Lebensplanung.

Nach dem Abitur verbrachte ich zwei Monate in Schweden, um mein Schwedisch zu vervollkommnen. Bald sprach ich diese Sprache fließend, ohne auch nur eine Ahnung von ihrer Grammatik oder Rechtschreibung zu haben. Das bedeutete, ich konnte mich einwandfrei unterhalten, war jedoch nicht in der Lage, schwedische Texte zu lesen oder gar zu schreiben. Mir fehlte zum Klang einfach das Schriftbild. Nach meinem Aufenthalt in Schweden wäre ich gern in eine andere deutsche Stadt gegangen, um dort Chemie zu studieren, das war aber so kurz nach dem Tod meines Vaters nicht möglich. Die Firma brauchte mich. Also trat ich ganz offiziell ein und machte dort eine zweijährige schulische Ausbildung zum Chemotechniker. Zwar war das etwas, das mir Spaß machte, wenn aber die Umstände anders gewesen wären, hätte ich vorher sicherlich einige Semester lang Chemie studiert.

Im August 1939 hatte ich meine Ausbildung abgeschlossen und wollte mir in Schweden eine wohlverdiente Ferienzeit bis zum 1. Oktober gönnen. Danach, so war es vorgesehen, sollte ich in unserer Firma bereits selbst Leute ausbilden. Da aber am 1. September der Zweite Weltkrieg ausbrach und gleich eine ganze Reihe von unseren männlichen Mitarbeitern eingezogen wurden, musste ich schon früher in die Firma zurückkehren.

Meine Aufgabe war also die Lehrtätigkeit. So wie es meinem Urgroßvater nicht genügt hatte, nur Analysen durchzuführen, sondern auch Studenten auszubilden, genügte es mir nicht, an die vor mir Sitzenden nur das weiterzugeben, was ich selbst kurz zuvor gelernt hatte; mein Bestreben war es, mich weiterzubilden. In jeder freien Minute, vor allem aber in den Ferien, huschte ich ins Labor, um zu analysieren und zu experimentieren und dabei meine Fähigkeiten kennenzulernen und zu verbessern. Danach entwickelte ich neue Studiengänge und setzte mich für deren Anerkennung ein. So entstanden die Berufsbilder »Pharmazeutisch-Technischer Assistent« und »Chemisch-Technischer Assistent«.

Meine Mutter, wie gesagt, eine Schwedin, war als berufstätige Frau nach Deutschland gekommen. Zunächst hatte sie in Hannover als Krankengymnastin gearbeitet, dann war sie als solche vom kaiserlichen Hof in Berlin angefordert worden. Ihre Patientinnen waren keine Geringeren als einige der deutschen Prinzessinnen. Da mein Vater in jener Zeit beruflich in Berlin zu tun hatte, wohnte er für einige Wochen in einer kleinen Privatpension, in dieser hatte sich auch die junge Schwedin einquartiert. So blieb es nicht aus, dass sich die beiden über den Weg liefen – bei beiden muss es Liebe auf den ersten Blick gewesen sein.

Weil mein Vater in ihr die Frau sah, die er zu heiraten gedachte, wollte er sie baldmöglichst seinen Eltern vorstellen. Das entwickelte sich jedoch zu einem Problem. Wegen der Standesdünkel war es in ihren Kreisen im Jahre 1911 unmöglich, eine berufstätige

Frau in Wiesbaden vorzustellen. Da nützte es auch nichts, dass sie in kaiserlichen Diensten stand. Die Eltern verstanden aber, dass es um das Lebensglück ihres Sohnes ging, und weil sie ihre angehende Schwiegertochter kennenlernen wollten, ohne Aufsehen zu erregen, unterzogen sie sich der Mühe und reisten ihr mit dem Sohn bis an die Weser entgegen. Die junge Dame muss dann einen sehr positiven Eindruck auf die Eltern ihres Zukünftigen gemacht haben, denn schon 1912 fand die Hochzeit statt.

Danach musste meine Mutter selbstverständlich ihre Berufstätigkeit aufgeben. Um weiterhin als Krankengymnastin zu arbeiten, hätte sie auch gar keine Zeit mehr gehabt. Zum einen musste sie einem großen Haushalt vorstehen, mit Köchin, Diener, Gärtner, Stubenmädchen, Waschfrau, Bügelfrau und Näherin. Zum anderen lag ab 1913 der Stammhalter Wilhelm Friedrich Nils Remigius in der alten Familienwiege, also gehörte auch schon bald ein Kindermädchen zum Personal. Hinzu kam, dass schon kurz nach Ausbruch des Ersten Weltkrieges ihr Mann schwer verwundet wurde, sodass sie mit seiner Pflege auch sehr gefordert war. Abgesehen davon hatte sie als Gemahlin eines erfolgreichen Unternehmers viele gesellschaftliche Verpflichtungen.

An folgendes Bild aus meiner Kindheit erinnere ich mich noch lebhaft. Aus Wiesbadener Vororten kamen Bäuerinnen zu Fuß in unsere Straße, um Gemüse und Obst zu verkaufen. Jede trug ihren Korb auf einer runden Unterlage auf dem Kopf. So kam jede einmal in der Woche in unsere Küche und bot ihre Waren feil, die Köchin konnte dann in aller

Ruhe das Beste für uns aussuchen. Immer wieder schlüpfte ich zu der Köchin, obwohl ich mich in der Küche eigentlich nicht aufhalten sollte. Aber es fiel immer wieder mal etwas für mich zum Naschen ab. Ich durfte vom Plätzchen- oder Kuchenteig versuchen und auch die Teller abschlecken, auf dem das Eiweiß geschlagen worden war.

Außer den Bauersfrauen kam auch jeden Tag der Milchhändler. Manchmal hatte ich Glück, und er fuhr mit seinem Pferdewagen, auf dem die großen Milchkannen standen, gerade unsere Straße hoch, wenn ich von der Schule kam. Dann durfte ich mich hinten auf den Wagen setzen, was mir den mühsamen Aufstieg in unserer steilen Straße ersparte. Als Gegenleistung half ich ihm beim Austeilen der Milch. Er schleppte die schwere Kanne bis in die Küche eines jeden Hauses, wo ich mit einem Messbecher die gewünschte Menge Milch abmaß. Das tat ich mit Begeisterung. Diese Tätigkeit führte natürlich dazu, dass ich an solchen Tagen zu spät zum Mittagessen erschien. Das war gar nicht gern gesehen. Eine Postkutsche gab es ebenfalls, für die Paketpost. Auch mit diesem Gefährt durfte ich manchmal mitfahren und als Gegenleistung die Päckchen in die Häuser tragen.

Das erhebendste Erlebnis aber war es, wenn die Eltern eine Kutsche mieteten. Dies kam aber nur zu besonderen Anlässen vor, z. B., nachdem mir im Krankenhaus die Mandeln geschält worden waren. Einmal hatte mein Vater sogar einen Pferdeschlitten gemietet, mit dem wir nur zum Vergnügen herumfuhren.

Trotz der Verbreitung der Automobile, schafften wir uns auch in den Folgejahren noch immer keines an. Mein Vater wäre aufgrund seiner Kriegsverletzung nicht in der Lage gewesen, selbst zu fahren, man hätte also einen Chauffeur einstellen müssen. Für die wenigen Fahrten aber, die bei uns anstanden, war es wirtschaftlicher, ein Taxi zu nehmen.

Wenn es in unserem Hause größere Gesellschaften gab, sollte ich frühzeitig zu Bett. Aber gerade das wollte ich nicht, sonst hätte ich ja von dem aufregenden Ereignis nichts mitbekommen. Die Köchin war mir also behilflich, mich zu verstecken. Dann konnte ich, wenn diniert wurde, durch einen Spalt in der Tür alles beobachten.

Jedes Jahr im Frühjahr wurde Hausputz gemacht. Als ich alt genug war, musste ich dabei mithelfen. Am liebsten half ich dabei, die Bücher abzustauben. Da man noch keinen Staubsauger hatte, wurden die Bücher ins Freie getragen und abgestaubt, indem man jeweils zwei davon heftig gegeneinanderschlug. Immer wenn ich das eine Zeit lang gemacht hatte, habe ich meinen Auftrag vernachlässigt. Sobald ich auf ein interessantes Buch stieß, zog ich mich in eine Ecke zurück und las darin, bis mich jemand entdeckte und wieder an die Arbeit scheuchte.

Nach dem Krieg, als in unserer Firma der Lehrbetrieb noch unterbrochen war, wurden bei uns bereits wieder Wasseranalysen durchgeführt. Da das öffentliche Verkehrsnetz aber noch nicht intakt war und wir immer noch kein Auto besaßen – das hätte auch nicht viel genützt, denn es gab keinen Sprit –, musste ich mit dem Fahrrad über Land fahren, um die

Wasserproben einzusammeln. Auf diese Weise lernte ich den ganzen Landkreis und jedes Wasserwerk bzw. Wasserhäuschen kennen. Auch bei privaten Haushalten musste ich Proben abholen. Entweder war die Wasserqualität des privaten Brunnens zu überprüfen oder zu kontrollieren, ob das Wasser auch so einwandfrei aus der Leitung kam, wie es das Wasserwerk verließ. Dabei gab es auch einige Erlebnisse, die sich mir eingeprägt haben. Einmal sprach ich in einem Pfarrhaus um eine Wasserprobe vor.

»Was? Wasser wollen Sie holen für eine Probe?«, lachte der Pfarrer. »Ei, da müssen wir erst mal eine Weinprobe machen. Ich geh mal in den Keller und hole eine gute Flasche rauf.« Und schon war er verschwunden, um bald darauf mit einer verstaubten Flasche, einem guten alten Jahrgang, zurückzukommen. Nachdem wir in seinem Empfangszimmer diese Flasche geleert hatten, bekam ich auch meine Wasserprobe und konnte leicht schwankend von dannen radeln. Zum Glück gab es zu der Zeit noch so gut wie keinen Verkehr.

Ein anders Mal radelte ich mit meinen Wasserproben von Norden kommend auf Wiesbaden zu. In meinem Korb, den ich vorn am Lenker angebracht hatte, standen meine Flaschen. Am Stadtrand wurde ich von einem amerikanischen Grenzposten aufgehalten.

»Was haben Sie in den Flaschen?«, schnarrte mich der Soldat in gebrochenem Deutsch an.

»Wasserproben«, antwortete ich wahrheitsgemäß. Nun muss ich erklären, primitiv, wie nach dem Krieg noch alles war, hatten wir keine fest verschließbaren

Flaschen. Die Öffnungen waren mit Pergamentpapier bedeckt, welches mit einer Kordel am Flaschenhals festgebunden war. Daher musste ich meine Flaschen im Korb immer sorgsam einordnen, damit mir während der Fahrt keine umkippte.

Der Soldat aber – mich packte das Entsetzen – zückte seinen Dolch, schnitt an einer Flasche die Kordel durch, setzte sie an den Mund und nahm einen kräftigen Schluck. Enttäuscht verzog er das Gesicht, spie die Flüssigkeit angewidert aus und fluchte auf Englisch. Er hatte offensichtlich Wein erwartet, da ich ja aus dem Rheingau kam, ja vermutlich sogar Schnaps, denn Brennereien gab es genug in der Region.

»Ich habe Ihnen doch gesagt, dass ich nur Wasser habe«, fügte ich entschuldigend auf Englisch hinzu. Offenbar traute er mir noch immer nicht. Mit seinem Dolch schnitt er sämtliche Kordeln durch, steckte seine Nase in jeden Flaschenhals und entleerte vor Wut alle Flaschen auf die Straße.

Mir blieb nichts anderes übrig, als erneut in den Rheingau zu fahren, um neue Proben zu holen. Diesmal wählte ich einen Umweg, um nach Hause zu gelangen. Dem enttäuschten Amerikaner wollte ich nicht noch mal in die Hände fallen.

Glücklich war ich, als sich im Herbst 1945 die Verhältnisse so weit normalisiert hatten, dass ich wieder als Chemotechnikerin unterrichten durfte. Dennoch behielt ich es noch für lange Zeit bei, Wasserproben für die Analyse einzusammeln. Schaut man sich heutzutage Flaschen mit Mineralwasser mal genauer an, so wird man auf vielen davon den Namen »Fresenius« entdecken.

Der Dorfbach

Lilli, Jahrgang 1934, aus Netstal, Kanton Glarus/ Schweiz

Der Bach, der durch unser Dorf braust und das Hofgrundstück meiner Eltern durchschneidet, hat mein Leben maßgeblich bestimmt. Doch zunächst möchte ich von meinem Großvater berichten, auf ihn gehen meine ältesten Erinnerungen zurück. Mit ihm bin ich immer wieder spazieren gegangen, das ganze Dorf hinauf und wieder hinunter. Auch durch die Wiesen und den Wald sind wir gewandert, so weit mich meine kleinen Beine trugen.

Wenn ich müde wurde, packte mich der Großvater und setzte mich auf seine Schultern. Stolz thronte ich dann da oben und wusste die erweiterte Aussicht zu schätzen. Der Großvater hatte eine unglaubliche Geduld. Er erklärte mir alles, was am Wegrand wuchs oder vorbeihuschte. Er bereicherte dadurch nicht nur meinen Wissensschatz, sondern hat mich auch für die Schönheiten der Natur empfänglich gemacht. Von Beruf war er Bauer gewesen, aber zur Zeit meiner Geburt hatte er seinen Hof längst seinem Sohn, dem Bruder meiner Mutter, übergeben. Daher konnte er so unendlich viel Zeit für mich erübrigen, was ich sehr genoss.

Meine Großmutter dagegen hatte keine Zeit für mich, denn sie hat gearbeitet, bis sie gestorben ist.

Bei uns im Glarner Land gibt es viele Textilfabriken, für diese hat sie indirekt gearbeitet, indem sie Stoffstreifen zusammennähte. Diese verkaufte sie an einen Händler, der sie an die Fabriken weiterveräußerte. Jeden Tag, bis zu ihrem plötzlichen Tod, saß sie an der Nähmaschine, nicht anders habe ich sie in Erinnerung. Sie hatte zwar nie Zeit für mich, ihr Fleiß jedoch hat mich unglaublich beeindruckt.

Meine Großeltern bewohnten mit der Familie meines Onkels den größten Teil des Bauernhauses, während meine Mutter mit ihrer Familie ein Wohnrecht in einem anderen Teil des Hauses genoss. Mein Vater stammte von außerhalb und hatte nur indirekt mit der Landwirtschaft zu tun. Er besaß ein Transportgeschäft, zunächst mit Pferden, später mit Lastautos, transportierte die Erzeugnisse der Bauern in die Städte und brachte umgekehrt Waren aus der Stadt mit, die man auf dem Land benötigte. Am Morgen ist er immer sehr früh aus dem Haus gegangen und am Abend kam er sehr spät zurück.

Bei meiner Geburt waren schon zwei Schwestern vorhanden, die eine acht, die andere neun Jahre alt. Da sie schon weitgehend eigene Wege gingen, wuchs ich wie ein Einzelkind auf. Das heißt, tagsüber war ich mit der Mutter viel allein, was gar nicht so angenehm für mich war. Deshalb bin ich häufiger mal verschwunden – und zwar zum Onkel hinüber, denn seine Kinder waren doch in meinem Alter. Bei ihnen war immer etwas los, und gemeinsam haben wir so einiges angestellt.

Mein Verhältnis zum Vater war immer ausgezeichnet. Nicht nur ich, auch meine Schwestern haben ihn geliebt und verehrt. Aber der Mutter sind wir nicht gerecht geworden, das weiß ich heute. In meiner Kindheit empfand ich sie als viel zu streng, und wir hatten das Gefühl, dass wir überbehütet werden, Vater war ja nie da. Und wenn er abends heimkam, hatte er es leicht, den verständnisvollen, gütigen Mann zu spielen und uns zu verwöhnen. Die Mutter aber hatte den ganzen Tag über die Aufgabe, uns zu erziehen. Da gehört schon etwas Strenge dazu, drei quirlige Mädchen auf dem rechten Weg zu halten.

Dass sie so ängstlich um uns besorgt war, hatte einen ernsten Grund. Als sie selbst dreizehn war, hat sich ein schreckliches Unglück ereignet. Ihr Elternhaus hatte zu dieser Zeit noch keinen Wasseranschluss, das hatte man bis dahin nicht für nötig gehalten, denn der Dorfbach floss ja mitten durch das Grundstück. Wenn man Wasser benötigte, ging man einfach hinaus und schöpfte daraus. An dem bewussten Tag hatte die zwölfjährige Gritli, die Schwester meiner Mutter, die Aufgabe, für ihre Mutter in einem großen Kupferkessel Wasser zum Abspülen zu holen. Da sie länger ausblieb als sonst, dachte ihre Mutter zuerst, sie habe getrödelt.

Bald begann sie sich jedoch Sorgen zu machen und ging hinaus an den Bach. Von dem Mädchen war keine Spur zu sehen, da überfiel sie ein großer Schreck. Mehrmals rief sie laut den Namen ihrer Tochter, dadurch wurden die Nachbarn aufmerksam und machten sich sogleich auf die Suche. Natürlich suchte man als Erstes den Bach ab. Und tatsächlich, nur wenige Meter unterhalb des elterlichen Grundstücks fand man den leblosen Körper des Kindes. Gritli war mitsamt dem Kupferkessel an einem Rechen im Bach hängen geblieben. Rechen nannte man bei uns die Eisengitter, die man an mehreren Stellen über die ganze Breite des Baches eingesetzt hatte, damit alles, was im Bach schwamm, abgefangen werden konnte. Wären solche Teile in die unterhalb liegenden Fabriken geraten, hätten sie die Produktion empfindlich gestört. In diesem Fall handelte es sich um das Gitter der nahen Papierfabrik. Bei dem Kind war nichts mehr zu machen, alle Wiederbelebungsversuche schlugen fehl. Man konnte sich Gritlis Unfall nur so erklären, dass die Wucht des anschießenden Wassers den Kessel mitzureißen gedroht hatte, das Mädchen ihn aber nicht loslassen wollte und somit selbst mitgerissen wurde.

Dieses Unglück war ein Schock für die ganze Familie, und der Tod ihrer Schwester hat meine Mutter für ihr ganzes Leben geprägt. Vermutlich hat sie jedem ihrer eigenen Kinder, sobald dessen Wortschatz groß genug war, um diese Geschichte zu verstehen, davon erzählt. Mir ist die Begebenheit jedenfalls schon so lange bekannt, wie ich zurückdenken kann. Außerdem wurde sie von der Mutter immer und immer wiederholt.

Aber nicht nur durch Worte wurde diese Geschichte, die uns vor den Gefahren des Baches warnen sollte, in mir lebendig gehalten, sondern auch durch ein Foto. In der Stube hatte meine Großmutter eine Kommode, auf der viele Fotografien standen. Eine befand sich darunter, deren Rahmen aus Schuppen von Tannenzapfen zusammengesetzt war.

Dieses Bild zog mich magisch an. Es zeigte meine Tante Gritli im weißen Kleid auf dem Totenbett liegend, mit Blumen umkränzt. Vor diesem Foto hatte ich furchtbare Angst, und ich fand es schrecklich. Aber jedes Mal, wenn ich in die Stube trat, zog es mich zu diesem Foto hin, und ich musste es eingehend betrachten.

Von Natur aus war ich ein wildes Kind und hatte den Drang, etwas zu erleben, etwas zu unternehmen und mit Freundinnen zusammen zu sein. Anfangs wurde mir vieles untersagt, aber je älter ich wurde, desto mehr forderte ich meine Rechte ein.

Mit der Zeit sah die Mutter ein, dass sie mich nicht Zeit meines Lebens einsperren könne. Wenn sie mich aber gehen ließ, dann mit der genauen Auflage, wann ich zu Hause zu sein hatte. Das musste auf die Minute eingehalten werden, sonst hätte ich das nächste Mal nicht weggedurft. Meine Mutter selbst hat nie schwimmen gelernt, weil sie, solange sie lebte, panische Angst vor dem Wasser hatte. Deshalb wollte sie auch mich nicht zum Baden gehen lassen.

Auf mein ständiges Drängen und Quengeln hin erlaubte sie schließlich, dass ich mit meinen Freundinnen ins Schwimmbad oder zum See ging. Während dieser Zeit muss sie jedoch zu Hause Todesängste ausgestanden haben, denn es war nicht nur der tragische Tod ihrer Schwester, der sie belastete. An unserem Bach hatten sich während meiner frühesten Jugend inzwischen mehrere schreckliche Dinge ereignet. Im Laufe meiner drei Kindergartenjahre waren weitere vier Kinder Opfer des Dorfbaches geworden.

Dieser Bach war deshalb so tückisch, weil er von Zeit zu Zeit »abgestellt«, also umgeleitet wurde. Das hing damit zusammen, dass er mit seiner Wasserkraft mehrere Fabriken speiste. Wenn in den Fabriken nicht gearbeitet wurde, beispielsweise sonntags, leitete man das Wasser in ein anderes Bett. Dann blieb von dem eigentlichen Bach nur ein schmales Rinnsal übrig, in dem die Kinder gern spielten. Man hatte ja nicht so viele Möglichkeiten zum Zeitvertreib. Deshalb gab es, obwohl die Eltern immer wieder davor warnten, stets Kinder, die im Bachbett planschten. Das Wasser war ja auch einwandfrei und sauber.

Wurde der Bach überraschend wieder angestellt, war er eine reißende Bestie, die ihre Opfer forderte. Einmal waren es zwei kleine Brüder im Kindergartenalter, die beim Spielen vom Bach hinweggerissen wurden. Die beiden anderen Kleinen, die später ertranken, besuchten bereits die Schule. In dem einen Jahr ertrank ein siebenjähriger Knabe, im Jahr darauf ein neunjähriges Mädchen.

Heute kann ich die Ängste meiner Mutter verstehen, doch als Kind ging mir das Verständnis dafür völlig ab. So sehr dieser Bach wegen dieser Unglücke gefürchtet war, so notwendig war er aber auch für das Dorf. Jahrhundertelang hat er die Menschen mit Trinkwasser und Brauchwasser versorgt, seit einigen Jahrzehnten betrieb er ein Kraftwerk und außer der Papierfabrik speiste er noch einige andere Betriebe, in welchen viele Menschen der Region in Lohn und Brot standen.

Im Winter ging vom Bach keine Gefahr aus. Bei den Schneemassen, die sich rechts und links von ihm auftürmten, hätte kein Kind in seine Nähe gelangen können. Auch im Frühjahr, bei der Schneeschmelze, wenn er gewaltig ins Tal donnerte, passierte nichts, weil sich selbst ein Erwachsener nicht in seine Nähe gewagt hätte. Außerdem wurden die Kinder im Winter in den Stuben beschäftigt. Der Hochsommer aber war eine tückische Zeit, da war er ein schlafender Riese, der plötzlich sein Maul aufreißen und alles verschlingen konnte, was sich ihm zu nahen wagte.

In meiner Jugend ist ihm sogar ein älterer Mann zum Opfer gefallen. Daran waren aber zwei Burschen schuld, die im Wirtshaus mit dem späteren Opfer in Streit gerieten. Gemeinsam verließen sie das Gasthaus und begaben sich zu der Brücke, die den Bach oberhalb von unserem Grundstück überspannte. Um dem Mann eine Lektion zu erteilen, packten die Burschen ihn und warfen ihn oberhalb der Brücke in den Bach, der zu dieser Zeit nicht besonders viel Wasser führte. Schnell liefen sie ans Ufer, um den Mann unterhalb der Brücke wieder herauszufischen. Aber sie warteten vergebens. Der Mann war am Brückenpfeiler hängen geblieben und ertrunken. Die beiden Burschen kamen wegen Totschlags ins Gefängnis.

Das ist das Letzte in Bezug auf den Bach, woran ich mich erinnere. Heute ist er nicht nur besser abgesichert, heute spielt auch kaum mehr ein Kind am Bach. Die heutige junge Generation sitzt vorm Fernseher, am Computer oder vor den Tablets. Das ist auch nicht unbedingt gesund, aber es ist im Regelfall immerhin nicht lebensgefährlich.

Meinen Großvater väterlicherseits habe ich gar nicht kennengelernt, er kam schon in jungen Jahren auf tragische Weise ums Leben. Dadurch verliefen Kindheit und Jugend meines Vaters sehr traurig. Sein Vater, also mein Großvater, hatte bereits eine kleine Spedition. Wie das damals noch üblich war, bestand sie aus einem Pferdefuhrwerk. Mit diesem war Opa wie so oft in Glarus unterwegs. Plötzlich schoss ein Hund aus einem Haus auf die Straße und bellte die Pferde laut an, sodass sie scheuten. Um den Hund zu verjagen oder um die Pferde zu beruhigen, stieg der Großvater vom Kutschbock.

In dem Moment muss eines der Pferde in Panik geraten sein. Es schlug mit dem Huf aus und traf meinen Großvater so unglücklich am Kopf, dass er tot zusammenbrach. Zu dieser Zeit war mein Vater noch sehr klein, vielleicht zwei oder drei Jahre alt; seine beiden Geschwister waren auch nicht viel älter. So stand die Großmutter mit einem Schlag ohne Ernährer da, mit drei unmündigen Kindern. Es gab noch keine Versicherung, weder eine Unfallversicherung noch eine Rentenkasse, gar nichts zur Absicherung. In einer solchen Situation war man auf die Gnade und Barmherzigkeit von Verwandten oder Nachbarn angewiesen.

Eine Schwester der Großmutter nahm sie bei sich auf, sie war verheiratet und hatte selbst einige Kinder. Die Familie rückte zusammen und machte für meine Großmutter und ihre Kinder eine Kammer frei. In diese konnte sie mit den beiden älteren Kindern ziehen, für das dritte Kind aber reichte der Platz nicht aus. Deshalb wurde mein Vater, der Jüngste also, bei einem Onkel abgegeben, der zwar verheiratet, aber kinderlos war. Er und seine Frau ließen es sich nicht nehmen, den Knaben auf eine gute Schule zu schicken und ihm eine ordentliche Ausbildung angedeihen zu lassen. Mein Vater durfte also einen Beruf erlernen und kam durch diesen zum Kraftwerk im Klöntal. Zufällig besaßen die Eltern meiner Mutter im Klöntal Land. Dort sind sich meine Eltern eines Tages begegnet, als meine Mutter zum Heuen war. Nach ihrer Heirat haben sie zunächst am Zürichsee gewohnt, später zogen sie in das Haus meiner Großeltern im Netstal, und Vater hat mit einem Bruder meiner Mutter die Fuhrhalterei mit Autotransport gegründet.

Ich kann mir denken, dass es für meinen Vater nicht leicht gewesen sein musste, als Kind von der eigenen Mutter weggerissen und zu für ihn völlig fremden Leuten zu kommen. Er hat aber nie darüber geklagt. Überhaupt hat er nie über seine Familie gesprochen, weder über seine ursprüngliche noch über die, in der er aufgewachsen ist. Vielleicht hat er deshalb nie darüber geredet, weil er sich gegenüber der Familie meiner Mutter minderwertig vorkam. Sie war eine Bauerntochter, und Bauern hatten damals noch ihren Stolz. Sie waren wer, sie hatten Land, Haus und Hof. Ob man das gegenüber meinem Vater heraushängen ließ, weiß ich nicht. Er aber, der aus der Klasse der Besitzlosen kam, er, der durch die Gnade von Verwandten aufgezogen worden war, empfand wohl eine gewisse Unzulänglichkeit ihnen gegenüber. Dennoch war er ein Supervater. Er genoss es sichtlich, eine kleine heile Familie zu haben. Und er tat alles für uns.

Der Bruder meines Vaters war mein Götti (Pate), und einmal im Jahr bin ich zu ihm gefahren, gemeinsam mit meinem Vater. Auch dort gewann ich den Eindruck, sie seien eine arme Familie. Aber vielleicht waren sie gar nicht so arm, wie es mir, die ich auf einem Bauernhof aufgewachsen bin, vorkam. Von meinem Götti bekam ich zu den üblichen Anlässen wie Geburtstag oder Weihnachten immer schreckliche Geschenke. Einmal, erinnere ich mich, war es eine furchtbare Schürze. Es gab nicht ein Geschenk, das mir irgendwie auch nur im Entferntesten gefallen hätte, aber dafür hat mir meine Göttel, die Patin, immer wunderbare Sachen geschenkt. Sie war Kindergärtnerin und wusste gewiss schon von Berufs wegen, was sich kleine Mädchen wünschen. Zu Weihnachten machte sie mir immer sehr schöne Geschenke, auch später noch. Solche Gaben sind doch für Kinder wichtig. Zu Hause bekamen wir auch nicht viel an Geschenken, weder von den Eltern noch von den Großeltern. Ob sie das aus Sparsamkeit so hielten oder aus erzieherischen Gründen, habe ich nie erfahren.

In unserer Klasse waren wir nur drei katholische Mädchen, alle anderen waren reformierte. Sie haben uns Katholische immer wieder gehänselt. Wenn wir am Aschermittwoch nach dem Gottesdienstbesuch mit dem Aschenkreuz zur Schule kamen, spotteten sie: »Um Gottes willen! Davon bekommt man ja Läuse.«

Das war die eine Seite, die mir mein religiöses Leben erschwerte. Auf der anderen Seite trug meine Mutter ihren Teil dazu bei, sie gehörte ebenfalls der reformierten Kirche an, war also Protestantin durch und durch. Für sie muss es schlimm gewesen sein, wegen der Heirat mit einem katholischen Mann das Versprechen abzulegen, dass sie ihre Kinder katholisch erziehen würde. Gewiss, sie gab sich redlich Mühe, aber nie aus innerer Überzeugung. Selbst wenn sie es wirklich gewollt hätte, wie konnte sie als Protestantin ein Kind katholisch erziehen? Hinzu kam, dass sie aus einer zutiefst protestantischen Familie stammte, mit der wir eng zusammenwohnten. Deshalb blieb der Einfluss der Familie auf sie und auf uns Kinder nicht aus, zumal mein katholischer Vater ja den ganzen Tag außer Haus war.

Ja, es gab sogar noch einen weiteren Punkt, der mich in religiöser Hinsicht während meiner Kindheit prägte. Oder sollte ich sagen: belastete? Wir hatten einen alten und wirklich nicht sehr sympathischen Pfarrer. Der wetterte im Religionsunterricht immer wieder über die Mischehen. Jedes Mal zuckte ich innerlich zusammen und habe mich schuldig gefühlt, weil ich aus einer solchen stammte. Das ständig vorgehalten zu bekommen, war für mich als Kind wirklich schlimm.

Dennoch gab es etwas, was sich meine Mutter trotz allem nicht nehmen ließ: Sie hat mir zur Erstkommunion ein wunderschönes Kleid gekauft. Ich durfte mit ihr nach Zürich fahren, schon das war ein Erlebnis. Dann haben wir das beste Bekleidungsgeschäft in der Stadt aufgesucht und das Kleid sehr sorgfältig ausgewählt. Es war ein Traum aus weißem Organza, mit Rüschen und Volants, kurz: allem, was kleine Mädchen lieben. Dass die Mutter so viel

Ehrgeiz hineinsteckte, für mich das schönste Kleid weit und breit zu erstehen, hat mir natürlich gutgetan. Es war Balsam für meine von Religionskämpfen zerrissene Seele. Die Kleider der beiden anderen Mädchen konnten nicht im Geringsten mit dem meinen konkurrieren. Da wir aber Freundinnen waren, gab es keinerlei Neid zwischen uns.

Zu Hause fand eine kleine Feier statt, im engsten Familienkreis, nur die Großeltern und die Paten waren eingeladen. Vom Götte gab es natürlich wieder ein schreckliches Geschenk, ein furchtbar kitschiges Bild, das später auf »geheimnisvolle« Weise abhandengekommen ist.

Bei meiner Heirat habe ich die Religionszugehörigkeit meines Mannes angenommen, damit meinen Kindern solche Schwierigkeiten erspart bleiben sollten, wie ich sie durchgemacht habe. Heute möchte ich sagen: Ich bin Christin und bemühe mich, ein guter Mensch zu sein, denn wir glauben schließlich alle an denselben Gott.

Meine Mutter hat jeden Abend mit mir gebetet und mir immer wieder von denselben »armen Kindern« erzählt. Und ich war immer froh, dass ich nicht ein »armes Kind« war. Unter diesem Ausdruck konnte ich mir zwar nichts Richtiges vorstellen, mir war aber klar, dass es etwas Schreckliches sein musste. Auf der einen Seite hatte ich Erbarmen mit diesen Geschöpfen, auf der anderen aber war ich froh, dass es diesen Kindern schlecht ging und nicht mir. Das war wohl ein gesunder Egoismus, der sich da zeigte und der mich selig einschlafen ließ. Am anderen Abend kam die Geschichte erneut, und ich habe wieder egoistische Gedanken gehegt. Vermutlich hat meine Mutter diese Geschichten aus erzieherischen Gründen immer wieder aufgewärmt. An ihnen sollte ich erkennen, wie gut ich es hatte, damit ich dankbar und zufrieden war.

In unserem Dorf habe ich, wie damals üblich, vier Jahre lang die Primarschule und fünf Jahre die Sekundarschule besucht. Eine höhere Schule, auf die ich hätte gehen können, gab es weit und breit nicht. Über einen zukünftigen Beruf hatten weder ich noch meine Eltern sich den Kopf zerbrochen. Eine große Auswahl an Berufen stand den Mädchen um 1950 sowieso nicht zur Verfügung. Man konnte Verkäuferin werden, Schneiderin, Coiffeuse (Friseurin) oder eine kaufmännische Lehre machen, die einen für eine Büroarbeit befähigt hätte. Da ich mich für keinen dieser Berufe wirklich interessierte, war es mir völlig gleich, wo ich unterkommen würde, und ich überließ meinen Eltern die Entscheidung. Diese fiel erst drei oder vier Wochen, bevor meine Schulzeit zu Ende ging.

Beim Abendessen überraschte uns meine Mutter mit der Frage: »Ja, was machen wir jetzt mit der Lilli?«

Alle schauten mich erwartungsvoll an. Da von mir keine Reaktion erfolgte, erhob meine älteste Schwester die Stimme: »Bei uns ist noch eine Lehrstelle frei.« Anneli arbeitete bereits seit Jahren als Verkäuferin in einer Konditorei in Glarus. Diese lag nur sechs Kilometer von uns entfernt und war leicht mit dem Zug zu erreichen.

Also ließ ich mich von meinen Eltern in diese Konditorei stecken. Meine andere Schwester war in der Stadt als Haushaltshilfe untergekommen.

Alle Mädchen meines Jahrgangs haben, da sie den Sekundarschulabschluss schafften, einen der vorgenannten Berufe erlernt. Mädchen, die diesen Abschluss nicht erreichten, konnten nur in der Fabrik unterkommen, im Haushalt oder in der Landwirtschaft.

Wenn ich mir wirklich einen Beruf hätte wählen dürfen, dann wäre ich wohl Kindergärtnerin geworden. Daran war jedoch nicht zu denken, die Ausbildung war zu teuer. Dafür hätte ich nämlich fortgemusst, in ein Internat, für drei Jahre. Das Geld hätten meine Eltern nicht aufbringen können. Es ging uns zwar gut, wir hatten alles, was wir zum Leben brauchten, aber für eine solch große Extra-Ausgabe reichte das Einkommen meines Vaters nicht aus. Es wäre auch ungerecht meinen Schwestern gegenüber gewesen, wenn ich eine solch »protzige« Ausbildung bekommen hätte.

Als meine Freundinnen und ich im letzten Lehrjahr waren, sind wir öfter mal am Wochenende in die Berge gestiegen und haben oben auf einer Hütte übernachtet, sehr zum Kummer meiner Mutter. Jedes Mal, wenn wir loswollten, gab es ein Drama. Ihre Sorge um mich war nicht unbegründet, denn wir haben wirklich manchmal Dinge gemacht, die äußerst leichtsinnig, ja sogar gefährlich waren. Einmal musste ich sogar gerettet werden. Neugierig, wie ich war, hatte ich mich verstiegen. Ich saß auf einem Felsen fest und kam weder vor noch zurück. Meine Freundinnen, die etwas vorsichtiger gewesen waren als ich, hatten die Bergwacht verständigt. Einem der Retter gelang es, mich von meinem gefährlichen Ausguck wieder herunterzuholen.

Unmittelbar nach meiner Lehre ging ich auf unbestimmte Zeit nach Schweden. Das kam so: Als Belohnung für den gelungenen Abschluss meiner Lehrzeit durfte ich einige Tage bei meiner Cousine in Basel verbringen. Sie war dort als Lehrerin tätig, hatte aber noch keine Ferien. Während sie also in der Schule war, las ich aus Langeweile die Basler Zeitung. Mein Auge blieb an folgendem Inserat hängen:

Kindermädchen gesucht! Diplomatenfamilie, in Stockholm lebend, z. Zt. zu Besuch in Basel, möchte ein Schweizer Mädchen nach Schweden mitnehmen. Vorstellungsgespräch in Basel …

Diese Annonce, unter der eine Telefonnummer prangte, sprach mich unheimlich an. Vor allem Schweden faszinierte mich. Ich hatte keine Ahnung von dem Land, aber ich wollte hin. Ich wollte heraus aus der Enge meiner Familie, heraus aus der Enge des Dorfes, heraus aus der Enge meines Tales. Schweden bedeutete für mich nicht nur Freiheit, Schweden bedeutete für mich die große weite Welt. Ohne lange zu überlegen, rief ich unter der angegebenen Nummer an. Es meldete sich ein Dr. B., der mich freundlich einlud, noch heute noch zu einem Vorstellungsgespräch vorbeizuschauen, wenn ich interessiert sei.

Noch ehe meine Cousine von der Schule zurück war, begab ich mich auf den Weg zu der angegebenen Adresse. Das Gespräch, an dem auch die Frau teilnahm, verlief ganz locker, und nach wenigen Minuten sagten beide: »Wir nehmen Sie. Wann können Sie die Reise antreten?«

»Wenn Sie wollen, morgen«, antwortete ich spontan. »Ich bin gerade mit meiner Lehre fertig und habe keinerlei Verpflichtungen. Ich muss nur heute noch nach Hause und meinen Koffer packen.«

»So hastig muss das nicht sein«, der Diplomat lächelte. »Bis ich meine Geschäfte hier abgewickelt habe, wird noch eine Woche vergehen. Wenn Sie also in einer Woche mit Ihrem Koffer hier sind, geht die Fahrt los.«

Mir blieb also genügend Zeit, alle meine Sachen zu ordnen, und vor allem meine arme Mutter schonend auf meinen Abschied vorzubereiten. Sie war verständlicherweise ziemlich deprimiert, weil ich gar so weit weg wollte, und jammerte einige Tage. Letztlich fand sie sich damit ab, dass Kinder ihr eigenes Leben führen müssen.

In Schweden hatte ich eine wunderbare Zeit. Sprachprobleme gab es in der Familie nicht, denn meine Leute waren Schweizer Bürger. Sie hatten zwei kleine Töchter, zwei und drei Jahre alt, die ich betreuen durfte. Obwohl mich manchmal das Heimweh nach meiner Familie und nach meinen Bergen packte, hielt ich durch.

Als Herr Dr. B. nach einem Jahr als Gesandter nach Rom geschickt wurde, hatte ich die Wahl, die Familie dorthin zu begleiten oder nach Hause zurückzukehren. Da ich verlauten ließ, dass ich in Schweden bleiben wollte, verhielten sich meine Arbeitgeber großartig und vermittelten mich an eine befreundete schwedische Familie, die gerade von einem zweijährigen Aufenthalt in den Vereinigten

Staaten zurückgekehrt war. So ging ich nahtlos von einer Familie in die andere.

In meinem ganzen Leben habe ich keine so tolle Frau mehr getroffen wie meine neue Herrin. Sie war einfach wunderbar: unglaublich intelligent, unglaublich mütterlich und dabei äußerst tolerant. Sie ist nie zu Bett gegangen, bevor ich zu Hause war. Das konnte so spät werden, wie es wollte. Aber sie hat mir nie einen Vorwurf gemacht oder mir vorgeschrieben, dass ich das nächste Mal doch früher heimkommen solle. Es konnte sogar zwölf oder ein Uhr in der Nacht werden, immer war sie für mich da, obwohl ich schon zwanzig und damit für Schweizer Verhältnisse volljährig war. Weil ich aber wusste, dass die Frau meinetwegen aufblieb, bin ich nie allzu spät nach Hause gegangen.

Es gab in der Familie zwei Töchter und einen Sohn, die hatte ich zu betreuen. Das kam mir jedoch gar nicht wie Arbeit vor. Die Familie wohnte in einem wunderbaren Viertel von Stockholm, sodass ich das Gefühl hatte, im Urlaub zu sein. Und überhaupt, Stockholm ist ja so schön! Überall konnte ich mit den Kindern hingehen, in den Zoo, in Parks, in Freiluftmuseen. Die Kleinen hatten ihren Spaß daran, und ich ebenfalls.

Da meine Herrin früher Journalistin gewesen war, sprach sie perfekt Deutsch – besser als ich. Sie konnte perfektes Hochdeutsch sprechen und liebte es, sich mit mir auf Deutsch zu unterhalten, um in Übung zu bleiben. Die Kinder sollten von mir die deutsche Sprache erlernen. Da sie untereinander aber immer Schwedisch sprachen, lernte ich das mit der Zeit von ihnen. Später sagte man mir, ich spräche Schwedisch wie ein Kind. Das war ja kein Wunder.

Nachdem ich ein Jahr bei dieser neuen Familie gewesen war, ging sie nach England. Am liebsten hätten sie mich mitgenommen. Ich aber zog es vor, endlich mal nach meiner Familie in der Schweiz zu sehen. Außerdem hatte ich schon etwas anderes im Kopf. Von Stockholm aus hätte ich eigentlich direkt nach Paris reisen sollen, um eine neue Stelle anzutreten. Irgendeine innere Unruhe aber trieb mich nach Hause, und das erwies sich als beste Entscheidung.

An einem Dienstag kam ich im Elternhaus an, und am folgenden Donnerstag ist mein Vater gestorben. Ganz plötzlich, ohne Vorwarnung, ohne ein vorheriges Anzeichen. Trotz meiner Trauer war ich glücklich, dass ich ihn noch zwei Tage hatte erleben dürfen. Vor allem aber war es für meine Mutter wichtig, mich bei sich zu haben. Nach dem so überraschenden Tod ihres Mannes ist sie total zusammengebrochen. Meine beiden Schwestern waren verheiratet, hatten selbst schon Kinder und wären somit nicht abkömmlich gewesen. Wäre ich nun – wie geplant – in Paris gewesen, hätte die Mutter völlig hilflos dagestanden. Wahrscheinlich wäre ich dann sowieso zurückbeordert worden. Aber nun hatte sich alles so gefügt, dass ich vor Ort die Mutter auffangen konnte.

Nachdem es ihr wieder besser ging, musste ich daran denken, wieder zu arbeiten. Da ich es meiner Mutter nicht antun wollte, erneut so weit von ihr weg zu sein, ließ ich Paris sausen und begann in Glarus eine Lehre als Zahnarzthelferin. Diese Art Arbeit sagte mir wesentlich mehr zu als die Tätigkeit, die ich drei Jahre lang in der Konditorei ausgeübt hatte. Nicht nur die verschiedenen medizinischen Handreichungen gefielen mir, es machte mir auch Freude, mich auf das unterschiedliche Verhalten der Patienten einzustellen. Viele erwarteten Trost und Zuspruch von mir, ehe sie sich auf dem Stuhl des gestrengen Doktors niederließen oder nachdem sie die Prozedur hinter sich hatten.

Einmal kam ein Patient, der besonders ängstlich war. Er ließ sich vom Zahnarzt nur behandeln, wenn ich ihm dabei die Hand hielt. Meine Hand muss ihm so gut gefallen haben, dass er sie nicht mehr loslassen wollte. Denn schon bald bat er mich um dieselbe. Da er mir nicht unsympathisch war und als Gemeindeverwalter gewiss genug verdiente, um eine Familie zu ernähren – er fand auch Gnade vor den Augen meiner Mutter –, reichte ich sie ihm fürs Leben.

Der Geißenpeter

Anni G., Jahrgang 1930, aus Neuerburg/Kreis Bitburg

Obwohl meine Eltern beide Deutsche waren, wurde ich in Luxemburg geboren, in dem kleinen Ort Steinsel. Das kam so: Beide Elternteile sind – unabhängig voneinander – sofort nach ihrer Schulentlassung ins Nachbarland gegangen, wo sie Arbeit fanden. Vermutlich haben sich beide schon gekannt, bevor sie nach Luxemburg zogen, wie man sich in Kindertagen eben kennt, wenn man aus derselben Pfarrei stammt, wenngleich nicht aus demselben Ort. Beide Ursprungsfamilien waren Kleinbauern, die es sich nicht leisten konnten, ein Kind, das der Schule entwachsen war, zu Hause zu behalten.

In Luxemburg hat mein Vater einundzwanzig Jahre auf der »Schmelz«, einer Eisenhütte, gearbeitet. Meine Mutter war bis zu ihrer Heirat sechzehn Jahre lang in einem Haushalt tätig gewesen. Da die Deutschen in Luxemburg irgendwie zusammenhielten, waren sich die beiden recht bald bei irgendeinem Anlass begegnet. Geheiratet haben sie am linken Seitenaltar der Kathedrale der Stadt Luxemburg. Diese Weisheit habe ich von meinem Onkel, dem jüngsten Bruder meines Vaters, der als Trauzeuge geladen war.

Als Ältestes von vier Geschwistern kam ich 1930 zur Welt. Ein Bruder wurde 1932 geboren, eine

Schwester 1934, und 1936 kam noch ein Bruder dazu. Ich fand es immer schön, dass wir altersmäßig so dicht beisammenlagen. Wir haben zusammen gespielt und zusammen gezankt. Abends im Bett haben wir manchmal sogar zusammen gesungen, bevor uns die Augen zufielen.

Unser heiles Familienleben wurde kurz nach der Geburt meines jüngsten Bruders empfindlich gestört. Inzwischen hatten die Nazis in Deutschland die Macht ergriffen. Deshalb entzog man in Luxemburg den Ehepaaren, die beide Deutsche waren, die Existenzgrundlage. Nicht dass man die deutschen Arbeiter ausgewiesen hätte, aber man gab ihnen keine Arbeit mehr. Deshalb blieb ihnen nichts anderes übrig, als »heim ins Reich« zu gehen. Wer diesen Schritt rechtzeitig tat, konnte noch alle seine Sachen mitnehmen. So landeten wir mit Sack und Pack in Trier.

Gleichzeitig mit uns kamen zahlreiche andere Familien aus Luxemburg an. Aufgenommen wurden wir alle im sogenannten Gertrudenheim – als Auffanglager würde man das heute bezeichnen –, aber die Familien wurden auseinandergerissen. Die Männer durften nicht mit ihren Frauen zusammen sein. Sie wurden zwar auf demselben Gelände untergebracht, aber in einem Extragebäude.

»Der Papa ist bei den Weißen Brüdern«, pflegte meine Mutter das scherzhaft zu nennen.

Unser Jüngster, Albert, erst drei Wochen alt, kam ins Säuglingsheim. Wir anderen drei blieben zwar tagsüber mit der Mutter zusammen, aber wir durften nicht mit ihr im selben Zimmer schlafen. Die Betten für die Kinder befanden sich in der Mansarde, und Mutter musste im Parterre in einem riesigen Schlafsaal mit den anderen Frauen die Nacht verbringen. Wir Kinder bekamen auch separat zu essen, die Mütter speisten ebenfalls zusammen. Was das Ganze sollte, habe ich nie begriffen.

Die Möbel und sonstige Habe der Luxemburgflüchtigen wurden in einer großen Halle eingelagert. Damit es kein Durcheinander gab und sich niemand nachher fremdes Eigentum unter den Nagel reißen konnte, wurde der Besitz jeder Familie mit Maschendraht umwickelt und mit einem Vorhängeschloss abgesichert. Ich war zu der Zeit sechs Jahre alt und habe das alles mitbekommen.

Insgesamt verbrachten wir nur dreieinhalb Monate in diesem Asyl, aber es kam mir vor wie eine Ewigkeit. Genau in dieser Zeit wurde ich eingeschult, und zwar in Trier. Mein Schulbesuch währte jedoch nur wenige Tage, dann wurde ich krank. Wie so viele andere Schüler auch, hatte ich mir in der Schule gleich etwas eingefangen, daher durfte ich nicht länger in dem Schlafsaal unterm Dach bleiben. Alle kranken Kinder kamen ins Krankenhaus, dort wurden wir so streng isoliert gehalten, als ob wir die Pest hätten. Noch nicht einmal die Eltern durften uns besuchen. Dabei litten wir alle nur – wie sich bald herausstellte – unter ganz harmlosen Windpocken. Im Krankenhaus lagen alle Kinder miteinander in einem riesigen Saal. Vor lauter Heimweh nach den Eltern habe ich dort laut und fürchterlich geweint. Wenige Tage nach mir wurden meine beiden größeren Geschwister ebenfalls mit Windpocken eingeliefert. Ab da fühlte ich mich nicht mehr ganz so verlassen.

Während wir Kinder im Krankenhaus lagen, wurde meinen Eltern endlich eine Wohnung zugeteilt und zwar in Neuerburg. Die rechtliche Lage war damals so: Die Menschen, die aus Luxemburg heimgekehrt waren, hatten in der Gemeinde, aus der sie stammten, Anspruch auf eine Wohnung. Meine Mutter war gebürtig aus Bauler, einem Teil der Gemeinde Körperich. Mein Vater dagegen stammte aus Dauwelshausen, was zur Stadt Neuerburg gehörte. Beide Gemeinden waren daher in der Pflicht, uns eine Wohnung zu stellen. Offensichtlich hatte Neuerburg schneller reagiert.

Man hatte uns nur zwei Räume zugewiesen, und das für sechs Personen! Dies war jedoch eine ungeheure Verbesserung gegenüber der Unterbringung im Gertrudenheim. Vor allem war die Familie – nachdem wir drei Geschwister aus dem Krankenhaus entlassen waren und unser Jüngster aus dem Säuglingsheim abgeholt werden konnte, wieder vereint.

Nach einem guten halben Jahr gelang es dem Vater, für uns ein kleines Haus zu mieten. Im Erdgeschoss befanden sich ein enger Flur, eine dunkle Küche und das Wohnzimmer. In der ersten Etage gab es zwei Schlafkammern. Die Besitzer dieses Hauses, zwei ältere Leute, waren nach Luxemburg zu ihren Kindern gezogen. Sie überließen uns nicht nur ihr Häuschen mit dazugehörendem Garten, sondern auch einen kleinen Stall, über dem man die Heuvorräte lagern konnte. Ihren gesamten Viehbestand, den sie ebenfalls zurückließen, konnte Vater käuflich erwerben. Das waren drei Kaninchen, fünf Hühner und eine Geiß.

Außer einer stattlichen Burgruine, die das Städtchen malerisch überragte, besaß die nur 1.100 Einwohner zählende Gemeinde seit mehr als 600 Jahren das Stadtrecht. Dazu gehörte auch das Marktrecht. Auf dem Marktplatz im Zentrum, auf dem sich eine öffentliche Waage befand, wurde allwöchentlich Markt abgehalten. Dort boten die großen Bauern von den umliegenden kleinen Dörfern und einzeln liegenden Gehöften ihr Vieh und ihre Felderzeugnisse an. Außer dem Doktor und dem Pastor bestand die Bevölkerung des Städtchens aus einigen Beamten, aus Handwerkern mit kleinen Betrieben und aus Geschäftsleuten unterschiedlicher Richtungen. Die meisten der Einwohner aber lebten von ihrer Hände Arbeit in den wenigen Fabriken, die sich in Neuerburg angesiedelt hatten.

Da ihr bescheidenes Einkommen zum Leben zu wenig und zum Sterben zu viel war, versuchte jeder Arbeiter, seine Ernährungssituation etwas aufzubessern, indem er außer Kleinvieh auch ein bis zwei Geißen hielt. Wir besaßen nun auch eine Geiß, und ich sollte sie hüten. Da ich als Siebenjährige, die bisher mit dem Landleben noch nicht in Berührung gekommen war, mich recht hilflos neben der Ziege ausnahm, vertraute man mich der Obhut und Erfahrung eines großen Jungen an. Er wohnte in derselben Straße wie wir, war vier Jahre älter als ich und versah das Amt des Ziegenhirten bereits seit einigen Jahren. Von ihm lernte ich, wo man die Tiere weiden lassen durfte und wo das saftigste Gras stand. Er wusste, wo die Lohhecken mit dem zartesten Laub und die Eschen mit den schmackhaftesten Trieben waren. Denn Ziegen, so belehrte er mich, waren auf der einen Seite zwar sehr genügsam – man konnte sie durchbringen, ohne eigne Felder und Wiesen zu besitzen – auf der anderen Seite jedoch ausgesprochene Feinschmecker. »Sie sind klott«, nannte man das bei uns. Im Hochdeutschen würde man vielleicht sagen, »sie sind verwöhnt« oder »sie sind heikel«.

Von diesem Nachbarsjungen lernte ich auch, wo man die Geißen nicht hinlassen durfte. Sie durften keinesfalls auf die Wiesen und schon gar nicht auf die Felder. Da hieß es, höllisch aufpassen!

Eigentlich hieß der Junge Heinz. Nachdem uns aber die Lehrerin aus dem Buch »Heidis Lehr- und Wanderjahre« vorgelesen hatte, nannte ich ihn in Gedanken nur noch »Geißenpeter«. Er brachte mir auch bei, wie man die Ziege anlockte und wie man sie treiben musste, damit sie auf dem rechten Weg blieb.

Fortan sollte es also meine Aufgabe sein, unsere Geiß im Sommerhalbjahr zu hüten. Das bedeutete, dass ich sofort nach Unterrichtsschluss nach Hause eilen, mein Essen hinunterschlingen und gleich danach mit der Ziege losziehen musste. Die Hausaufgaben durfte ich erst am Abend erledigen, wenn die Geiß satt und zufrieden in ihrem Stall stand. Meist wartete der »Peter« schon an der Straßenecke auf mich. Oft gesellten sich noch zwei oder drei andere Kinder mit ihrer Geiß dazu, weil sie die besten Weideplätze ebenfalls kannten. Wie das aber so geht, wenn mehrere Kinder beisammen sind, wurde mehr gespielt als alles andere, und bald hatte man die Ziegen vergessen.

Plötzlich schrie einer: »Die Geißen sind weg!« Dann flitzten wir aber los! Manchmal fanden wir sie im Wald wieder, manchmal – was wesentlich schlimmer war – auf der Wiese oder auf dem Feld eines Bauern. In der Heidelbeerzeit war es uns gerade recht, wenn die Ziegen in den Wald liefen, manchmal halfen wir sogar ein bisschen nach. Denn während die Geißen von dem jungen Laub naschten, konnten wir Kinder uns ungestört an den Heidelbeeren satt essen, die man bei uns Wehlen nannte – denn Hunger hatte man eigentlich immer.

Lisbeth, des Geißenpeters Mutter, war verwitwet und musste sehen, wie sie ihre fünf Kinder durchbrachte. Brennmaterial konnte sie sich keines kaufen, deshalb hatte Peter den Auftrag, außer seine Geiß am Abend satt nach Hause zu führen, auch eine große Reisigwelle auf der Schulter heimzuschleppen.

Als ich älter wurde, war ich ebenfalls gehalten, abends etwas Reisig mitzubringen, als Anmachholz für den Winter. Bei mir war es aber nicht eine solche Pflicht wie beim Peter. Der hätte sich ohne sein Bündel gar nicht heimtrauen dürfen. Da auch andere Kinder und selbst Erwachsene den Wald nach Brennmaterial absuchten, war dieser bald wie leer gefegt. Weil am Boden alsbald nichts mehr zu finden war, wurde Lisbeths Junge erfinderisch. Er besorgte sich eine lange Stange und befestigte einen Haken daran. Damit zog er die dürren Äste, die oben in den Buchenwipfeln hingen, nach unten, bis er genug beisammen hatte. War seine Arbeit getan, versteckte er die Stange im Unterholz, denn die hätte beileibe niemand finden dürfen.

Ein- oder zweimal in der Woche ging auch seine Mutter in den Wald. Sie suchte jeweils die Plätze auf, wo Holz geschlagen wurde. Von den frischen Zweigen durfte sie sich dann nehmen, was sie schaffen konnte. Da sie die Zweige nicht so zerkleinern konnte, wie es nötig gewesen wäre, um sie auf der Schulter heimzutragen, legte sie diese in ihrer vollen Größe übereinander, band sie am dicken Ende zusammen und schleifte das Bündel hinter sich her. Jedes Mal, wenn man eine Staubwolke auf den Ort zuwandern sah, hieß es: »Ah, die Lisbeth hat wieder Holz gemacht.« Es staubte bis vor ihre Haustür, denn die Straßen des Städtchens waren noch nicht geteert.

Je länger wir miteinander die Geißen hüteten, desto aufmerksamer wurde der Peter mir gegenüber. Er trieb mir meine Geiß zurück, brachte mir mal eine Hand voll Walderdbeeren, schnitzte mir ein Weidenpfeifchen.

Einmal wand er mir sogar einen Margeritenkranz und setzte ihn mir auf. »Jetzt bist du meine Prinzessin«, erklärte er.

Je älter ich wurde, desto unangenehmer wurden mir seine Aufmerksamkeiten. Eines Tages, es war kurz vor seiner Schulentlassung, berichtete er mir voller Stolz: »Meine Mutter hat für mich eine Stelle bei der Bahn gefunden. Da kann ich eine Lehre machen. Wenn ich dann Lokführer bin und genug verdiene, um eine Familie zu ernähren, werde ich dich heiraten.«

Für mich als Zehnjährige war Heiraten noch kein Thema. Ich lachte den Geißenpeter aus und erklärte: »Das ist noch gar nicht sicher, ob ich überhaupt heirate. Und wenn, dann ganz bestimmt nicht dich.«

Bald nach diesem tiefsinnigen Gespräch brachte der Peter seinen achtjährigen Bruder mit zum Geißen-Hüten. Er wollte ihn rechtzeitig anlernen, damit der ihn ersetzen konnte, wenn er selbst zur Bahn ginge. Der kleine Hans übernahm zwar das Hirtenamt von seinem großen Bruder, Peter aber ging nicht zur Bahn. Inzwischen schrieb man das Jahr 1940, der Zweite Weltkrieg war in vollem Gange, und in der Landwirtschaft brauchte man Ersatzkräfte für die eingezogenen Bauernsöhne und Knechte. Deshalb wurde Peter, wie alle seine Alterskameraden, zum Landjahr abkommandiert. Er landete auf einem Bauernhof, der so weit von Neuerburg weg war, dass er dort wohnen musste. Dadurch verlor ich ihn aus den Augen.

Eine wichtige Rolle in unserer Kindheit spielte meine Dauwelshauser Großmutter. Jedes Mal, wenn wir sie besuchten, musste sie uns Geschichten erzählen. Eine besondere Vorliebe hatten wir für die Sagen aus unserer Heimat. Dann hingen wir wie gebannt an ihren Lippen. Eine Sage war darunter, die mochten wir immer wieder hören. Sie hieß: *Der verwünschte Jäger.*

Der Burgherr zu Neuerburg hatte nur ein einziges Kind, eine bildhübsche Tochter, die mit einem Edelmann verlobt war. Doch ehe es zur Hochzeit der jungen Leute kam, zog der Burgherr mit dem Verlobten in eine Fehde. Weil sich das junge Fräulein in dieser Zeit offensichtlich langweilte, verließ es bar jeden männlichen Schutzes die Burg und erging sich im umliegenden Wald. Plötzlich stand der Jäger des Vaters vor dem erschrockenen Mädchen. Schon lange war er in heißer Liebe zu ihr entbrannt. Nun bedrängte er sie, den Bräutigam zu verlassen und ihn, den Jäger, zu heiraten. Mit Entsetzen wehrte die Jungfrau dieses Ansinnen ab. Vor Enttäuschung und Wut wie von Sinnen stach der gräfliche Jäger mit seinem Waidmesser auf die Wehrlose ein.

Als dem Grafen bei seiner Heimkehr Kunde ward von dem grausigen Mord, verwünschte er den Jäger, der ihm sein Liebstes genommen hatte. Ruhelos solle er bleiben für alle Zeit. Viele Jahre lang irrte der Jäger mit seinem Hund durch die Wälder um Neuerburg. Und nach seinem Tode fand er selbst im Grab niemals Ruhe. Noch heute geistert er des Nachts durch das Tal, in welchem er das unschuldige Burgfräulein ermordete, auf der Suche nach Erlösung.

Manchmal, in mondhellen Nächten, könne man noch hören, wie er seinen Hund rufe, behauptete die Großmutter. Der Höhepunkt ihrer Erzählung war immer, wenn sie den Jäger dann mit dunkler schauerlicher Grabesstimme nachahmte: »Bellooo! – Bellooo!« Dieses Rufen ging uns durch Mark und Bein, und mir lief jedes Mal ein kalter Schauer über den Rücken. Nach dieser Erzählung dauerte es immer lange, bis ich einschlafen konnte. Wahrscheinlich war für uns diese Sage damals das, was die

Fernsehkrimis für die heutigen Kinder sind. Es werden Ängste in ihnen geschürt, die ihnen den Schlaf rauben. Dennoch sind sie begierig, solche Geschichten zu hören oder zu sehen.

An meine Schulzeit kann ich mich kaum erinnern. Da gibt es nur ein Erlebnis, das mich so stark beeindruckt hat, dass ich es noch so deutlich vor mir sehe, als sei es erst gestern gewesen. Ich war im fünften Schuljahr, als wir mit unserem Lehrer, statt in der Turnstunde etwas zu unserer Leibesertüchtigung zu tun, ein gutes Stück aus dem Städtchen hinausgewandert sind, dorthin, wo der große Schulgarten lag. Einen Teil davon hatten die Lehrer für ihren Privatgebrauch bepflanzt, diese Nutzung bildete sozusagen einen Teil ihrer Besoldung. Der Rest des Gartens diente dazu, den Schülern der Oberstufe praktischen Gartenbau beizubringen.

Das aber war in der Kriegszeit nicht das Wichtigste an diesem Garten. Das Entscheidende war seine Einfriedung. Sie bestand weder aus einem Maschendraht- noch aus einem Holzlattenzaun, wie das bei anderen Gärten üblich war. Als Schutz wuchs um diesen Garten eine hohe Maulbeerhecke. Von dieser mussten wir Schüler eifrig Blätter pflücken und sie in die mitgebrachten Körbe legen, die wir dann zurück zur Schule schleppten.

Einige von uns, darunter auch ich, wurden ausgewählt, dem Lehrer diese Körbe zu einem Seiteneingang der Schule zu tragen. Diesen schloss er auf und stieg mit uns eine Wendeltreppe hinauf, bis zu einer Art Turmzimmer. Als er dieses öffnete, blieb ich wie erstarrt an der Türschwelle stehen. Überall, auf dem

Boden, an den Wänden und auf dem langen Tisch, der fast den ganzen Raum einnahm, wimmelte es von ekligen weißen Raupen.

»Das sind Seidenraupen«, erklärte unser Lehrer. »Sie leben nur von Maulbeerblättern. Wenn sie genug gefressen haben, verspinnen sie sich zu diesen Kokons«, dabei deutete er auf ein blassrosa Gebilde, etwa so groß wie eine Walnuss. Tatsächlich, an den Lattengestellen auf dem Tisch waren schon jede Menge dieser eiförmigen Kokons angeheftet. »Diesen Zustand nennt man Puppenstadium«, dozierte er weiter. »Nach einiger Zeit schlüpfen kleine, fast weiße, unscheinbare Schmetterlinge heraus.«

»Und wozu sollen die gut sein?«, wollte ein Naseweis wissen.

»An den Schmetterlingen sind wir nur insoweit interessiert, als dass sie neue Eier legen. Das Besondere ist die Seide, die uns die Kokons liefern: der wertvolle Stoff, aus dem bisher die Kleidung für Kaiser und Könige gewebt wurde.«

Wir kamen aus dem Staunen nicht mehr heraus. »In China züchtet man schon seit über viertausend Jahren Seidenraupen. Bei uns versucht man es erst seit kurzer Zeit«, fuhr der Lehrer in seinem Vortrag fort.

»Aber warum?«, wollte nun der neunmalkluge Schüler wissen. »Wir haben doch gar keinen Kaiser oder König mehr. Was wollen wir dann mit der Seide?«

»Das ist eine gute Frage«, antwortete der Lehrer. »Aber Kinder, ihr wisst doch, dass wir uns im Krieg befinden. Bei der modernen Art der Kriegsführung will man die Soldaten direkt im feindlichen Gebiet operieren lassen. Deshalb lässt man sie mit Fallschirmen dort abspringen. Zur Herstellung von Fallschirmen benötigt man aber Seide, weil sie ein äußerst reißfestes Material ist.«

Damit wir das besser verstehen sollten, nahm der Lehrer einen Kokon, ließ uns von dem Gespinst ein bisschen abwickeln und die Reißprobe machen. In der Tat schaffte es niemand von uns, diesen Faden zu zerreißen. Auf diese Weise erfuhren wir, dass wir Schulkinder indirekt bei der Herstellung von Fallschirmseide mitwirkten.

Als wir im Jahre 1937 das kleine Haus in Neuerburg bezogen, hatten uns die wegziehenden Besitzer ein Vorkaufsrecht eingeräumt. Davon machten meine Eltern nach vier Jahren Gebrauch, somit waren sie ab 1941 stolze Hausbesitzer.

Doch schon zwei Monate nach dem Hauskauf brach ein schweres Unglück über unsere Familie herein. Mein Vater hatte in unserer Region keine entsprechende Arbeit finden können, deshalb war er nach Duisburg in die Schwerindustrie gegangen. So schwer es ihm auch fiel, die ganze Woche über von seiner Familie getrennt zu sein, so war er doch froh, für sie das tägliche Brot beschaffen zu können. In Duisburg arbeitete er an den Hochöfen, die mit Koks befeuert wurden. Eines Abends, als er Spätschicht hatte, war es seine Aufgabe, einen der Hochöfen mit Koks zu beschicken, dabei muss tödliches Gas ausgeströmt sein. Da er den Kollegen gar zu lange ausblieb, schauten sie nach und fanden ihn bewusstlos am Boden liegend. Er wurde sofort ins Krankenhaus geschafft, doch es war zu spät. Mein Vater verstarb am nächsten Tag, ohne das Bewusstsein wiedererlangt zu haben.

Abgesehen von der menschlichen Tragödie gab es noch die materielle. Meine Mutter stand ohne Ernährer da, mit vier unmündigen Kindern und einem Haus voller Schulden. Ganze 81,40 Reichsmark an Rente bekam sie. Davon waren 21,40 Mark für sie selbst und für jedes Kind 15,00 Mark. In der Hitlerzeit war das Kindergeld eingeführt worden, ab dem dritten Kind gab es zehn Mark. Nun, da meine Mutter verwitwet war, wurden ihr für jedes ihrer vier Kinder diese zehn Mark Kindergeld gewährt, sodass ihr für die fünf Personen 121,40 Mark zur Verfügung standen. Davon konnte die Familie nicht existieren.

Mutter blieb also nichts anderes übrig, als jede Arbeit anzunehmen, die sich bot. In Neuerburg ging sie bei den besseren Leuten putzen und zum Wäschewaschen. Sie scheute sich aber auch nicht, zu den Dörfern hinauszuwandern und bei den Bauern auf dem Feld zu arbeiten. Bargeld bekam sie dafür so gut wie keines. Die Bauern verfügten ja selbst nicht über viel Geld. Die Entlohnung erfolgte also meistens in Form von Feldfrüchten. So durfte sie beispielsweise als Gegenleistung für ihre Arbeit bei einem Bauern auf dessen Kartoffelacker drei Reihen für sich selbst anpflanzen. Bei einem anderen bekam sie einen Sack Mehl, bei einem dritten einen Sack Getreide. Beim Mahlen des Weizens fiel für die Familie das Mehl an, und für unser Vieh die Kleie. Bekam die Mutter Gerste, so ließ sie diese zu Schrot mahlen, was ebenfalls als Viehfutter diente. Auch Runkelrüben und Futtermöhren dienten als Bezahlung. Das alles schaffte sie in ihrem Handwägelchen nach Hause.

Schon bevor mein Vater gestorben war, hatte die Mutter sehr viel an Obst und Gemüse aus unserem Garten herausgeholt. Nach Vaters Tod wurde der Garten noch besser ausgenutzt, sozusagen bis ins letzte Eckchen. Denn jetzt galt es, auch noch ein Schwein zu halten und die doppelte Anzahl an Hühnern. Schwein und Hühner bekamen außer Schrot und Kartoffeln vornehmlich Gartenabfälle, für die Kaninchen mussten wir Kinder im Sommer Löwenzahn und Milchdisteln suchen. Mit dem Schwein gab es im Winter kein Problem. Es wurde geschlachtet, wenn die erste Kälte einsetzte, und im Frühjahr wurde auf dem Markt wieder ein Jungschwein gekauft. Für die Ziege und die Kaninchen brauchten wir jedoch einen Wintervorrat an Heu.

Sowohl die Kirche als auch die weltliche Gemeinde besaßen Wiesen, die parzellenweise verlost wurden. Für ein paar Mark konnte man ein Los erstehen und durfte dann das Stück Wiese abmähen, auf das sein Los gefallen war. Es gab einen ersten Schnitt und einen zweiten. Das ergab gerade ein Fuder Heu, also einen knappen Heuwagen voll. Es reichte jedoch aus, um die Geiß durch den Winter zu bringen.

Da wir aber auch Heu für die Kaninchen brauchten, war die Mutter darauf bedacht, noch etwas zusätzliches Heu zu ergattern. So hatte sie mit einer Nachbarin eine Böschung entdeckt, die noch nicht von Ziegen abgegrast worden war. Bestes Gras stand da, ausreichend für zwei Familien. Also machten sich die beiden Frauen kurz nach Sonnenaufgang ans Werk. Sie teilten die Böschung gerecht unter sich auf und mähten mit der Sichel alles fein säuberlich ab. Da man das Gras vor Ort nicht trocknen lassen konnte – zum einen, weil die Böschung zu steil war, zum andern, weil die Gefahr bestand, dass jemand anderes es mitnahm –, belud jede ihren Handwagen mit dem frischen Gras. Damit waren sie noch nicht ganz fertig, als ein Bauer erschien, der das schöne Gras Tage vorher ebenfalls entdeckt hatte. Er wollte es sich für seine beiden Kühe als Zusatzfutter aneignen. Als er sich nun um dieses Zusatzfutter geprellt sah, geriet er außer sich vor Zorn. In seiner ohnmächtigen Wut ließ er eine Schimpftirade in breitem Neuerburger Dialekt gegen die beiden »Weiber« los, der in folgender Verwünschung gipfelte: »Ich wollt, Ihr wärt lauter Geißen.« Zum Glück ging sein Wunsch nicht in Erfüllung.

Da die Mutter oft den ganzen Tag aushäusig arbeitete, fiel natürlich mir als Ältester die Aufgabe zu, mich um die Kleinen zu kümmern und den Haushalt zu besorgen. Am Vormittag waren wir zwar alle vier in der Schule, aber mittags musste ich das Essen für uns Kinder richten und abspülen. Danach musste ich meine Geschwister bei den Hausaufgaben beaufsichtigen und die meinen nebenher erledigen. Dann hatte ich noch zu putzen, zu waschen, einzukaufen und unser Vieh zu versorgen. Wenn die »Kleinen« etwas anstellten, wurde ich zur Rechenschaft gezogen. Dabei war ich mit meinen elf, zwölf Jahren doch selbst noch ein Kind und hätte so manchen Blödsinn gern selbst mitgemacht.

Einmal, es war im Januar 1942, daran erinnere ich mich noch sehr gut, gellte am frühen Nachmittag die Sirene durchs Städtchen, gefolgt von dem Ruf: »Feueralarm! Feueralarm!«

Von unserem Haus aus sahen wir, wie sich die Feuerwehrmänner mit den Schläuchen unter dem Arm und einer Spritze, die zwei Mann hinter sich herzogen, durch den tiefen Schnee den Berg hinaufquälten. Das war natürlich etwas für die Kinder. Wie ein Kometenschweif folgten sie der Feuerwehr. Meine Geschwister schlossen sich sogleich an. Ich, mit meinen noch nicht ganz zwölf Jahren, war selbst noch Kind genug, um es ihnen gleichzutun. Vergessen waren sämtliche mütterlichen Ermahnungen und Aufträge.

Nachdem wir uns fast zwei Kilometer im Schnee bergaufgekämpft hatten, sahen wir schon von Weitem einen lichterloh brennenden Bauernhof. Keuchend erreichten die Feuerwehrmänner fast gleichzeitig mit uns die Brandstelle. Sie rollten ihre Schläuche aus und bemühten sich, aus dem Hofbrunnen Wasser zu pumpen. Sie konnten jedoch nicht mehr viel ausrichten. Denn bis das Wasser endlich sprudelte, war der Hof bis auf die Grundmauern niedergebrannt. Das Vieh irrte im Schnee herum, die Frauen weinten, die Männer schrien sich gegenseitig Befehle zu, und das kleine Kind der Bauersleute lag in seinem Kinderwagen, der mitten im Schnee stand, und schlief friedlich wie ein Engel.

Während wir Kinder uns noch an der Brandstelle aufhielten, war die Mutter heimgekehrt. Sie muss einen Wahnsinnsschreck bekommen haben. Die

Haustür stand sperrangelweit offen, das Herdfeuer war erloschen, der Kessel mit dem Viehfutter war noch nicht aufgesetzt, die Schreibtafeln ihrer Kinder lagen mit unvollendeten Hausaufgaben auf dem Küchentisch. So sehr sie auch durchs Haus lief und unsere Namen rief, nichts rührte sich. Sie muss sich vorgekommen sein wie die Geißenmutter aus dem Märchen, die vergeblich im ganzen Haus nach ihren Geißlein suchte, nachdem der Wolf sie gefressen hatte. Es gab nur einen Unterschied, kein Geißlein hüpfte aus dem Uhrenkasten, um ihr zu erklären, was geschehen war. Deshalb atmete sie zunächst erleichtert auf, als sie uns bei Einbruch der Dunkelheit wohlbehalten auf das Haus zumarschieren sah. Nachdem aus uns herausgesprudelt war, was wir erlebt hatten, ging das Donnerwetter los! Was hat sie mit mir geschimpft! Ihrer Meinung nach hätte jeder hinrennen und sich das Feuer ansehen können, nur ich nicht. Denn ich hatte ja meine Pflichten! Und eine Verantwortung!

Einige Wochen nach dieser Begebenheit erkrankte meine Mutter und wurde ins Krankenhaus eingeliefert. Damit wir nicht gänzlich ohne Aufsicht waren, wurde eine Cousine, die nur drei Jahre älter war als ich, herbeizitiert. Sie übernahm im Haushalt zum Teil meine Aufgaben und diejenigen, die bisher die Mutter innegehabt hatte. Nur das Melken der Ziege übernahm eine Nachbarin. Mich, obwohl ich mittlerweile zwölf war, hatte die Mutter noch nicht angelernt. Sicher, ich hatte des Öfteren zugesehen, aber selbst gemolken hatte ich noch nicht. Eines Abends nun, das Schwein und das Kleinvieh hatte ich bereits gefüttert und den Stall ausgemistet, erschien die Nachbarin nicht zur vereinbarten Zeit. Ich aber wollte mit der Stallarbeit fertig werden und dachte, das bisschen Melken schaffst du auch noch. Wie ich das bei der Mutter abgeguckt hatte, übergoss ich die sauber gewaschenen Kartoffelschalen mit lauwarmem Wasser und gab eine Prise Salz dazu. Diesen Sauf – so nannte man die Mischung – stellte ich meiner Geiß hin und begann, zu melken. Sie war so mit Fressen beschäftigt, dass sie das Melken friedlich über sich ergehen ließ. Ab da gehörte das Melkgeschäft mit zu meinen Aufgaben, auch dann noch, als die Mutter nach vierzehn Tagen wieder aus dem Krankenhaus kam. Und ich war stolz darauf, dass ich melken durfte.

Eine Aufgabe gab es jedoch, an die ließ die Mutter mich nicht heran: die Ziege zum Bock zu führen. Im Städtchen gab es einen einzigen Ziegenbock, der wurde vom Kreis gestellt und stand immer bei demselben Halter. Alle Geißenhalterinnen hatten die Gabe, zu erkennen, wann es für die Ziege an der Zeit war, zum Bock zu gehen. Das war im Herbst. Im April oder Mai gab es dann ein Zicklein. War es ein männliches Tier, wurde es sechs Wochen lang gefüttert und dann geschlachtet. Ein weibliches wurde großgezogen. Manchmal wurde es verkauft, manchmal ersetzte es die alte Geiß, die für den Winter geschlachtet wurde. Ganz selten kam es vor, dass man zwei Zicklein bekam, dann war die Freude groß.

Ab dem Sommer, der dem Brand auf dem Bauernhof folgte, brauchte ich unsere Geiß nicht mehr auszuführen, im Haushalt hatte ich ja wichtigere

Aufgaben. Mein Bruder Robert schlüpfte nun in die Rolle des Geißenhüters. Mit seinen inzwischen zehn Jahren war er alt genug dazu.

Zwei Jahre später stand meine Schulentlassung an. Mein Traumberuf wäre es gewesen, Kindergärtnerin zu werden. Aber an eine Realisierung dieses Traumes war überhaupt nicht zu denken. Am Nachmittag musste ich weiterhin daheim den Haushalt machen, und vormittags half ich im Haushalt von zwei alten Juffern (Jungfern). Die Mutter hatte mir rechtzeitig diese Stelle besorgt, damit ich Geld verdiente, das ich auf Heller und Pfennig zu Hause abgeben musste. Die beiden alten Damen besaßen eine kleine Lederwarenhandlung, die sie von ihrem Vater geerbt hatten. Es gab keinen Mann im Haus. Die eine der beiden Halbschwestern, groß und hager, mit schlohweißem Haar, führte das Regiment in der Küche, die andere Dame war für das Geschäft zuständig und leitete es mit viel Geschick und strenger Hand. Von ihrem Äußeren her hätte man ihr das gar nicht zugetraut: Sie war klein und bucklig und trug das graue Haar zu einem strengen Knoten zusammengesteckt. Aber sie hatte Augen wie ein Luchs und einen wachen Verstand.

Ich selbst war der Küchenfee zugeteilt und für das Putzen und andere unangenehme Arbeiten zuständig. Meine reguläre Arbeitszeit beschränkte sich auf acht Uhr morgens bis zwölf Uhr mittags. War aber Waschtag angesagt, musste ich den ganzen Tag bleiben. Zusätzlich kam dann noch eine altgediente Waschfrau ins Haus. Dann gab es sogar Mittagessen für uns: Butterbrot mit Marmelade, welche die Küchenfee selbst gekocht hatte.

Das Haus der beiden alten Juffern war schon so komfortabel, dass es eine Zentralheizung im Keller besaß. Diese durfte ich in den Wintermonaten jeden Tag mit Koks beschicken und die Asche ausräumen. In jedem Raum befanden sich gusseiserne Heizkörper, sodass es im ganzen Haus recht gemütlich warm hätte sein können. Das war es aber nicht, weil die meisten der Heizkörper abgedreht waren.

Zu meinen Arbeiten gehörte es, alle Messingtürklinken jede Woche mit Sidolin zu scheuern. Das bewährte Mittel gab es damals tatsächlich schon.

Im Dezember 1944 wurde es brenzlig. Es erfolgte ein großer Angriff auf das kleine grenznahe Städtchen. Da man weitere Angriffe befürchtete, forderte man die Bevölkerung auf, sich evakuieren zu lassen. Einige kamen dieser Aufforderung sogleich nach, die meisten aber folgten erst dem zweiten Aufruf. Meine Mutter aber blieb.

Zu den wenigen Leuten, die trotz der erneuten Aufforderung in der Stadt blieben, bemühte sich der Ortsgruppenleiter persönlich. Begütigend legte er meiner Mutter an der Haustüre nahe, sie müsse sich und ihre Kinder in Sicherheit bringen.

Als sie sich weiterhin weigerte, schrie er sie auf offener Straße an: »Sie müssen endlich weg! Es ist unverantwortlich, wenn Sie mit ihren Kindern hierbleiben!«

»Ich geh hier nicht weg«, war die Antwort meiner Mutter. »Hier habe ich für meine Kinder wenigstens was zu essen. Was nützt es uns, wenn wir hier vor den Bomben flüchten, woanders aber verhungern müssen.«

So erlebten wir auch den zweiten Bombenangriff auf die Stadt mit. Eine Bombe schlug direkt neben unserem Haus ein. Da erst begriff meine Mutter den Ernst der Lage. So schnell wir konnten, stürmten wir aus dem Keller und flüchteten in den Wald, wo wir eine ganze Reihe Mitbürger trafen. Bei unserer Rückkehr zum Haus entdeckten wir, dass die Fenster vom Luftdruck geborsten waren, auch das Dach war beschädigt worden. Das konnten wir allerdings notdürftig reparieren lassen. Zum Glück war der Krieg bald danach vorbei. Die Armut war nun zwar größer als zuvor, aber man brauchte nicht mehr um sein Leben zu bangen.

1946 kam Robert aus der Schule. Er wurde zu einem Schuster in die Lehre geschickt. Deshalb musste nun unsere Dritte, meine Schwester Rosa, täglich mit der Geiß auf Wanderschaft gehen. Nach anderthalb Jahren stellte sich heraus, dass Roberts Lehrherr überhaupt keinen Lehrling hatte halten dürfen, weil ihm die notwendige Qualifizierung fehlte, also waren die anderthalb Jahre für die Katz gewesen. Da mein Bruder keine andere Lehrstelle in unserer Region fand, ging er zu Rheinelektra nach Köln. Später hatte er das Glück, durch die Vermittlung eines Vetters unseres Vaters eine Stelle beim Grünflächenamt zu bekommen.

Unsere Rosa ging gleich nach ihrer Schulentlassung auf die neu gegründete Handschuhfabrik, bei der ich wesentlich später auch landen würde. Vorerst aber hatte ich noch meine beiden betagten Arbeitgeberinnen. Als diese aus Altersgründen ihr Geschäft aufgaben, wurde ich arbeitslos, sie aber kauften sich vom Erlös des Geschäftes gewissermaßen im Krankenhaus ein. Dort lebten auch einige andere ältere Bürger, weil es damals weit und breit kein Altersheim gab.

Auf die Fürsprache meiner Mutter hin konnte ich bald bei verschiedenen Bauern arbeiten, was ich auch jahrelang tat. Auch noch einige Jahre nach dem Krieg bestand die Entlohnung für einen Tag Arbeit auf dem Felde aus einem Sack Kartoffeln, für einen halben Tag Feldarbeit gab es einen halben Sack.

Inzwischen war ich alt genug, um mich für Tanzveranstaltungen zu interessieren, die hie und da stattfanden, da sich das Leben langsam wieder normalisierte. Es dauerte gar nicht lange, da fand sich der eine oder andere Verehrer. Die ließ ich aber alle abblitzen. Ich hatte nur das Bedürfnis, zu tanzen; mich auf irgendeine Weise festzulegen, daran war ich noch nicht interessiert.

Im Januar 1950 ging es wie ein Lauffeuer durchs Städtchen: Der letzte Neuerburger Kriegsgefangene sei aus Russland heimgekehrt! Neugierig erkundigte ich mich, wer das denn sei. Es war kein anderer als der Geißenpeter! Den hatte ich ja ganz vergessen und folglich auch nicht vermisst. Ja, er hatte tatsächlich großes Glück gehabt. Nicht nur, dass er den Krieg überlebt hatte, sondern auch noch die Gefangenschaft in Russland, denn wie man sich so erzählte, muss es den Gefangenen dort wirklich schlecht ergangen sein.

Es freute mich für ihn, dass er wieder zurück war, und auch für seine Mutter. Denn diese arme Frau hatte wirklich viel mitgemacht. Ihr Haus war durch einen

Treffer so stark beschädigt worden, dass es abgerissen werden musste. Mit ihren jüngeren Kindern hatte sie Unterschlupf am anderen Ende der Stadt gefunden.

Ich war total überrascht, als es eines Abends bei uns an der Haustür klopfte und ein abgezehrter Fremder vor mir stand. »Sie wünschen?«, fragte ich höflich.

»Aber Anni, erkennst mich denn nicht mehr?«, fragte der Mann verwundert. »Wir haben doch jahrelang miteinander die Geißen gehütet.«

»Ah, du bist der Geißenpeter?«, rutschte es mir heraus.

»Aber nein, ich bin der Heinz«, korrigierte er mich enttäuscht.

»Ich weiß. In Gedanken habe ich dich aber immer so genannt, nach dem Buch über *Heidi*, weißt du? Jetzt hab ich dich wirklich nicht wiedererkannt. Du warst doch noch ein Bub, als ich dich das letzte Mal gesehen habe, und nun bist du ein ausgewachsener Mann.«

»Jaja«, seufzte er. »Die Kriegsjahre sind nicht spurlos an mir vorübergegangen.«

Dann lud er mich zu einem Spaziergang ein. Unterwegs erzählte er mir dann, wie das Schicksal mit ihm in den letzten acht Jahren umgesprungen war.

Nachdem er sein Landjahr abgeleistet hatte, war er alle paar Wochen von einem zum andern Bauern herumgestoßen worden, bis man ihn als Achtzehnjährigen 1944 zu den Waffen rief. Schon bald war er zum Russlandfeldzug abkommandiert worden und nach einer Verwundung in Kriegsgefangenschaft geraten.

Durch die Schilderung seiner schlimmen Erlebnisse wurde ich von tiefem Mitleid für ihn ergriffen, tiefere Gefühle stellten sich aber auch jetzt nicht ein. Als er mir sagte, dass er mich am folgenden Samstag gern zum Tanzen ausführen wolle, hielt ich das für eine Anmaßung seinerseits.

»Ich gehe zum Tanzen«, antwortete ich schnippisch, »aber nicht mit dir.«

Kaum war ich am Samstag in dem Tanzlokal eingetroffen, steuerte er zielstrebig auf mich zu und ließ mich den ganzen Abend nicht mehr aus den Armen. Danach wollte er mich – als sei das die selbstverständlichste Sache der Welt – nach Hause begleiten.

Da ich dankend ablehnte, fragte er in vorwurfsvollem Ton: »Warum nicht? Hast du etwa einen anderen? Dem kannst du gleich den Laufpass geben. Ich hab dir ja gesagt, dass ich dich heiraten werde.«

Wie damals als Zehnjährige lachte ich nur: »Du glaubst doch nicht, dass ich das damals ernst genommen habe! Aber zu deiner Beruhigung, ich habe keinen anderen, und ich will auch keinen. Ich will mir nur die Freiheit bewahren, mit jedem tanzen zu dürfen, der *mir* gefällt.«

Diese Aussage passte ihm gar nicht. Vor allem passte es ihm nicht, dass ich nicht dazu bereit war, mich mit ihm zu verabreden. Es gab weder eine Verabredung zu einem Spaziergang noch eine zum Tanzen oder zu einem Kinobesuch. Nun ja, während der Woche hätten wir beide keine Zeit für solche Spierenzchen gehabt, ich musste ja mein Brot verdienen, und er musste auch sehen, dass er beruflich Fuß fasste. Nachdem er einige Wochen bei den Bauern gearbeitet hatte, fand er bei einem Fliesenleger eine Anstellung.

Wenn wir aber bei Tanzveranstaltungen aufeinandertrafen, wachte er mit Argusaugen darüber, ob ich nicht einen anderen bevorzugte. Ja, er verfolgte mich regelrecht, in dem Glauben, alte Rechte an mir zu besitzen. Nachdem er schon fast ein ganzes Jahr wieder im Lande war, trafen wir am 6. Januar, auf dem traditionellen Dreikönigsball, erneut zusammen. Diesmal bestand er hartnäckig darauf, mich nach Hause zu begleiten.

»Ich brauch keine Begleitung. Ich finde allein nach Hause«, fertigte ich ihn ab.

Er konnte sich das jedoch nicht vorstellen, dass ich allein nach Hause ging. Ich ließ ihn stehen und verschwand in der Dunkelheit, so schnell ich konnte, in Richtung meines Zuhauses. Er aber folgte mir auf leisen Sohlen bis zur Ecke unserer Straße, um sich zu vergewissern, dass ich wirklich allein ging.

Als wir uns bei der nächsten Tanzveranstaltung trafen, war ich allerdings großzügig und ließ ihn bis zu meiner Straßenecke mitgehen, aber nicht bis ans Haus. Darüber war er sehr geknickt.

Nun, was soll ich sagen? Seine Hartnäckigkeit rührte mich mit der Zeit tatsächlich, und irgendwann merkte ich, dass ich mich in ihn, den einstigen Geißenpeter, verliebt hatte. So bin ich denn im Mai 1953 seine Frau geworden, und vor vielen Jahren haben wir schon unsere »Goldene« gefeiert.

Klein – aber oho!

Veronika, Jahrgang 1921, aus Friesenried/Allgäu

Meinem Vater war nach einer Verwundung im Ersten Weltkrieg ein Bein amputiert worden, wodurch er eine Anstellung bei der Post bekam und öfter mal versetzt wurde. So hatte ich eine bewegte Kindheit.

Geboren wurde ich in Friesenried, einem ganz kleinen Ort im Allgäu. In die Schule gekommen bin ich aber in Lechbruck, auch im Allgäu, das war schon ein größerer Ort. Nach zwei Jahren musste ich diese Schule wieder verlassen, weil mein Vater eine neue Stelle antrat, diesmal in der Nähe von Mindelheim. Dort mieteten meine Eltern ein ganzes Haus. Eine Wohnung reichte für uns nicht mehr aus, weil die Familie inzwischen mächtig gewachsen war. Wenig später kaufte mein Vater bei Bad Wörishofen ein Haus mit einem großen Garten.

»Für eine so große Familie brauche ich ein Eigentum«, war seine Erklärung für diesen Schritt. »Ich brauche Platz, wo ich die Kinder laufen lassen kann.«

Über meine Geburt war mein Vater offenbar besonders enttäuscht, da ich bereits das fünfte Mädchen war. Drei Tage lang hat er mich, glaubt man den Erzählungen meiner Mutter, überhaupt nicht angeschaut. Darüber war meine Mama verständlicherweise beleidigt.

Unser Hausarzt, der das mitbekam, hielt meinem Vater eine Standpauke: »Mein lieber Herr P., das geht nicht. So dürfen Sie mit Ihrer Frau nicht umspringen! Sie kann schließlich nichts dafür, dass es wieder ein Mädchen ist. Außerdem hat sie die ganze Schwangerschaft und den Geburtsschmerz genauso durchlitten, wie es bei einem Buben der Fall gewesen wäre. Also gebührt ihr zumindest Ihre Anerkennung. Jetzt gehen Sie zu Ihrer Frau und bedanken sich für das Kind, auch wenn es ein Mädchen ist. Seien Sie froh, dass es gesund ist. Außerdem brauchen wir auch Frauen. Eine Welt, die nur aus Männern bestünde, wäre eine sehr traurige. Vielleicht kommt wieder mal eine Zeit, wo sie froh sein werden, dass Sie keine Söhne haben. Die Folgen des letzten Krieges spüren Sie ja heute noch am eigenen Leibe. Möchten Sie, dass es einem Sohn ebenso ergeht?« Der Arzt legte eine kleine Pause ein, um dem Vater die Gelegenheit zu geben, über das Gehörte nachzudenken. Dann fuhr der Doktor in seinen Vorhaltungen fort: »Womöglich kommt eine Zeit, wo die Mädchen wichtiger sind als die Buben. Dann werden Sie dem Himmel danken, dass er Sie so reich mit Töchtern gesegnet hat. Und diese hier wird Ihnen besonders viel Freude machen.«

Diese unverblümten Worte machten den Vater wirklich nachdenklich und bewirkten eine innere Wandlung bei ihm. Von dieser Stunde an war er nicht nur stolz auf seine ersten vier Töchter, sondern ganz besonders auf seine fünfte.

Leider sollte der mutige Mediziner nicht mit jedem seiner Worte recht behalten, denn was den

Kriegsdienst betraf, würde ich meine eigenen Wege gehen. Ich sollte mich nämlich zu einem sehr eigenwilligen Kopf entwickeln. Überhaupt, in allem habe ich immer gemacht, was ich wollte. Doch davon später.

Zunächst lag im Jahr darauf das sechste Mädchen bei uns in der Wiege. Bei seinem Erscheinen war der Vater gar nicht mehr ungehalten. Im Gegenteil, nachdem ihm der Arzt den Kopf gewaschen hatte, war er geradezu stolz auf seine Mädchenschar, und er freute sich über jedes weitere, bis wir acht beisammen waren. Ja, er fand es mit der Zeit sogar interessant, eine solch beachtliche Töchterschar vorweisen zu können.

Es war nun nicht so, dass meine Mama nicht in der Lage gewesen wäre, einen Sohn zu bekommen. Ihr zweites Kind war ein Junge gewesen. Der war aber eine Frühgeburt, ein Achtmonatskind. Das wäre jedoch keine Ursache dafür gewesen, dass das Kind starb, Achtmonatskinder konnte man auch zur damaligen Zeit schon gut durchbringen. Aber im Alter von vier Wochen bekam der Kleine Keuchhusten, angesteckt von seiner um ein Jahr älteren Schwester. Sie hat das gut verkraftet, er aber nicht – man hatte ja noch keine wirkungsvollen Medikamente. Das war im Jahr 1910.

Viele Jahre später, als mein Vater diesen Verlust endlich verwunden hatte, besaß er genügend Humor für folgende Äußerung: »Der Bub muss gewusst haben, wie viele Mädchen der Familie noch beschert werden. Da dachte er sich: Nein, so viele Weiber, das ist nichts für mich, da mache ich mich lieber aus dem Staub.«

Im Jahre 1929 machte meinem Vater seine Kriegsversehrung so sehr zu schaffen, dass er seinen Beruf aufgeben musste. Damit die große Kinderschar bei seiner kleinen Rente genug zu essen hatte, wurde im Garten eifrig angebaut. Wir zogen alles, was nur irgendwie bei uns gedieh. Das war natürlich viel Arbeit. Mit seinem einen Bein konnte der Vater im Garten aber nichts machen, für die Mutter allein war das alles auch zu viel. Also mussten wir Kinder schon früh ran. Sobald eines von uns in die Schule kam, musste es mithelfen. Wir lernten säen und pflanzen, hacken und jäten, ernten und einmachen. Dabei wurden wir aber nie überfordert.

Mit einem Stecken zeichnete der Vater jeder ihr Pensum im Garten ein. »So viel musst du machen. Wenn da das ganze Unkraut raus ist, kannst du zum Spielen gehen«, sagte er einer jeden von uns. Und das hat wunderbar funktioniert.

Meine Jugend im Kreise meiner vielen Schwestern empfand ich als sehr schön. Es gab immer Abwechslung und viele Unternehmungen. Die Mutter war eine brave und fromme Frau, sehr ruhig. Das war auch nötig, um bei dem Haufen Kinder die Nerven zu behalten. Sie hielt sich immer im Hintergrund. Der Papa war derjenige, der alles regelte, mit uns spielte, uns viel erzählte und auch der, der uns aufgeklärt hat. Des Abends ging er häufig mit uns zum Schwimmen, beim Wettschwimmen in unserem schönen Dorfschwimmbad ist er meist Sieger geworden, obwohl er nur das eine Bein hatte. Vater war sehr humorvoll, und er verstand es, wunderbar zu trösten. Deshalb konnte man mit jeder Traurigkeit und jedem Kummer zu ihm kommen.

Obwohl ich in der eigenen Familie und in der Nachbarschaft ausreichend Spielkameraden hatte, besuchte ich gern den Kindergarten, denn da war immer etwas los. Dort wurde ich schon früh »entdeckt«. In der Schule sollte das Theaterstück *Die sieben Schwaben* aufgeführt werden, was ja genau in unsere Region passte. Dazu brauchten sie ein kleines Kind, das den Hasen spielen sollte. Der Lehrer kam also in den Kindergarten, schaute sich die ganze kleine Gesellschaft an und wählte dann mich, die Kleinste unter den Fünfjährigen, aus. Ich war kaum größer als ein Dreijähriges, doch ein dreijähriges Kind zu nehmen, hätte keinen Sinn gehabt. Das wäre nicht imstande gewesen, die Regieanweisungen zu befolgen oder Text auswendig zu lernen. Ich als Fünfjährige hingegen war dazu schon clever genug. Das war etwas für mich! Für Theater und andere Auftritte und überall den Mund aufzumachen, war ich immer zu haben. Auch später, wenn dergleichen anstand, habe ich mich stets vorgedrängt, besonders in der Schule.

Aber zurück zu den *Sieben Schwaben*. Das Stück wurde vom Lehrer mit ziemlich großen Schulkindern einstudiert. Es erfüllte mich mit Stolz, dass ich als einziges Kindergartenkind dabei sein durfte. Schon das Einüben machte mir unbändige Freude. Aber der Auftritt erst! Auf einem großen freien Platz, am Fuße eines Berges, und noch dazu am Abend, fand die Aufführung statt. Das war damals noch in Lechbruck.

Ich hatte den Eindruck, der ganze Ort sei auf den Beinen, alle seien gekommen, um mich als Hasen zu sehen. Die Leute kamen natürlich nicht meinetwegen, sondern weil ihre eigenen Kinder oder Enkel mitwirkten. Andere eilten herbei, weil endlich mal was los war, man hatte ja damals so gut wie keine Zerstreuung. Es gab fast noch niemanden, der ein Radio besaß, und ans Fernsehen war noch nicht mal zu denken. Auch ein Kino existierte in unserem Ort noch nicht.

Unser Schauspiel kam bei den Zuschauern ausgezeichnet an. Wir alle spielten ohne Patzer und ernteten reichlich Applaus. Immer wieder mussten wir auf die Bühne und uns verneigen. Ich sonnte mich in dem Gefühl, dass der Applaus hauptsächlich mir gelte. Vielleicht war es wirklich so. Kleine Kinder kommen immer gut an, noch dazu in einer Tierrolle. Und als Hase musste ich ja sehr gewitzt sein, um den sieben Schwaben Angst einzujagen.

Später, wenn wir in der Schule Theater spielten, brauchte ich mich gar nicht vorzudrängen, um eine Hauptrolle zu ergattern, man bot sie mir meist bereitwillig an. Man wusste ja, dass ich gut und schnell auswendig lernen konnte und meine ganze Seele in das Spiel legte – das hatten meine Lehrer bereits herausgefunden, als ich die ersten Gedichte aufsagte, da war ich von der ganzen Klasse immer die Beste. Deshalb habe ich eine steile »Karriere« hingelegt. Das erste Mal, dass ich öffentlich ein Gedicht vortragen durfte, war an dem Tag, als der Bischof kam. Obwohl ich erst zehn war, gehörte ich schon zu den Firmlingen. Bei uns wurde nur alle vier Jahre gefirmt, und so ging ich als Jüngste schon mit. Da ich die Kleinste von allen war, wirkte ich wesentlich jünger. Deshalb und weil man wusste, dass mir das Gedichtlernen so leichtfiel, hatte man mich als Begrüßungsmädchen ausgewählt. Als solches durfte ich dem Bischof ein Gedicht aufsagen und ihm ein Blumensträußchen überreichen.

Nach diesem bedeutenden Tag hatte ich die Ehre, noch viele Honoratioren mit Gedichten zu ehren oder zu begrüßen. Als ich zwölf war, kamen die Nazis an die Regierung, und schon bald hatte ich einen großen Auftritt bei der NSDAP. Zwei Tage vor ihrer Veranstaltung bekam ich den Text zugeschoben. Das war für mich kein Problem. Fehlerlos und mit einwandfreier Betonung sagte ich mein Gedicht auf, als ob ich wochenlang dafür hätte üben können. Alle Anwesenden waren so hingerissen von meinem Vortrag, dass ich künftig bei allen Festen und Feiern Gedichte aufsagen durfte. Es bürgerte sich ein, dass ich immer erst zwei oder drei Tage vorher einen Zettel in die Hand gedrückt bekam, mit den gesäuselten Worten: »Gell, Veronika, das schaffst du bis Sonntag?«

Ob das der Turnerbund war, der Frauenverein oder die SA, das war völlig egal. Auch bei Weihnachtsfeiern, gleich bei mehreren Organisationen nacheinander, trug ich Gedichte vor.

Anfangs hatte die Mama Bedenken: »Kind, das kannst du doch nicht lernen in den paar Tagen.«

»Doch, kann ich«, war meine selbstbewusste Antwort.

Mutter war dann jedes Mal erstaunt, dass es wirklich klappte. Ich hatte allerdings meinen Trick fürs

Lernen, den ich vorerst nicht verriet. Nachdem ich das Gedicht einige Male laut gelesen hatte, legte ich mir am Abend den Zettel unters Kopfkissen. Dabei bildete ich mir ein, am anderen Tag würde ich es dann können. Und es hat funktioniert! Am nächsten Tag lief es wirklich wie am Schnürchen.

Dabei fällt mir ein, mein elfjähriger Urenkel, der sehr ehrgeizig ist, lernt immer sehr fleißig. Dennoch hatte er eines Tages Bedenken, er könne die anstehende Englischarbeit verhauen. Abends beim Zubettgehen war er dermaßen niedergeschlagen, dass er sogar weinte. Seine Mutter tröstete ihn: »Du brauchst doch keine Sorge zu haben, du hast doch gelernt. Und jetzt schlaf schön, damit du morgen frisch bist.«

Am nächsten Morgen fragte seine Mama besorgt: »Na, hast du denn bald einschlafen können?«

Er war erstaunlich gut drauf und antwortete: »Ja, es wird jetzt schon helfen.«

Mit dieser Antwort gab sie sich zufrieden. Sie interpretierte sie so, dass er sich jetzt sicherer fühlte, weil er gut geschlafen hatte.

»Na, wie war die Arbeit?«, wollte sie am Mittag nach seiner Heimkehr wissen.

»Ja, ich glaube, es hat geholfen«, antwortete er zuversichtlich.

Nach einer Woche bekamen sie die Arbeiten zurück. Gut gelaunt betrat der Junge am Mittag das Elternhaus. »Jetzt haben wir die Ergebnisse, Mama«, verkündete er, noch in der Tür stehend. »Ich habe eine Zwei gekriegt.«

Freudig schloss die Mutter ihn in die Arme. »Das ist ja wunderbar, mein Junge! Aber jetzt verrat mir noch, was du damit gemeint hast, als du sagtest: ›Ich glaube, es hat geholfen‹.«

Verlegen lächelnd, gestand er: »Ich hab mir das Bild vom Papst unter das Kopfkissen gelegt.«

Als mir diese Geschichte überbracht wurde, fiel mir wieder ein, dass ich immer meine Gedichte unter mein Kopfkissen gelegt habe. Das hatte ich jedoch weder meiner Tochter noch meinen Enkeln und erst recht nicht meinen Urenkeln erzählt. Deshalb war ich überrascht, dass der Elfjährige von sich aus auf eine ähnliche Idee gekommen ist. Es war das Bild von Johannes Paul II., das ihm zum guten Abschneiden verholfen hatte. Dies ereignete sich, als es dem Papst schon sehr schlecht ging. Ob jetzt, wo sein Seligsprechungsprozess in Gang kommt, die Sache mit dem Bild unter dem Kopfkissen wohl als Wunder anerkannt würde?[1]

Aber zurück zu meiner Karriere als Gedichtinterpretin. 1935, mittlerweile war ich vierzehn, kam ausgesprochen hoher Besuch in unseren Ort, ein ranghoher Nazi, dessen Namen ich nicht nennen möchte. Sein Vater war Lehrer in unserem Ort. Nur deshalb wurde uns die »Ehre« seines Besuches zuteil. Wer musste zu seinem Empfang antreten? Natürlich wieder ich, mit einem Gedicht.

Um anschließend seine Begeisterung darüber auszudrücken, überreichte er mir eine Tafel Schokolade. Schokolade, das war etwas ganz Außergewöhnliches

---

1 Anmerkung der Autorin: Als mir Veronika diese Geschichte erzählt hat, wussten wir noch nicht, dass Johannes Paul II. 2014 durch Papst Franziskus seliggesprochen werden würde.

in jenen Tagen! Ich denke, es ist ein großer Bogen – vom Bischof bis zum hochdekorierten Nazi –, den ich mit meinen Gedichtvorträgen umspannt habe. Bei Stadtfesten kam ich ebenfalls stets groß heraus. Jedes Jahr war Stadtfest und jedes Jahr stand Klein-Vroni auf der Bühne.

Als wir Mädchen noch klein waren, plagte den Vater so mancher Ärger mit uns, besonders mit Klara, die eine ganz Wilde war – gegen die war ich ein richtiges Lämmchen. Das heißt aber nicht, dass ich nichts angestellt hätte. Ich war nur raffinierter, mich hat man nicht so leicht erwischt. Klara aber ist oft erwischt worden, wenn sie was angestellt hatte.

Es kam z. B. immer wieder vor, dass sie eines der Nachbarkinder verdrosch. Mein Vater hatte dann die unangenehme Aufgabe, zu den Leuten zu gehen und sich für seine Tochter zu entschuldigen. Zu Hause fragte er dann eines Abends die Klara, warum sie die Susanne eigentlich geschlagen hätte.

»Ei, die lässt sich eben von mir schlagen«, war ihr »logische« Erklärung.

Ich war zwar nicht so »schlagfertig« wie Klara, dennoch war ich ein sehr lebhaftes Kind und musste die Nase immer vorn haben.

Das veranlasste meinen Papa zu der Äußerung: »Bei dir muss man bremsen.« Aber das schaffte er nicht. Bis auf den Wildfeger Klara waren alle meine Schwestern wesentlich ruhiger veranlagt als ich. Eine von uns war so ruhig und so brav – sie besuchte die Mittelschule der Englischen Fräulein –, dass diese sie ständig für ihr Kloster zu gewinnen versuchten. Der

Mama wäre es auch recht gewesen, wenn Emma diesen Weg gegangen wäre. Sie meinte, bei acht Mädchen könne ruhig eine ins Kloster gehen.

Der Papa aber war anderer Ansicht: »Wir können doch nicht die erforderliche Mitgift aufbringen. Deshalb würde sie im Kloster nicht viel gelten. Dann müsste sie nur putzen und andere niedere Dienste verrichten.«

Ob er damit recht hatte, weiß ich nicht. Aber Emma wollte auch gar nicht ins Kloster. Sie war zwar sehr ruhig, aber fühlte sich nicht berufen. Und ohne Berufung sollte man einen solchen Schritt nicht wagen. Emma war zwei Jahre älter als ich. Man hatte sie deshalb auf die Mittelschule geschickt, weil sie immer gute Zeugnisse hatte. Weil ich in der Volksschule ebenfalls immer gute Zeugnisse nach Hause gebracht habe, sollte ich auf Anraten meiner Lehrerin auch auf die Mittelschule überwechseln. Damals war auf weiterführenden Schulen allerdings noch Schulgeld fällig. Auch die Bücher musste man selbst kaufen, und das Fahrgeld kam noch hinzu. Die Schule befand sich im nächsten Ort, in Mindelheim.

»Vroni, ich kann das nicht machen«, entschuldigte sich der Vater bei mir, nachdem er in der Schule ein Gespräch mit meiner Lehrerin geführt hatte. »Ich weiß, dass du ein gutes Zeugnis hast, und es tut mir auch sehr leid, aber es geht nicht. Es übersteigt meine finanziellen Mittel.«

Einen kleinen Hoffnungsschimmer sah ich aufleuchten, als sich die Lehrerin einige Tage später eigens zu uns ins Haus bemühte. Bei dem erneuten Gespräch war ich also dabei.

Sie riet meinem Vater, er solle beim Landratsamt ein Stipendium für mich beantragen. Bei uns ließen sich doch mehrere Gründe dafür ins Feld führen: seine Kinderschar, seine Kriegsverletzung und auch meine Begabung.

»Nein«, lehnte mein Vater rundweg ab. »Ich muss froh sein, dass ich vom Staat meine Rente kriege. Noch mehr will ich ihm nicht zur Last fallen. Es wird auch so etwas aus meiner Tochter werden. Sie braucht die Mittelschule nicht, und ich brauch das Geld vom Staat nicht.«

So war er eben. Dabei ließ er völlig außer Acht, dass er für diesen Staat gekämpft und für diesen sein Bein verloren hatte. Für mich war es damit entschieden, also keine Mittelschule. Dabei wäre ich so gern dort hingegangen.

Während meiner Volksschulzeit musste ich der Mama viel im Haushalt helfen, wie wir Älteren alle. Nach der Schulentlassung sollte ich auf eine ungewisse Zeit zu Hause bleiben, wo noch mehr Pflichten auf mich einstürmten. Die Arbeit hat mir jedoch nicht geschadet, ich habe viel dabei gelernt.

Bevor es aber so weit war, schickte mich mein Vater in den Turnverein. Einmal in der Woche sollte ich zum Geräteturnen, einige meiner Schwestern und einige Freundinnen waren ebenfalls mit von der Partie. Dieses zusätzliche Turnen für uns war dem Vater ganz wichtig. »Ihr müsst nicht nur etwas für euren Geist tun, sondern auch für euren Körper«, war seine Devise.

Wenn wir vom Turnen nach Hause gingen, trödelten wir schon mal herum. Besonders mir fiel immer etwas ein, wie man die freie Zeit noch etwas ausdehnen könne. Eines Tages hatte ich die Idee, wir könnten durch den Friedhof promenieren. Meine Schwestern schreckten sofort zurück, als ich diesen Gedanken nur ausgesprochen hatte.

Deshalb fragte ich meine Freundinnen herausfordernd: »Wer geht mit?«

Sofort schallte mir ein mehrstimmiges Nein entgegen. Da es schon Abend war, und es zu dämmern begann, hatten sie Angst. Einige halbwegs Mutige gingen noch ein paar zaghafte Schritte mit, kehrten aber fluchtartig um, als wir das Eingangstor hinter uns gelassen hatten. Also marschierte ich allein zwischen den Gräbern hindurch. Angst kannte ich nicht. Vor wem hätte ich mich auch fürchten sollen? Die Toten sind doch die friedlichsten Menschen, die es gibt.

Auf halbem Weg zum anderen Ausgang stand eine Kirche, der Friedhof war also um die Kirche herum angelegt worden. Da ich nun schon mal an der Kirche war, stattete ich ihr auch einen Besuch ab und betete sogar ein Vaterunser. Dann schlenderte ich gemächlich an einigen Gräberreihen entlang, studierte die Namen und die Geburts- und Sterbedaten der Verstorbenen – bis es zu dunkel wurde, um noch etwas zu erkennen – und rechnete aus, wie alt sie geworden waren. Das alles brauchte seine Zeit. Meine Schwestern und Freundinnen, die in der Zwischenzeit an der Außenmauer des Kirchhofes entlanggegangen waren, warteten am rückwärtigen Ausgang besorgt auf meine Ankunft. Da sie darauf aber gar lange warten mussten, hatten sie Angst, mir könne etwas passiert sein. Aber nicht eine von ihnen hatte sich getraut, nachzuschauen, was mit mir los wäre. Erleichtert atmeten sie auf, als ich endlich quietschvergnügt am Hinterausgang erschien.

»Das machst aber nimmer«, ermahnte mich meine Schwester Emma. »Ich hab mich ja zu Tode geängstigt.«

Bei anderen Unternehmungen meinerseits gab es schon mal eine Freundin, die mitmachte. So sind wir beispielsweise einmal zum Kirschenklauen gegangen. In unserem Garten hatten wir selbst Kirschen und Erdbeeren im Überfluss. Überhaupt, in unserem Garten gab es alle Sorten von Beeren und mehrere Apfel-, Birnen- und Zwetschgenbäume. Aber nein, mit der Maja habe ich stehlen müssen.

Maja hatte den ganzen Kopf voll wirrer blonder Locken. Und die Frau, welcher der Kirschbaum gehörte, musste ausgerechnet aus dem Fenster schauen, während wir am Werk waren. Da es bereits dämmerte, konnte sie die Gesichter der Diebinnen nicht erkennen. Bei unserer Flucht aber hat sie ganz deutlich den wirren Lockenkopf erkannt. Dadurch sind wir aufgeflogen, denn diese Locken waren einmalig, das konnte nur die Maja gewesen sein. Und es war ganz klar, dass ich die andere, ja, gar die Rädelsführerin gewesen sein musste, denn der braven Maja wäre so etwas nie eingefallen. Das war aber nur eines von ganz wenigen Malen, wo man mich erwischt hat. Meist kam ich ungeschoren davon.

Einmal im Jahr nahmen wir an einem sportlichen Wettbewerb teil, der immer in einem anderen Ort stattfand. So erlebte ich einst in Buchloe die größte

Enttäuschung meines Lebens. Nach Berechnung der Schiedsrichter hatte ich den dritten Preis errungen. Meiner Meinung nach hätte mir der erste Preis gebührt. Diejenige, der man den ersten Preis überreichte, hatte 91 Punkte gehabt, die mit dem zweiten Preis hatte 84 Punkte und ich hatte angeblich 83 Punkte. Wenn alles mit rechten Dingen zugegangen wäre, hätte ich mich damit zufrieden gegeben und mich über den dritten Platz gefreut. Da mir die Sache aber unklar war, denn während der Wettkämpfe hatte ich meine Punkte schon im Kopf zusammengezählt, habe ich nach der Siegerehrung meine Punkte noch mal nachgerechnet und kam auf 93 Punkte. Deshalb begab ich mich spornstreichs zum Leiter der Veranstaltung und rechnete ihm meine Punkte vor.

»Du hast recht«, gab er zu. »Anscheinend hat der Schiedsrichter beim Addieren den herübergenommenen Zehner nicht beachtet. Dir gebührt also der erste Preis. Aber was können wir jetzt noch machen? Die Siegesfeier ist doch schon vorbei.«

Diese Feststellung war sehr hart für mich. Die »Siegerin« hatte nämlich ein Kränzchen aus goldenem Eichenlaub aufgesetzt bekommen, die zweite eines mit silbernem Eichenlaub und für mich war nur das grüne Laub geblieben. Ich sah ein, dass jetzt nichts mehr zu ändern war, und ging mit meinem grünen Eichenkranz heim. An dieser Geschichte habe ich noch lange geknabbert, für ein Kind ist eine solch ungerechte Behandlung sehr schlimm. Eine Zeit lang war ich auf meine Schulfreundin sogar böse. Aber die hat ja nichts dafür gekonnt.

Beim Schlittenfahren habe ich auch mal etwas angestellt. Zu der Zeit besuchte ich eine Klosterschule. Statt in der Halle zu turnen, waren wir mit der ganzen Klasse zum Schlittenfahren gegangen. Nachmittgas um vier wurde es bereits dunkel, deshalb mussten wir heim. Weil aber einige von uns noch nicht heimwollten, versteckten wir uns hinter einem Holzstapel. Die anderen trotteten treu und brav mit der Schwester in Richtung Schule. Aber bald fiel ihr auf, dass einige von uns fehlten.

Am anderen Tag fragte sie in der Klasse nach: »Wer war gestern nicht dabei, als wir heimgingen?«

Da uns klar war, dass Leugnen nichts helfen würde, meldeten wir uns todesmutig. Noch heute sehe ich die Enttäuschung im Blick von Schwester Hildegard vor mir. »Aber Veronika, du auch?« Dieser Blick tat mir sehr weh, und die Schwester hat mir geradezu leidgetan, da ich ihr diesen Kummer bereitet hatte. Denn normalerweise hatte ich bei dieser Schwester einen Stein im Brett, weil ich ihre beste Schülerin war.

»So, ihr bleibt heute Nachmittag eine Stunde länger da«, war ihre zugedachte Strafe für uns.

Meine Reue währte indes nicht lange. Kaum hatte die Schwester den Raum verlassen, kamen wir auf die Idee mit der Uhr. Im Klassensaal an der Seitenwand hing nämlich, gut sichtbar, eine große Uhr. »Du bist die Schnellste«, redeten einige auf mich ein. »Du gehst jetzt hin und stellst die Uhr vor. Du kannst auch am schnellsten wieder auf deinem Platz sein.«

»Ich komme ja gar nicht an die Uhr ran«, redete ich mich heraus.

»Dann benutze den Stuhl, der vorne am Lehrerpult steht«, schlug man mir vor.

»Das wird zu knapp, den Stuhl holen, hinaufsteigen, Uhr vorstellen, hinuntersteigen und den Stuhl wieder nach vorne bringen. Das schaffe ich nicht.«

»Das schaffst du schon!«, »Du bist doch flink wie ein Wiesel«, »Komm, mach das«, redeten die anderen auf mich ein.

Ich tat es dann tatsächlich.

Als die Klassentür aufging, sah Schwester Hildegard gerade noch, wie ich in meine Bank rutschte.

»Also – jetzt bin ich vollkommen enttäuscht«, war ihre erste Reaktion. »Ich bin so was von enttäuscht von dir! Ich schaue dich lange Zeit nicht mehr an.«

In dem Moment bereute ich meine Tat sehr. Es tat mir sehr weh, dass ich meine Lieblingslehrerin so enttäuscht habe. Aber diese Trauer hielt nicht lange an, dann war ich wieder obenauf.

Wenn ich meine Kindheit mit der von heutigen Kindern vergleiche, so muss ich sagen, meine war schöner. Wir hatten zwar nicht so einen Haufen Spielzeug wie die Kinder heutzutage, aber wir hatten mehr Spaß. Wir haben mit dem gespielt, was wir in der Natur fanden, und wenn es nur Stecken waren. Unsere Fantasie war lebhaft genug, sich ständig etwas Neues auszudenken, womit sich spielen ließ.

Verstecken spielten wir natürlich auch gern, dann war Vater oft dabei. Zwar beteiligte er sich nicht aktiv daran, aber er war der ruhende Pol. Er saß auf der Bank vor dem Haus, die Suchende musste den Kopf bei ihm auf die Oberschenkel legen und bis zehn zählen. Wenn ich an der Reihe war, flüsterte er mir manchmal zu: »Die Lisa ist jetzt die Kellertreppe runter. Die Klara ist hinter dem Gartenhäuschen. Die Emma hockt hinterm Fliederbusch.«

Natürlich hatte ich mir eingebildet, dass der Vater nur mir die Verstecke verriet. Jahre später, als wir mal auf unsere Versteckspiele zu sprechen kamen, stellte sich heraus, dass der Papa jeder eingesagt hatte. Da mussten wir herzlich lachen über seine Schlitzohrigkeit.

Ein anderes Lieblingsspiel von uns hieß »Sautipferl«. Das hatte ebenfalls mit Stecken zu tun. Jede von uns hielt einen Stecken in der Hand und zeichnete damit eine Sau auf den Erdboden. Was dann weiter mit dem Stecken und der Sau geschah, weiß ich nicht mehr. Ich weiß nur, dass wir viel Spaß an dem Spiel hatten und viel lachten. Auch mit Stecken und leeren Büchsen konnten wir uns stundenlang vergnügen.

Wenn es auch so gut wie kein gekauftes Spielzeug gab, Bücher hat es schon gegeben in unserem Leben. Ein Weihnachten ohne Bücher war für uns unvorstellbar, denn wir waren allesamt Leseratten. Zuerst hat jede ihr eigenes Buch gelesen, dann wurde munter untereinander getauscht. Dass wir viel lasen, machte sich auch in der Schule bemerkbar. Den Kindern, die zu Hause gelesen haben, fiel der Unterricht leichter. Sie konnten nicht nur fließender lesen als die anderen, sie hatten auch einen größeren Wortschatz und ein umfangreicheres Wissen.

Als wir Kinder noch nicht selbst lesen konnten, lasen uns die Eltern oder die größeren Schwestern vor. Das weckt, als Vorbereitung aufs Lesen, die Neugier, sodass man es bald selbst können möchte. Aus dem Grund habe ich auch immer meiner Tochter und meinen Enkelkindern vorgelesen, heute noch lese ich den Urenkeln vor. Mein ältester Urenkel ist zwölf. Der ist ein so fantastischer Leser, dass er drei Bücher parallel liest. Das macht ihm riesigen Spaß, und er kommt mit dem Inhalt nicht durcheinander.

Nachdem ich zu Hause zwei Jahre lang das Aschenputtel gespielt hatte, ist es mir zu dumm geworden. Um aus der täglichen Tretmühle herauszukommen, suchte ich mir auf eigene Faust eine Stelle. Mit dem Radl fuhr ich nach Mindelheim zum Landratsamt. Zielstrebig suchte ich das Büro auf, das zuständig war für die Vergabe von freien Plätzen in weiterführenden Schulen.

Nachdem ich mich vorgestellt hatte, erklärte ich: »Da ich von zu Hause aus nicht habe auf die Mittelschule gehen dürfen, weil wir kein Geld hatten, und da mein kriegsversehrter Vater großmütig auf ein staatliches Stipendium verzichtet hat, könnten Sie jetzt etwas für mich tun, indem Sie mir eine Stelle besorgen.«

Schmunzelnd hatten sich die Sachbearbeiter mein Anliegen angehört. Was ich denn werden wolle, fragte mich die Dame, die mir am nächsten saß.

»Na ja, von klein auf habe ich den Wunsch gehabt, Krankenschwester zu werden«, erklärte ich. »Aber ich weiß, dass man mit dieser Ausbildung erst beginnen kann, wenn man achtzehn ist. Vielleicht gibt es ja eine Arbeit für mich, die schon ein bisschen in die Richtung geht. Wenn nicht – in ein Büro würde ich auch gern gehen.«

Die Angestellte entgegnete nichts. Schweigend nahm sie den Telefonhörer auf und wählte eine Nummer. Von dem, was sie am Telefon besprach, bekam ich nicht viel mit. Nachdem sie den Hörer wieder aufgelegt hatte, schrieb sie etwas auf einen Zettel und reichte ihn mir. »Du fährst jetzt zu dieser Adresse und stellst dich vor.«

Das ließ ich mir nicht zweimal sagen. Ich traf dort auf einen Bürovorsteher, der mir einige Fragen stellte. Dann erklärte er: »Du bist noch keine sechzehn. Deshalb muss dein Papa die Erlaubnis geben.«

»Das ist kein Problem«, antwortete ich und radelte nach Hause.

Dort fiel ich mit der Tür ins Haus: »Du, Papa, morgen fahren wir beide nach Mindelheim und gehen ins NSDAP-Büro. Dort unterschreibst du. Ich hab mir nämlich eine Stelle gesucht.«

»Mein Gott!«, stöhnte er. »Ihr tut alle, was ihr wollt. Mit euch Weibern bin ich schon gestraft.«

Am nächsten Morgen fuhr er aber brav mit mir nach Mindelheim und unterschrieb meinen Arbeitsvertrag. Dieses Büro nannte sich »Mutter und Kind«, von hier aus wurden die kinderreichen Familien betreut. Für Bedürftige haben wir unter anderem Päckchen gepackt, die ich manchmal hinbringen durfte. Wir kümmerten uns auch um die Kinderlandverschickung. Meist brauchte ich nur für die Organisation zu sorgen. Häufig waren es dreißig Kinder, die aus dem ganzen Landkreis zusammenkamen und miteinander in Erholung geschickt wurden.

Einmal aber hatte ich die Aufgabe, selbst so einen Kindertransport zu begleiten. Es ging in ein

Erholungsheim in der Nähe von Ulm. Vom Bahnhof in Mindelheim ging es los, und in Memmingen mussten wir umsteigen. Dort wurde ich von allen Kindern umringt. Dabei verschwand ich mit meiner Größe von 1 Meter 53 total. Plötzlich schrie ein Schaffner: »Ja, wo ist denn da die Aufsicht bei dem Haufen?«

Ich trat aus dem Haufen hervor und sagte selbstbewusst: »Das bin ich.«

Der gute Mann betrachtete mich von oben bis unten und rief entsetzt: »Um Gottes willen, schicken sie jetzt schon ein Kind mit den Kindern los?«

Meine Hauptaufgabe in dem »Mutter und Kind«-Büro bestand darin, mich um die Abrechnungen zu kümmern. Nach anderthalb Jahren wurde mir das aber zu langweilig, das heißt, eigentlich war mir diese Stelle noch zu nah bei meinen Eltern, ich musste ja jeden Abend heimfahren. Mein Bestreben war es, weiter wegzukommen und ein selbstständiges Leben zu führen. Deshalb meldete ich mich beim Arbeitsdienst.

Denen war ich jedoch zu klein. Da ergab es sich, dass man im Bayerischen Wald, auch in einem »Mutter und Kind«-Büro, jemanden brauchte. Mit fliegenden Fahnen bewarb ich mich um diese Stelle und bekam sie prompt. Dort hatte ich ebenfalls überwiegend mit der Organisation der Kinderlandverschickung zu tun. Ich war noch gar nicht lange dort, da brach der Zweite Weltkrieg aus. Zu der Zeit war ich gerade alt genug, also achtzehn, um mit der Ausbildung zur Krankenschwester beginnen zu können. Bisher hatte ich es immer so gehalten, dass ich meine

Eltern bzw. meinen Vater erst um Erlaubnis gefragt habe. Wenn dann sein Nein kam, setzte ich trotzdem das in die Tat um, was ich im Sinn hatte. Da ich nun in weiter Ferne weilte, handhabte ich es ein bisschen anders. Kaum erfuhr ich vom Beginn des Krieges, war ich auch schon die Erste, die sich beim Roten Kreuz zum Krankenpflegekurs anmeldete.

Erst bei meinem nächsten Heimatbesuch berichtete ich meinen Eltern von dieser Entscheidung.

»Nein«, antwortete der Papa kategorisch, »das kommt nicht infrage. Ich bin froh, dass ich lauter Mädchen habe, damit keines meiner Kinder in den Krieg zu ziehen braucht, und nun kommst du mir so daher. Weißt du, dass du als Krankenschwester ganz vorn an der Front eingesetzt werden kannst? Schlag dir das also aus dem Kopf.«

»Zu spät, Papa«, habe ich geantwortet. »Ich bin bereits angemeldet.«

Da schüttelte er nur traurig den Kopf. In dem Moment tat er mir furchtbar leid. Dennoch blieb ich bei meiner Entscheidung, darin sah ich nämlich die einzige Chance, endlich den Weg gehen zu können, den ich ursprünglich hatte einschlagen wollen. Schon seit meiner Kindheit interessierte mich alles, was mit Pflege zusammenhing. Dass mein Vater selbst den Grundstein zu diesem Wunsch gelegt hatte, dessen war er sich gar nicht bewusst. Als wir klein waren, hat er uns immer viel erzählt. Am meisten interessierten uns, vor allem mich, wahre Geschichten. Daher erzählte er auch immer wieder von seinen Erlebnissen im Ersten Weltkrieg, von Verwundungen und der Pflege im Lazarett. Das hat mich auf den Weg gebracht, gegen den er sich nun so vehement zur Wehr setzte.

Aufgrund seiner Kriegsverletzung war der Papa mit zunehmendem Alter häufig krank. Da haben wir mit ihm auch viel mitgemacht. Sein rechtes Bein war bis zum Oberschenkel amputiert, aber mit seiner Prothese hat er sich jahrelang recht gut behelfen können. Schließlich vermochte er sie aber nicht mehr zu tragen, weil sie zu sehr auf den Stumpf drückte. Damit er sich weiterhin fortbewegen konnte, bekam er einen Rollstuhl. Zur damaligen Zeit war das noch ein recht primitives Ding. Dennoch ist Papa damit überall hingefahren, vor allem zu den beiden Töchtern, die schon vor dem Krieg geheiratet hatten. Bei beiden waren mittlerweile Buben angekommen – endlich Buben! Darum fuhr er oft hin, um sich an ihnen zu erfreuen. Er hat jeweils einen der Kleinen vorn auf seinen Rollstuhl gesetzt und ist mit ihm spazieren gefahren. Das machte dem Opa ebenso viel Spaß wie den kleinen Buben. Jedem Bekannten, dem er begegnete, erzählte mein Vater ganz stolz von seinen Enkeln.

Vielleicht sollte ich noch einfügen, wie er sich verhalten hat, als die Ersten von uns flügge wurden. Wenn er mitbekam, dass sich eine von uns mit einem Burschen traf, gab er das Kommando: »Heimbringen! Sehen lassen!«

Das taten wir dann auch brav. Aber was haben unsere Spezis gemacht? Den ganzen Abend haben sie da gesessen und mit dem Papa Karten gespielt und von uns haben sie gar nichts gewollt.

Aber zurück zu meinem Heimatbesuch. Nach diesem begann gleich meine Ausbildung beim Roten

Kreuz. Es war eine Schnellausbildung, die wir bekamen. Da sich der Krieg ausgeweitet hatte, benötigte man dringend Krankenschwestern. Kaum war die Ausbildung abgeschlossen, folgte der erste Einsatz. So bin ich im Januar 1941 mit einigen Kameradinnen bereits in Polen mitten im Kriegsgebiet gelandet.

An diese Zeit denke ich gern zurück. Nicht an die schrecklichen Kriegserlebnisse und die fürchterlichen Verwundungen, sondern an die gute Kameradschaft. Noch heute, nach über sechzig Jahren, sind mir Kameradinnen geblieben, mit denen ich mich regelmäßig treffe.

Natürlich war die Lage oft sehr kritisch. Nicht nur durch die fortgesetzten Kampfhandlungen bestand Gefahr für uns, der Winter 1941/42 war sehr, sehr kalt und forderte viele Opfer. Zu essen hatten wir allerdings genug. Wir bekamen auch Päckchen mit kleinen Zusatzrationen von allem, was daheim abgezweigt werden konnte.

Wir Kameradinnen haben auch alles miteinander geteilt, sodass nie eine von uns wirklich Not leiden brauchte. Bei meiner Entscheidung, im Lazarett zu arbeiten, ging es keineswegs darum, das »Abenteuer Krieg« zu erleben, für mich war es Berufung, an der Front helfen zu können.

Am Anfang unserer Schwesternausbildung sind wir zusätzlich zu Nachrichtenhelferinnen ausgebildet worden. Da wir also zweigleisig fuhren, waren wir vielseitig einsetzbar. Am Schluss blieb ich dann bei den Nachrichten hängen, und zwar bei der Marine. Dort habe ich meinen Mann kennengelernt. Trotz des Krieges haben wir schon bald geheiratet und wenig später ein Kind bekommen. Auf dem Papier dauerte diese Ehe genau anderthalb Jahre, in Wirklichkeit waren wir aber nur ganze vier Wochen zusammen. Einmal hat mein Mann eine Woche Fronturlaub gehabt, und einmal drei Wochen. Damit war unser gemeinsames Glück beendet, denn nach diesem zweiten Urlaub galt mein Mann als vermisst. Bis auf den heutigen Tag habe ich keine Nachricht über seinen Verbleib erhalten.

Was blieb einer jungen Witwe mit einem kleinen Kind nach dem Krieg übrig? Ich kehrte in den Schoß der Familie zurück. Während ich für meinen Unterhalt arbeitete, blieb mein Töchterchen in der Obhut meiner Eltern, was diese sichtlich genossen. Trotz aller Sorgen und Nöte war es eine harmonische Zeit, die wir miteinander verbrachten.

Keines seiner Kinder hat der Vater so lange um sich gehabt wie mich. Ich empfand es als höchstes Lob, als er einmal sagte: »Also hat der Doktor nach deiner Geburt mit seiner Prophezeiung doch recht gehabt. An dir habe ich schon meine Freude.«

Ein dramatischer Transport

Maria E., Jahrgang 1919, aus Lockweiler/Saarland

Die neunte Entbindung meiner Mutter sollte ihre dramatischste werden. Als bei ihr am Vormittag des 10. Oktobers 1928 die Wehen einsetzten, dachte sich noch keiner im Haus etwas Schlimmes dabei, schließlich hatte sie bereits acht Kindern das Leben geschenkt und auch zwei Fehlgeburten gut überstanden. Die ersten beiden Kinder, zwei Söhne, hatte die Mutter 1913 und 1917 in Lockweiler zur Welt gebracht, wo meine Eltern damals zur Miete wohnten. Ich selbst habe dort ebenfalls das Licht der Welt erblickt, und zwar am 9.9.1919.

Danach zogen meine Eltern über den Berg nach Altland in das Elternhaus meiner Mutter. Dort kamen kurz nacheinander meine beiden Schwestern Martha und Anni an und noch ein Bruder, der Richard. Schon bald nach Richards Geburt im Jahre 1924 war Mutter wieder schwanger. Nach einigen Monaten aber war das Kind »abgestanden« und ging als Fehlgeburt ab. Da glaubte die Mutter, sie sei wieder frei.

Doch nur wenige Wochen später spürte sie Kindsbewegungen. Das kann doch nicht sein, dachte sie. Doch es stimmte, sie war immer noch schwanger. Von den Zwillingen, die sie erwartet hatte, war einer abgegangen, der andere jedoch, der Heini, wurde 1925 nur elf Monate nach Richard geboren. Selbst die erfahrene Hebamme war erstaunt. Sie gab zu, dass sie so etwas noch nie erlebt hatte. Im Jahr darauf erlitt die Mutter abermals eine Fehlgeburt. Paula hingegen kam im März 1927 ganz normal und gesund zur Welt.

Im Jahr darauf aber, Paula war etwas mehr als ein Jahr alt, erkrankten wir alle an einer fieberhaften Erkältung, wie man sie öfter mal hatte. Das war auch nicht weiter schlimm, und wir waren bald alle wieder gesund. Bei Paula aber, die ein zartes Kind war, entwickelte sich daraus eine Lungenentzündung, an der sie ein paar Tage später starb. Da war ich sehr traurig, denn sie war ein so liebes und hübsches Kind gewesen. Zu der Zeit muss die Mama schon gewusst haben, dass sie wieder in anderen Umständen war. Denn als sie mit mir in der guten Stube stand, wo das Kind aufgebahrt lag, im weißen Kleidchen, mit einem Blumenkränzchen auf dem Haar, tat die Mutter einen Ausspruch, der sich mir einprägte und der mich wesentlich später nachdenklich machte.

Als ich weinend mit ihr neben dem aufgebahrten Kind stand, streichelte sie mir über den Kopf und versuchte, obwohl sie bestimmt selbst sehr traurig war, zu trösten: »Komm, Mädel, sei zufrieden. Wir kriegen auch noch mal eine kleine Paula.«

Wie gesagt, etwa ein halbes Jahr später kündigte sich dann in den Vormittagsstunden des 10. Oktober 1928 die Geburt eines weiteren Kindes an. Außer meiner Großmutter und der Dienstmagd Lena waren nur meine kleineren Geschwister, die Anni, der

Richard und der Heini, zu Hause. Mein ältester Bruder ging schon in Neunkirchen bei einem Bäcker in die Lehre. In Neunkirchen lebte auch eine Tante von uns, bei dieser wohnte er.

Da dieser Tag ein Mittwoch war, befand sich mein Vater wie üblich auf der Grube Altenwald in der Nähe von Saarbrücken, wo er immer die ganze Woche über blieb. Jeden Montag verließ er stets sehr früh das Haus, marschierte etwa eine Dreiviertelstunde bis Wadern, von wo er den Zug nach Altenwald nehmen konnte. Zeitweilig nahm er aber auch den Weg durch den Kriechwald nach Limbach. Das war zwar ein etwas weiterer Weg, aber ab dort war die Bahnfahrt billiger.

Wir anderen befanden uns an dem bewussten Morgen in der Schule. Als wir nach Schulschluss hungrig heimgestürmt kamen, empfing uns das Dienstmädchen am Hauseingang, legte den Finger auf den Mund und mahnte: »Seid leise. Die Mama ist krank. Sie hat Kopfweh. Die Oma ist bei ihr.«

Damit gaben wir uns zufrieden, schlichen in die Küche und machten uns über das Essen her. Wenig später sah ich durchs Küchenfenster, wie die Karolin, die alte Hebamme, mit ihrer großen Tasche auf unser Haus zustrebte. Da wusste ich, was los war. Wir würden wieder ein Kind kriegen. Die versprochene Paula?

Welche Rolle die Hebamme dabei spielte, war mir nicht im Geringsten klar. Tatsache war nur, dass jedes Mal, wenn sie uns wieder verließ, ein neues Kind bei uns in der Wiege lag. Beim letzten Mal war es die Paula gewesen.

Es dauerte nicht lange, da betrat die Großmutter die Küche. Wir wollten sie mit Fragen bestürmen, doch sie wehrte ab mit der Ermahnung, wir sollten schön brav sein, dann ginge es der Mutter bald besser. Danach veranlasste sie die Lena, heißes Wasser ins Schlafzimmer zu bringen. Das erhärtete meinen Verdacht. Jedes Mal, wenn die Karolin im Haus war, wurde eine Unmenge heißes Wasser gebraucht. Ich konnte mir nicht im Mindesten vorstellen, wozu das gut sein sollte.

Als Lena zurück war, legte sie die beiden Buben zum Mittagsschlaf nieder. Die fünfjährige Anni durfte bei uns »Großen« bleiben und zuschauen, wie wir unsere Hausaufgaben erledigten. Damit kam ich jedoch nicht so recht voran. Meine Gedanken schweiften immer wieder zu meiner Mutter. Immer wieder versuchte ich, mir zusammenzureimen, was oben in ihrem Zimmer geschah.

Plötzlich stürzte die Großmutter aufgeregt in die Küche. »Lena, lauf zu den Nachbarn und sieh zu, dass du zwei starke Männer auftreibst.«

Dann nahm Oma den dreizehnjährigen Willi mit vor die Tür. Offenbar wollte sie ihm einen Auftrag erteilen, der nicht für unsere Ohren bestimmt war. Wenig später stürmte er davon, was ich vom Küchenfenster aus beobachten konnte. Ehe die Großmutter wieder nach oben ging, forderte sie uns auf: »Betet, Kinder! Betet für die Mama!«

Sogleich stimmte ich an: »Vater unser, im Himmel«, und die kleinen Mädchen fielen holpernd mit ein.

Bald hörten wir ein Trappeln und Poltern im Hausgang, Männerstimmen, Türenschlagen. Da war kein Halten mehr. Wie Wasser bei einem Dammbruch schossen wir Kinder alle aus der Küche und rannten zur Haustür. Die kleinen Brüder, die von dem Lärm aufgeweckt worden waren, trippelten hinter uns her. Ich riss die Haustür auf – und dann krampfte sich mir das Herz zusammen. Die Mutter lag auf einer Trage, totenblass, mit geschlossenen Augen, in Decken gewickelt. Die Großmutter und das Mädchen Lena hatten je einen Kälberstrick über die Decken geworfen und waren gerade dabei, sie unter der Trage durchzuziehen. Dann banden sie die Stricke über der Mutter fest zu. Die Trage, die vorne und hinten je zwei Griffe hatte, erkannte ich als »Mistbähr« (Mistbahre). Mit dieser wurde normalerweise der Mist über kürzere Strecken transportiert.

Erst als zwei Nachbarn, einer vorn, der andere hinten, die Mistbähr an den Griffen hochhoben und sich in Bewegung setzten, kehrte wieder Leben in uns ein. Weinend lief die ganze Kinderschar hinter dem Trupp her, ein ums andere Mal »Mama, Mama« rufend. Als die Männer den Waldrand erreicht hatten, rief uns einer der beiden zu: »Ihr Kinder, geht heim.«

Doch davon ließen wir uns nicht abschütteln. Da öffnete die Mutter für einen Moment die Augen und flüsterte, kaum hörbar: »Maria, geh mit den Kindern heim.«

Noch immer weinend, sind wir dann nach Hause getrottet.

Dort wurde unsere ganze Aufmerksamkeit zunächst von dem kleinen Erdenbürger in Anspruch genommen, den die Hebamme – trotz der verzweifelten

Stimmung, in der sie sich befunden haben muss – stolz präsentierte. Wir erfreuten uns an dem kleinen Paul, einem kräftigen Kerlchen, das zufrieden in der Wiege schlummerte.

Bei mir kamen die Ängste um die Mutter jedoch bald zurück. Was war mit ihr? Warum hatte man sie weggebracht, und wohin? Diese Fragen stellte ich nur mir. Von der Großmutter und der Dienstmagd konnte ein neunjähriges Mädchen auf solche Fragen keine Antwort erwarten. Alles, was mit dem Kinderkriegen zusammenhing, war doch Tabuthema.

Erst, als unser Willi von seinem Auftrag zurück war, sickerte einiges an Information durch. Die Großmutter hatte ihn nach Lockweiler zum Postamt geschickt, damit er von dort aus den Hausarzt und unseren Vater benachrichtige.

In der Zwischenzeit hatten die beiden Männer die Mutter mit der Mistbähr bis fast vor Lockweiler getragen. Das waren über zwanzig Minuten zu gehen, einen holprigen Weg, immer bergab, und das mit der schweren Last! Nachdem mein Bruder dem Arzt telefonisch mitgeteilt hatte, dass die Mutter nach einer Entbindung an einer unstillbaren Blutung leide, hatte der Arzt sofort einen Krankenwagen angefordert. Der wartete bereits am Ortsrand von Lockweiler, als der kleine Trupp ankam, um die Patientin nach Wadern ins Krankenhaus zu bringen. Der Arzt war auch bereits vor Ort, hatte sein Auto stehen lassen und war dem Krankentransport ein Stück entgegengegangen.

Unser Vater muss spät am Abend heimgekommen sein, denn am nächsten Morgen sah ich ihn noch, kurz bevor wir zur Schule gingen. Am Nachmittag kam er mit der Nachricht aus dem Krankenhaus zurück, der Mutter gehe es sehr schlecht, und man wisse noch nicht, ob man sie durchbringe.

Nach einigen Tagen konnten wir endlich aufatmen. Vater berichtete, die Mutter hätte es geschafft. Unser Hausarzt aber setzte sich hin und verfasste einen offenen Brief an die Bezirksregierung. Darin beschrieb er den dramatischen Transport meiner Mutter ins Krankenhaus und fügte hinzu: »Es ist eine Schande, dass eine Mutter von neun Kindern beinahe verblutet wäre, weil es in unserem so zivilisierten Land noch Regionen gibt, die weder ein Krankenwagen noch ein Arzt erreichen kann.«

Daraufhin ist dann endlich die Straße von Lockweiler nach Altland gebaut worden.

Sobald es der Mutter etwas besser ging, durften wir größeren Kinder sie jeden Sonntag mit dem Vater im Krankenhaus besuchen. Meist konnte ich meine Tränen nicht zurückhalten, wenn ich sie so apathisch daliegen sah. Trotzdem wollte ich jeden Sonntag mit.

Da nicht abzusehen war, ob die Mutter bis zum April des folgenden Jahres den Strapazen gewachsen sein würde, meine Erstkommunion auszurichten, meldete mich die Großmutter wieder vom Kommunionunterricht ab. Sie kam mit dem Herrn Pfarrer überein, dass ich erst im Jahr darauf zum Tisch des Herrn gehen solle.

Endlich, nach Monaten, hieß es, die Mutter käme heim, da war die Freude bei uns allen groß. Aber die Frau, die da nach Hause kam, hatte nicht mehr viel

Ähnlichkeit mit der Mutter, die wir vorher gekannt hatten. Ja, unsere Mama war nicht mehr sie selbst, sondern mit ihren einundvierzig Jahren bereits eine alte, gebrochene Frau. Sie konnte sich nicht mehr auf den Beinen halten und saß den ganzen Tag auf einem Stuhl neben dem Herd. Sie war zwar vom Verstande her noch hellwach, aber nicht mehr in der Lage, körperlich zu arbeiten. Das Einzige, was sie noch konnte, bestand darin, von ihrem Stuhl aus den Herd zu schüren. Man musste ihr nur das Brennmaterial so herrichten, dass sie es in Reichweite hatte. Gelegentlich rührte sie auch mal die Suppe um, wenn die »Köchin« kurz weg musste. Die Köchin war meist die Oma, manchmal auch das Dienstmädchen, und ich wurde auch nach und nach angelernt. Heute wundert es mich, dass die Mutter immer auf einem Stuhl gesessen hat und nicht auf einem Sessel. Damals kam ich aber nie auf die Idee, danach zu fragen.

Ein Cousin von ihr, der sie lange nicht gesehen hatte, machte sich auf den Weg, um der Bäb, wie meine Mutter von allen genannt wurde, einen Krankenbesuch abzustatten. Bei seinem Eintreffen war ich gerade mit dem Putzen der Küche fertig und hatte die Tür zum Hausgang offen stehen, weil ich im Gang gleich weiterputzen wollte.

Als der mir fremde Mann die Haustür geöffnet hatte, fragte er höflich: »Kann ich reinkommen?«

»Oh, ja«, antwortete ich. »Gehen Sie nur weiter.«

Er ging also ungehindert bis zur Küche durch, wo er die Mama am Herd sitzen sah. Er grüßte freundlich und sagte: »Ich wollte meine Cousine, die Bäb, besuchen. Wer sind Sie denn?«

Statt seine Frage zu beantworten, brach meine Mutter in Tränen aus. Da wusste er, wen er vor sich hatte, und weinte aus lauter Erschütterung gleich mit. In dem Moment konnte auch ich meine Tränen nicht mehr zurückhalten.

Später, als ich den Verwandten zur Haustür begleitete, sagte er zu mir: »Maria, ob du es glaubst oder nicht, vor einem Jahr hat deine Mutter noch geblüht wie eine Rose und nun ist sie eine alte Frau.«

Natürlich glaubte ich ihm das. Am Tag vor Pauls Geburt hatte ich sie ja selbst noch als blühende Frau erlebt.

Eigentlich war es uns bis zu dem schicksalsschweren 10. Oktober recht gut gegangen. Das lag sicher daran, dass der Vater immer Arbeit gehabt hatte und sehr fleißig war. Sechsundvierzig Jahre lang war er auf der Grube tätig gewesen, bis er wegen Asthmas und einer Staublunge in Rente geschickt wurde.

Zusätzlich hatten wir eine kleine Landwirtschaft mit zwei Kühen, einem Rind, einer Geiß, zwei Schweinen und einem Dutzend Hühnern. Wir hatten zu essen, wir hatten zu trinken, und ein Dienstmädchen war auch immer da. Ja, ich könnte sagen, wir waren schon eine der wohlhabenderen Familien in jener Zeit.

Einmal, als ich so zwischen vier und fünf Jahre alt gewesen sein muss, hatten wir ein Dienstmädchen aus Quierschied, einem Ort vor den Toren Saarbrückens. Dieses Mädchen nahm mich eines Samstags mit zu sich nach Hause. Vermutlich hatte sie mich mitgenommen, damit ich aus den Füßen war, weil daheim wieder ein Kind ankam. Die Bahnfahrt und auch den Aufenthalt in Quierschied fand ich höchst interessant. Woran es lag, weiß ich nicht, doch plötzlich bekam ich heftige Zahnschmerzen und heulte nur noch vor mich hin. Da wusste sich das Mädchen keinen anderen Rat, als mit mir zum nächsten Zahnarzt zu gehen. Dann ging's auf den komischen Stuhl. Der Zahnarzt schaute mir in den Mund und fackelte nicht lange. Er nahm seine Zange, und – wupp! – schon war der Zahn draußen. Ich aber stimmte ein fürchterliches Gebrüll an.

Als das Mädchen mit mir das Sprechzimmer verlassen wollte, begleitete der Zahndoktor uns noch bis zur Tür. Das Bild sehe ich noch deutlich vor mir, wie er in seinem weißen Kittel im Türrahmen stand, als ich mich noch mal zu ihm umdrehte. In meinem Schmerz und meiner ohnmächtigen Wut schleuderte ich ihm eine fürchterliche Drohung an den Kopf: »Ich sag es meinem Papa. Der schießt dich kaputt.«

Der Mann im weißen Kittel schmunzelte nur: »Ja, ja, sag du es deinem Papa.«

Diese Drohung war schon insofern haltlos, als mein Vater überhaupt keine Schusswaffe besaß. Mir aber war leichter ums Herz, nachdem ich die Drohung ausgestoßen hatte.

Aber zurück zu meiner Mutter. Nachdem sie als Arbeitskraft so überraschend ausgefallen war, freuten wir uns, dass die immer noch rüstige Großmutter, die mit im Haus lebte, das Regiment übernahm. Denn nicht nur wir Kinder waren jung und unerfahren, sondern das Dienstmädchen ebenfalls. Die Oma war sehr darauf bedacht, die Familie zusammenzuhalten. Sie war ab sofort die Seele der Familie und zum Glück noch kerngesund. Dennoch, es muss hart für sie gewesen sein, in ihrem Alter noch einem so großen Haushalt vorstehen zu müssen. Das Härteste für sie war es aber, mit ansehen zu müssen, wie ihre einst blühende Tochter immer mehr verfiel. Darüber seufzte sie schon manchmal. Über die viele Arbeit dagegen klagte sie nie.

Ein Jahr nach der Erkrankung der Mutter hatte die Familie einen weiteren Schicksalsschlag zu verkraften. Bei unserer Anni hatte der Arzt schon vor längerer Zeit, da sie immer so schlapp war und so schnell ermüdete, eine Herzerweiterung festgestellt. Obwohl sie sehr geschont wurde und keine wilden Spiele mitmachte, starb sie, noch ehe sie in die Schule gekommen wäre.

Da ich die Älteste der Mädchen war, hatte die Mutter schon früh angefangen, mich im Haushalt einzuspannen, wobei ich schon eine Menge gelernt hatte. Aber auch, als sie schon krank war, brachte sie mir noch einiges bei, beispielsweise das Brotbacken. Am Backtag hob ich mit der Großmutter in der Küche die Tischplatte ab, weil sich darunter die Backmulde befand. Während die Großmutter mit der Magd auf dem Feld arbeitete, backte ich unter Mutters Anleitung Brot. Um mein zu zwei dicken Zöpfen geflochtenes Haar band ich ein weißes Kopftuch, damit kein Haar in den Teig falle. So war ich mit elf Jahren schon in der Lage, allein Brot zu backen.

Eines Tages, als meine Hände gerade im Teig steckten, ging die Küchentür auf. Herein schob sich ein großer, breiter Mann, der »Samenreisende«. Er tauchte regelmäßig in jedem Frühjahr bei uns auf. Er grüßte und blieb dann mit offenem Mund stehen.

Erst nach einer Weile fragte er: »Darf ich mich setzen?«, indem er sich einen Stuhl heranzog. »Hier muss ich mit ansehen, wie ein Kind Brot bäckt.«

Da habe ich einen feuerroten Kopf gekriegt. Mir war das ja so peinlich, dass mir der Fremde auf die Finger guckte. Ich habe mich so geschämt und gedacht, würde der Mann doch nur endlich gehen! Der dachte aber gar nicht daran. Er blieb und blieb und schaute auch noch zu, wie ich den Teig aufteilte und in die geflochtenen Strohkurweln (Strohkörbe) legte.

Von der Küche führte eine Treppe in den ersten Stock. Weil es keinen idealeren Platz gab, stellte ich auf jede Stufe einen der Körbe, damit der Teig gehen konnte. Danach verhandelten die Mutter und ich mit dem Vertreter über die Sämereien, die wir brauchen würden, und anschließend »verfolgte« mich der Samenhändler bis in die Waschküche. Von dort wurde der Backofen eingeheizt, der außerhalb der Waschküche angebaut war. Ja, der Mann half mir sogar, die elf Kurweln von der Küche bis vor den Backofen zu tragen. Dann schaute er genau zu, wie ich die Asche ausräumte, und blieb, bis ich das letzte Brot eingeschossen hatte. Als er sich danach endlich verabschiedete, atmete ich auf.

Von den fertigen Broten wog jedes etwa fünf Pfund, die reichten gerade mal für eine Woche. Ja, manchmal reichten sie noch nicht einmal so lange, dann wurde beim Bäcker dazugekauft. Das Bäckerbrot schmeckte mir viel besser als unser eigenes – aber nicht nur mir, das haben alle gern gegessen, es war ja ganz frisch. Unser Brot war ja nur am ersten Tag so luftig und locker.

Andere Leute, die keine Getreidefelder besaßen, haben stets beim Bäcker Brot gekauft, die beneidete ich richtig. Als Schulkinder sind wir immer nach Hause gelaufen, um unser Pausenbrot zu holen, wir wohnten ja nur vier Häuser weiter. Mitnehmen konnten wir es morgens nämlich nicht, da wir keine Schultaschen hatten. Die Tafel, an der ein nasses Schwämmchen und ein trockener Lappen baumelten, das Lesebuch und die Griffeldose klemmte man unter den Arm. Das Brot hätten wir auch schon deshalb nicht mitnehmen können, weil es mit Marmelade bestrichen war. Das musste man flach auf die Hand legen und gleich essen, sonst wäre die Marmelade heruntergelaufen.

Ich hatte eine Mitschülerin, die wohnte so weit weg von der Schule, dass sie ihr Brot in der Pause nicht holen konnte, das wurde immer von ihrer fünfjährigen Schwester gebracht. Wenn ich deren Brot sah, das frisch vom Bäcker kam, hat mir meines gar nicht mehr geschmeckt.

Später war eine andere Dienstmagd bei uns, die uns Schultaschen aus Stoff nähte. Wenn wir dann nur Butter aufs Pausenbrot bekamen, ließ es sich, in Pergamentpapier eingewickelt, morgens mitnehmen.

So klein Altland auch war – es gab nur 120 Einwohner –, hatte es doch eine eigene Schule. Die Schüler wurden von zwei Lehrern unterrichtet. Der eine war für die Unterstufe, der andere für die Oberstufe zuständig. Der Lehrer der Oberstufe schenkte mir das letzte Schuljahr, damit ich daheimbleiben konnte, um meine Mutter zu pflegen, was ich sehr nett von ihm fand. Dennoch, wenn ich die Wahl gehabt hätte, wäre ich lieber weiter zur Schule gegangen, um noch mehr zu lernen, und anschließend hätte ich liebend gern eine Schneiderlehre gemacht. Aber daraus wurde leider nichts. Vernünftig, wie ich war, sah ich ein, dass ich Mutter und Großmutter nicht im Stich lassen konnte. Erst drei Jahre später, als unsere Martha aus der Schule kam, konnte ich in Losheim in Stellung gehen, weil Martha meine Aufgaben im Haushalt übernahm.

In dieser Zeit klagte unser Richard, siebzehn Jahre alt, über starke Bauchschmerzen. Er kam umgehend ins Krankenhaus und wurde am Blinddarm operiert. Zum Glück wurde er rechtzeitig eingeliefert, die Operation verlief völlig normal. Aber anschließend beging er einen Riesenfehler. Er muss wohl noch nicht ganz bei sich gewesen sein, denn er hat, weil ihn der Durst plagte und ihm niemand etwas zu trinken geben wollte, die beiden Eisbeutel ausgetrunken, die man zur Kühlung auf die Wunde gelegt hatte. Danach ist es ihm sehr schlecht gegangen. Es hieß, er habe eine Darmlähmung davon gekriegt. Ob das so war, weiß ich nicht. Als es ihm gar so schlecht ging, wollte er jedenfalls keine der Schwestern mehr um sich haben.

Er weinte und schimpfte: »Ich muss sterben, weil die Schwestern mich nicht genug bewacht haben.«

Deshalb benachrichtigte meine Schwester Martha mich in Losheim, wo ich in Stellung war. Ich solle sofort an das Krankenbett des Bruders kommen. Ab da habe ich eine Woche lang Tag und Nacht an seinem Bett gesessen. Kaum war ich mal für ein paar

Minuten eingenickt, schreckte ich wieder hoch, weil er im Fieber sprach, tobte oder schrie. Dann redete ich beruhigend auf ihn ein und benetzte ihm die Lippen mit einem nassen Schwamm.

Die Ärzte bemühten sich in dieser Zeit immer wieder um ihn, aber die Schwestern durften nicht mehr an sein Bett. Wenn er nur eine sah, regte er sich schon fürchterlich auf. So tat ich halt alles, was für ihn zu tun war.

Am Morgen des siebten Tages, es war ein Sonntag, sagte ein Arzt zu mir: »Jetzt können Sie ihm zu trinken geben.« Heute vermute ich, der Arzt dachte, mein Bruder sei sowieso nicht mehr zu retten, deshalb könne er auch trinken.

Damals aber glaubte ich, Richard sei über den Berg, und er selbst muss es auch geglaubt haben. Denn als ich ihm schluckweise Tee zu trinken gab, sagte er: »Maria, ich trinke unsern ganzen Pütz (Brunnen) aus, wenn ich heimkomme.«

Um Mitternacht war mein Bruder tot.

Meine Mutter hatte die ganze Woche über keine Ahnung gehabt, wie es um ihren Sohn stand. Bei ihrem Zustand hatte es keiner gewagt, ihr die Wahrheit zu sagen. Sie wusste lediglich, dass Richard am Blinddarm operiert worden war und im Krankenhaus lag. Da ich aber an meinem freien Samstag nicht nach Hause gekommen war, hatte sie die Martha gefragt, wo ich denn bliebe.

»Die ist zu Tante Anna nach Neunkirchen gefahren«, machte Martha der Mutter weis, weil sie sich nicht traute, ihr zu sagen, dass ich dem sterbenden Bruder beistand.

»Ei, wie kann das Fraumensch fortgehen und mich hier alleinlassen? Die weiß doch, dass du die ganze Woche schuften musst. Da könnte sie dir wenigstens am Wochenende helfen. Lass die mal heimkommen!« Martha zuckte nur mit den Schultern.

Zu der Zeit gab es im ganzen Dorf nur ein Telefon. Es befand sich auf der kleinen Poststelle, die von einer Frau namens Lina betrieben wurde.

Als Lina am Montagmorgen zu uns in die Küche trat, rief meine Mutter entsetzt aus: »Lina, du bringst keine gute Nachricht. In der Nacht ist mir ein Kind fortgeschwommen.«

Die Posthalterin, die ohnehin nicht recht wusste, mit welchen Worten sie der Kranken die schlimme Nachricht überbringen sollte, fragte irritiert: »Bäb, was meinst du damit?«

»Heute Nacht habe ich geträumt, mir wäre ein Kind in den Bach gefallen. Es ist ertrunken und fortgeschwommen. – Unser Richard kommt nicht mehr heim.«

Ganz benommen von dem Gehörten, konnte die Lina nur zustimmend nicken. Damit hatte sie ihren Auftrag erledigt. Nun traute sich Martha auch endlich, der Mutter zu erklären, dass ich die ganze Woche an Richards Krankenbett verbracht und deshalb nicht zu ihr hatte kommen können. Nun bestand die Mutter natürlich darauf, dass ich meine Stelle in Losheim sofort aufgeben und mich wieder um sie und den Haushalt kümmern sollte. Damit war für meine Schwester Martha der Weg frei, in Dienst zu gehen.

Bei ihrer Kondition, die meine Großmutter mit ihren fünfundsiebzig Jahren noch hatte, hätte sie leicht hundert werden können. Aber das Schicksal hatte anders entschieden. Mittlerweile war ich geschickt genug, um für ein paar Tage den Haushalt allein zu schmeißen. Deshalb erlaubte sich die Großmutter eine kleine Reise, um mal auszuspannen. Diese Tage verbrachte sie bei einer anderen Tochter, nämlich bei meiner Tante, in Limbach. Da geschah das Unglück.

Am Abend ging sie hinaus, um den Hühnerstall zuzumachen. Da ist sie von einem jungen Radfahrer angefahren worden. Ehe sie sich versah, lag sie am Boden. Sie hatte ein Bein gebrochen, ein paar Prellungen und eine Gehirnerschütterung. Alles in allem waren es keine Verletzungen, die zum Tod geführt hätten. Aber wegen des Beinbruchs musste sie lange liegen. Dadurch bekam sie eine Bettlungenentzündung, an der sie schon bald verstarb.

Von da an hing allein an mir, der mittlerweile Sechzehnjährigen, die ganze Last und die ganze Verantwortung für die Familie. Ich musste mich um die kranke Mutter kümmern, um die jüngeren Geschwister, um Stall und Feld, zusätzlich zum Haushalt, der schon lange mein Aufgabengebiet war.

Zu meiner Entlastung wurde aber bald eine Cousine ins Haus geholt, die drei Jahre älter war als ich. Obwohl sie unter einer leichten Körperbehinderung litt, war sie lieb und fleißig. Vor allem aber brauchte mein Vater ihr kein Gehalt zu zahlen, Rita arbeitete um Gottes Lohn. Ja, in dieser Zeit wurde mein Vater auch in Rente geschickt. Ab da übernahm er weitgehend die Arbeit auf dem Feld, worüber ich sehr glücklich war. Für einen Mann, der fast fünf Jahrzehnte unter Tage gearbeitet hatte, bedeutete das Wirken im Freien geradezu eine Erholung, und für seine angeschlagene Lunge erst recht.

Wie bereits erwähnt, hatte man den Ältesten von uns Geschwistern, sobald er aus der Schule gekommen war, nach Neunkirchen zu einem Bäcker in die Lehre geschickt, weil er das gerne wollte. Warum man den zweiten Sohn nichts hatte lernen lassen, weiß ich nicht. Ihn hat man zunächst bei zwei älteren Leuten in der Landwirtschaft als Tagelöhner arbeiten lassen, später wurde er dann ebenfalls nach Neunkirchen geschickt, wo er bei einer Baufirma Arbeit fand. Von da an wohnte er auch bei der Tante. Der dritte Bruder hat Schuhmacher werden dürfen.

Einige Zeit, nachdem ich in Losheim die Stelle hatte aufgeben müssen, hätte es mich gereizt – wenn ich schon keinen Beruf hatte erlernen dürfen –, wenigstens ein bisschen Geld zu verdienen, um etwas zum Familieneinkommen beizusteuern. Dass ich im Sommer nicht wegkonnte, war einleuchtend. Da musste ich bei der Feldarbeit mithelfen. Aber für den Winter bot sich mir eine interessante Perspektive. Eine ehemalige Schulkameradin arbeitete in einer Stuhlfabrik, die nicht allzu weit von uns entfernt neu gegründet worden war. Sie suchten noch Arbeitskräfte.

Meine Mutter war auch gleich damit einverstanden, dass ich mir den Betrieb mal für einige Tage anschauen sollte.

In dieser Zeit lernte mich die Kollegin an, was vom Chef aufmerksam beobachtet wurde. Nach drei Tagen kam er auf mich zu: »Maria, ab morgen kann ich dich schon bezahlen, du hast es drauf«, lobte er.

Zu meinem großen Bedauern konnte ich die Stelle dann doch nicht antreten. Denn während der drei Tage meiner Abwesenheit hatte mich meine Mutter schrecklich vermisst. Nun wollte sie mich ständig um sich haben, wofür ich auch Verständnis zeigte.

Nach einem Jahr wagte ich einen neuen Versuch. Die Bäckerei in Neunkirchen, in der mein ältester Bruder inzwischen als Geselle arbeitete, brauchte hin und wieder eine Aushilfe im Verkauf. Da das nur tageweise der Fall war und ich am Abend immer eine Tüte mit Kaffeestückchen und Brötchen nach Hause brachte, imponierte das meiner Mutter, denn solche Köstlichkeiten hätten wir uns nie selbst geleistet. Außerdem war sie der Meinung, es könne die Position meines Bruders stärken, wenn ich in der Bäckerei bei Engpässen aushalf.

Im zweiten Jahr fing es ebenfalls ganz harmlos an mit dem Aushelfen. Aber bald schon bat der Chef darum, dass ich den ganzen Winter über bliebe, da eine Verkäuferin durch eine ernste Krankheit ausgefallen war. Seitdem wohnte ich also bei der Tante in Neunkirchen und begab mich nur am Samstag nach Hause. Das war kein einfacher Weg für mich, den ich da zurücklegen musste. Zunächst bin ich ein Stück mit der Kleinbahn gefahren, dann bin ich ausgestiegen und musste über eine Stunde durch Wald und Hecken gehen, um an meine Busstation zu gelangen. Von dort war es dann nicht mehr weit. Das klappte auch immer ganz gut, und der lange Marsch hat mir nichts ausgemacht.

Aber eines Samstags kam es anders. Wie immer hatte ich das, was in der Bäckerei übrig geblieben war – Brötchen und Kaffeestückchen –, in zwei Taschen gepackt, an denen ich ganz schön zu schleppen hatte. Es war zwar schon Anfang März, doch es lag noch Schnee und es schneite leicht. Gegen 16 Uhr stieg ich aus der Kleinbahn aus und machte mich zu Fuß an das steile Stück Weg, das mir einiges abverlangte.

Nachdem ich etwa die halbe Strecke zurückgelegt hatte, überholte mich jemand mit dem Fahrrad. Das war sehr ungewöhnlich. Deshalb überlegte ich: Was will denn der hier? Der ist doch fremd in dieser Gegend. Einem Impuls folgend, blieb ich stehen. Da hielt der Mann mit dem Rad gleichfalls an. Meinen ganzen Mut zusammennehmend, marschierte ich an ihm vorbei. In meiner Not fing ich gleich darauf laut an zu beten:

»O Maria hilf doch mir,
denn sieh, es fleht ein Kind zu dir.
Du bist es ja, die helfen kann.
O Mutter, nimm dich meiner an.
O Mutter Gottes, hilf mir!«

Dieses Gebet habe ich so oft wiederholt, bis ich die Anhöhe erreicht hatte. Der Fremde aber blieb mir dicht auf den Fersen. Er schob das Rad den Berg hinauf, blieb eigenartigerweise jedoch immer ein Stück hinter mir. Ich überlegte, ob ich losrennen solle, verwarf den Gedanken aber gleich wieder. Mit meinen schweren Taschen würde ich kein großes Tempo erreichen. Und da der Weg nun eben weiterging oder sogar etwas Gefälle hatte, würde der Unbekannte mich per Rad leicht einholen können. Zurückzugehen traute ich mich auch nicht, also blieb ich unschlüssig stehen. In dem Moment strampelte der Radfahrer hastig an mir vorbei. Nun setzte ich mich ebenfalls wieder in Bewegung und näherte mich einer Weggabelung. Der rechte Weg führte an den Äckern entlang, der linke am Wald vorbei. Noch bevor ich diesen Abzweig erreichte, sah ich den Radfahrer genau an der Gabelung stehen, wo die beiden Wege auseinandergingen. Also blieb auch ich wieder stehen, ohne mit meinem Gebet aufzuhören.

Als er sah, dass ich stehen blieb, schwang der Mann sich wieder auf sein Rad und nahm den linken Weg, also den, der am Wald entlangführte. Daher entschloss ich mich für den rechten Weg, also den, der an den Äckern entlangging. Diesen bin ich aber nicht gegangen, sondern gelaufen, trotz meiner schweren Taschen. Die Angst verlieh mir offensichtlich ungeahnte Kräfte, dabei behielt ich den Fremden aber ständig im Blick. Von meinem Weg aus ließ sich der Waldweg überblicken. Mit Entsetzen sah ich, wie schnell der Mann vorwärts kam. Falls ich mein Tempo beibehielt, würde ich unweigerlich auf ihn treffen, wenn mein Weg in seinen einmündete. Würde ich langsamer werden, brauchte er nur auf mich zu warten.

So war es dann auch. Kurz bevor er die Einmündung erreicht hatte, bremste er und stieg von seinem

Fahrzeug ab. Dann bewegte er sich, das Rad schiebend, auf mich zu. Plötzlich blieb er stehen, riss seine Hose auf, sodass sie ihm bis auf die Schuhe fiel. Mit nacktem Hintern blieb er in der Kälte stehen. Wohlgemerkt, es lag noch Schnee und es herrschte noch leichtes Schneetreiben.

In meiner Verzweiflung rief ich, so laut ich konnte: »Mutter Gottes, lass ihn stehen! Mutter Gottes, lass ihn stehen! Lass ihn nicht kommen! Lass ihn stehen!« Der blieb dann wirklich stehen. Der Mann schien wie gelähmt. Meinen Kopf bewegte ich zusätzlich in Kreuzesform und sprach laut dabei: »Ehre sei dem Vater, dem Sohn und dem Heiligen Geist. Herrgott, hilf mir!«

Der Weg führte nun leicht bergab, und ich hastete weiter, bis der Wald zu meiner Linken fast zu Ende war. Ich wagte einen Blick zurück und sah, dass der Mann noch immer wie angewurzelt dastand, in der Kälte, ohne sich zu rühren. Da mir mein Abstand zu ihm groß genug erschien und ich wusste, dass ich bald an Häuser kommen würde, schickte ich ein erneutes Gebet zum Himmel: »Mutter Gottes, nun lass ihn gehen!«

Da bückte er sich, raffte seine Hose hoch, knöpfte sie zu, bestieg sein Rad und fuhr in entgegengesetzter Richtung davon. In dem Moment begann ich, vor Erleichterung zu weinen, zügig setzte ich meinen Weg fort. Da ich gar so erschöpft und aufgewühlt war und erst mal in Sicherheit sein wollte, bat ich am ersten Haus um Einlass.

Nachdem ich mich ein wenig erholt hatte, setzte ich meinen Heimweg fort. Brühwarm erzählte ich meiner Mutter daheim von der Geschichte, und sie reagierte nicht anders, als ich erwartet hatte: »Du gehst mir nicht mehr in die Bäckerei. Diesmal hast du noch Glück gehabt, aber man soll sein Schicksal nicht herausfordern.«

Mit dieser Lösung war ich sehr zufrieden, denn genauso hatte ich bereits insgeheim für mich entschieden. Zu der Zeit war ich achtzehn Jahre alt und schmiss weiterhin den elterlichen Haushalt.

Unser Jüngster, der Paul, tat mir immer furchtbar leid, denn er hat überhaupt nichts von seiner Mutter gehabt. Deshalb bemühte ich mich, bei ihm weitgehend die Mutterstelle zu vertreten. Im Jahre 1942, als Paul vierzehn Jahre alt war, starb unsere Mutter. Sie war gerade mal fünfundfünfzig Jahre alt, aber man hätte denken können, sie sei neunzig gewesen. So alt sah sie aus, weil sie völlig abgemagert war.

Für sie war der Tod eine Erlösung, für mich aber auch, wenn ich ehrlich bin. Es war ein langer trauriger Zug, der ihrem Sarg folgte.

Einige Wochen später wurde Paul aus der Schule entlassen. Nun galt es, für ihn eine Arbeitsstelle zu finden. Deshalb schickte mich der Vater mit ihm nach Rhaunen zum Arbeitsamt. Weil es keine öffentlichen Verkehrsmittel gab, strampelten wir mit unseren altersschwachen Fahrrädern los. Obwohl ich in meinem ganzen Leben noch nie in Rhaunen gewesen war, fanden wir gut hin und mühelos zum Amt.

Dort vermittelte man Paul als Lehrling in die ortsansässige private Molkerei, wo er auch wohnen konnte: bei einem Mann mit seiner Schwester, beide ledig. Die zwei haben damals die Molkerei betrieben.

Genauer gesagt, führte die Schwester den Haushalt, und der Bruder betrieb mit einigen Angestellten die Molkerei.

Mein jüngster Bruder hatte also dort sein Zimmer und ist auch da beköstigt worden. Obwohl ich ihn nun gut untergebracht wusste, blieb ich noch einige Jahre im Elternhaus, zum einen, um den Vater zu versorgen, und zum anderen, um meinen Geschwistern ihr Zuhause zu erhalten. Denn bis sie verheiratet waren, kamen sie immer wieder am Wochenende nach Hause.

Erst, als mein Vater nicht mehr lebte und alle Geschwister verheiratet waren, kam ich dazu, mein eigenes Lebensglück in die Hand zu nehmen.

Ein Wiener Mädel

Friede, Jahrgang 1905, aus Wien/Österreich[1]

Ich habe nur eine einzige Schwester, die ist vier Jahre jünger als ich. Zwischen uns hat es mal ein Bübele gegeben, das mit einem Jahr gestorben ist, was meinem Vater sehr leid getan hat. Eigentlich nur, weil der Sohn gestorben war, kam meine Schwester noch auf die Welt. Der Vater hatte so sehr auf einen neuen Buben gehofft, den er Fritz nennen wollte. Weil das aber nicht geklappt hat, bekam meine Schwester den Namen Fritzi.

Auf die Fritzi habe ich schon als kleines Mädel immer aufpassen müssen. Wenn wir in unserem Viertel auf die Straße gingen, nahm ich sie stets an die Hand. Sie schaffte es aber immer wieder, sich loszureißen und mir zu entwischen. Dann suchte ich so lange straßauf, straßab, bis ich sie wiedergefunden hatte. Einmal aber war all mein Suchen vergeblich. So sehr ich auch nach ihr Ausschau hielt, ich konnte sie nirgends entdecken. Egal, wie viele Leute ich befragte, niemand hatte ein fünfjähriges Mädelchen mit blonden Zöpfen gesehen. Da war ich der Verzweiflung nahe. Weinend stand ich am Straßenrand, als ein Ehepaar vorbeikam.

---

1 Anmerkung der Autorin: Diese Geschichte wurde mir am 5. Juni 2007 im Altersheim in Wien von Friede erzählt.

Die beiden blieben bei mir stehen. »Mädel, was hast denn du?«

»Ich sollte auf meine Schwester aufpassen«, schluchzte ich. »Und ich habe sie an der Hand geführt, aber sie hat sich losgerissen und ist weggelaufen. Sie ist viel jünger als ich und viel kleiner. Ohne sie traue ich mich nicht nach Hause.«

»Komm Kind, du kannst doch nicht hier stehen bleiben. Es wird ja schon dunkel. Komm, wir bringen dich zu deinen Eltern.«

»Nein«, wehrte ich ab. »Ich traue mich nicht.«

Sie aber nahmen mich rechts und links an der Hand und führten mich Widerstrebende nach Hause. Und als ich die Wohnung betrat – wen sah ich da? – Die Fritzi! Sie war schon längst daheim, und ich hatte mich umsonst gesorgt. Auch heute noch, mit ihren achtundneunzig Jahren, ist sie so: Was sie sich vornimmt, das führt sie auch aus. Deshalb muss ich heute noch auf sie aufpassen. Ihre Lieblingssätze sind noch immer: »Ich will!« oder »Ich will nicht!«. Dagegen ist man machtlos.

Mein Vater war von Beruf Tischler. In den vornehmen Häusern machte er immer die feinen Einlegearbeiten für die Kassettendecken. Als aber 1914 der Krieg kam, ist er gleich einberufen worden. Deshalb zog die Mutter mit uns beiden Mädchen in die Steiermark, weil mein Vater dort stationiert war. Bei allem hatte er noch Glück gehabt. Er musste nicht an die Front, er ist vom Militär in seinem Beruf eingesetzt worden. Für die Offiziere musste er immer wieder Tischlerarbeiten ausführen, und wir durften mit ihm in einer der verlassenen Offiziersbaracken hausen.

In dieser Zeit musste ich aber auch zur Schule gehen. In Wien hatte ich eine voll ausgebaute Schule besucht, in der Steiermark gab es für mich aber nur eine vierklassige Klosterschule. Es waren also immer zwei Jahrgangsstufen zusammengefasst. Das bedeutete, dass die Jüngeren etwas Neues lernten, der ältere Jahrgang aber nur das Gelernte vom vorigen Jahr wiederholte. Das störte mich eigentlich nicht, dann saß der Stoff wenigstens richtig. Auf die Dauer bedeutete es allerdings, dass man hier während einer achtjährigen Schulzeit nur halb so viel lernen würde wie in Wien. Wenn Wiederholungen anstanden, hat die Lehrschwester manchmal zu mir gesagt: »Friede, du weißt das ja schon alles. Du kannst runtergehen in den Garten und die Wäsche aufhängen. Kriegst auch einen Kakao dafür.«

Natürlich machte mir das als Kind Spaß, die Lücken zeigten sich bei mir erst nach der Schulentlassung. Diese Schwester war für mich damals die liebste Lehrerin. Zu Weihnachten schenkte mir der Vater ein Stammbuch. Heute heißt dies Poesiealbum. In das Buch ließ ich als Erste die von mir verehrte Ordensfrau schreiben. Sie schrieb mir folgende Verse:

Das Leben flieht so rasch dahin,
es bleiben nur die Werke.
Und täusch dich nicht in deinem Sinn,
und diese Wahrheit merke:
Die Ewigkeit ist lang genug,
damit wir uns erfreuen.

Doch wehe, wer in Ewigkeit
Muss seine Schuld bereuen.

Deine Lehrerin,
Schwester Marie-Justine.

Gedichte habe ich immer sehr gern gelernt und sie auch lange behalten. Es war noch in Wien, ich war in der dritten Klasse, da haben wir Verse gelernt, die auch vertont worden sind:

Jedem Wiener glänzt das Auge,
pocht das Herz, die Wange glüht,
wenn nach jahrelanger Trennung
er St. Stephan wieder sieht.

Mal von Sonnenlicht umflossen,
mal verhüllt von Nebeldunst,
ein bewundernswertes Denkmal
ist sein Geist und seine Kunst.

Er hat vieles schon gesehen,
dieser wack're Stephansturm,
sah die Türken, die Franzosen,
sah herab auf manchen Sturm.

Und sieht heute auch noch vieles,
was ihn zur Verzweiflung bringt,
nun dann tröstet uns ein Liedel,
das in Wien schon jeder singt.

Da blickt der Stephel lächelnd nieder
und denkt sich still, der stolze Dom:
Das ist mein Wien, die Stadt der Lieder,
am schönen blauen Donaustrom.

Dieses Gedicht ist, wie gesagt, auch vertont worden. Doch leider habe ich nicht gut singen können. Einmal haben wir in der Gesangsstunde dieses neue Lied geprobt. Die ganze Klasse hat gesungen, die Lehrerin stand vorn und dirigierte. Irgendetwas schien ihr plötzlich nicht zu gefallen. Suchend schritt sie bis hinten durch die Reihen und horchte an jeder Bank. Neben mir blieb sie plötzlich stehen.

»Friede!«, fuhr sie mich an. »Sei ruhig, du Brummbär, du.«

Das war hart. Brummbär hatte sie mich genannt! Sofort brach ich in Tränen aus und brachte unter Schluchzen hervor: »Aber ich singe doch so gern. Ich kann doch nichts dafür, dass ich eine so tiefe Stimme habe.«

In dieser Schule habe ich auch eine sehr liebe Freundin gehabt, ein ganz liebes Mäderl. Seit der ersten Klasse hingen wir aneinander. Als ich mit meiner Mutter in die Steiermark zog, fiel uns die Trennung sehr schwer. Annerl hat mir noch jahrelang geschrieben und ich ihr. Sie war ungewöhnlich klug, die Beste der ganzen Klasse, aber dennoch sehr zart und kränklich. Von ihr erfuhr ich noch, dass sie ins Spital gekommen ist, weswegen, weiß ich nicht. Da ich danach aber nie wieder etwas von ihr gehört habe, nehme ich an, dass sie dort gestorben ist. In der Klosterschule in der Steiermark fand ich eine ganze Reihe neuer Freundinnen, aber das Annerl habe ich nie vergessen können.

Die ersten Jahre, die ich zur Schule gegangen bin, hatten wir ja noch unseren Kaiser, den Franz Josef. Leider habe ich ihn nie zu Gesicht bekommen, aber wir haben ihn sehr verehrt. Wenn er Namenstag oder Geburtstag hatte, war das stets ein Feiertag für alle Schüler. Wir Kinder kamen dann festlich gekleidet mit einem Blumenstrauß in der Hand in die Schule. Der Lehrer stellte ein Bild des Kaisers aufs Pult, und jedes Kind stellte seinen Blumenstrauß davor, dann sangen wir ein Lied zu Ehren seiner Majestät. An diesen Tagen nahm der Lehrer nach Schulschluss immer einen ganzen Korb voll Blumen mit nach Hause. Ja, es war eine gute, eine friedliche Zeit.

Einmal waren die Fritzi und ich krank. Wir hatten die Masern. Deshalb mussten wir in unseren Betten bleiben, im abgedunkelten Zimmer. Dadurch waren wir für eine Weile für die anderen Hausbewohner »unsichtbar«. Die Hausmeisterin, die im Parterre wohnte, vermisste Fritzi am meisten. Sie pflegte nämlich, ab und zu mit ihr zu plaudern und ihr etwas Gutes zuzustecken.

Als meine Schwester nach ihrer Genesung endlich wieder im Hof erschien, erkundigte sich die Hausmeisterin teilnahmsvoll: »Ja, Fritzerl, du warst lange krank. Was hat dir denn gefehlt?«

Und was war Fritzis Antwort? »Frau Pomoch, Ihr Kaiserschmarrn.«

Unser Vater war stets fleißig, sparsam und fürsorglich. Damit war er ein gutes Vorbild. Er hat uns mit Strenge erzogen, aber auch mit Güte und

Verständnis, auch war er immer gerecht. Und sein Vater, also unser Großvater, das war erst ein strenger Mann! Vor dem haben wir uns regelrecht gefürchtet. Unser Vater stammte aus dem Sudetenland, aus einer schönen Gegend. Sein Heimatdorf lag an der Grenze zu Deutschland.

Der Großvater wohnte in einem kleinen Landhaus, wo wir ihn vor dem Krieg manchmal besuchten. Er war ein großer stattlicher Mann, und ich erinnere mich oft daran, wie er vor dem Haus auf der Bank gesessen hat. Seine Finger waren verbogen, und seine Zehen angeblich ebenfalls. Die habe ich aber nie zu sehen gekriegt, weil sie in großen weichen Pantoffeln steckten. Gicht habe er, hieß es. Auf dem Kopf hatte er noch volles, aber schneeweißes Haar, das ihm bis auf die Schultern reichte, außerdem trug er einen weißen wallenden Bart.

Wenn Leute mit ihren Kindern vorübergingen, flüsterten sie ihnen zu: »Schaut, da sitzt der Weihnachtsmann.«

An die Großmutter erinnere ich mich gern. Sie war eine liebe, freundliche Frau, die sich gut anzog, bevor sie sich auf die Hausbank setzte. Ein Erlebnis fällt mir noch ein, als ich als Sechsjährige die Großeltern besuchte, Fritzi war gerade erst zwei. Die Mutter hatte uns im Sommer für ein paar Wochen dort abgegeben. Neben dem Haus hatten die Großeltern einen Stall, in dem standen Ziegen. Als ich diesen zum ersten Mal betrat, kam die größte Ziege mir sofort entgegen, so weit, wie eben ihre Kette reichte, und begann, mein Gesicht abzulecken. Diese Vertraulichkeit hat mich zwar nicht erschreckt, aber sie war mir unangenehm.

Deshalb wehrte ich das Tier mit höflichen, aber bestimmten Worten ab: »Nein, Herr Ziegenbock, von Ihnen möchte ich kein Busserl.«

Meine Großmutter, die mir unbemerkt gefolgt war, bog sich vor Lachen. Dann erklärte sie mir, dass dies kein Bock sei, sondern eine Geiß.

»Aber er hat doch Hörner«, beharrte ich.

»Auch die Geißen haben Hörner«, belehrte mich die Großmutter geduldig. »Dass es eine Geiß ist, siehst du schon daran, dass sie ein Euter hat. Daraus melken wir die Milch.«

So halbwegs glaubte ich ihr dann. In späteren Jahren hat sie mich noch oft zitiert: »Nein, Herr Ziegenbock, von Ihnen mag ich kein Busserl.«

Als wir noch in Wien wohnten, hatten wir in unserer Wohnung kein elektrisches Licht. Deshalb ging man meist früh schlafen. Für die Winterabende aber hatten wir eine kleine Petroleumlampe auf dem Tisch. Damit sie am Abend immer schön erstrahlte, war es ab meinem sechsten Lebensjahr meine Aufgabe, den Glaszylinder zu putzen. Dazu musste ich eine Schraube lösen, den Zylinder herausnehmen und mit einem Lappen abreiben. Dann setzte ich ihn wieder auf und schraubte ihn fest.

Und wehe, der Zylinder hatte noch einen Fleck! »Da, schau her!«, rief die Mutter dann. »Siehst du das nicht? Siehst du den Fleck dort? Das soll geputzt sein?«

Dann musste ich die ganze Prozedur wiederholen. Die Fritzi brauchte den Zylinder nie zu putzen. Auch, als sie längst alt genug dazu gewesen wäre, blieb diese Aufgabe an mir hängen. Erst, als wir nach dem Krieg wieder nach Wien zurückkehrten und das elektrische Licht bei uns Einzug hielt, wurde ich von dieser Aufgabe entbunden.

In dieser Zeit bekamen wir auch eine Wasserleitung ins Haus. Vorher mussten wir das Wasser immer im Hof aus einem Brunnen schöpfen, der für mehrere Familien das Trinkwasser lieferte. Der Schöpfeimer hing an einer langen Kette, die mit ihrem anderen Ende an einem Gewinde befestigt war. Zum Wasserschöpfen warf man den Eimer mit Schwung in den Brunnenschacht und zog ihn mithilfe des Gewindes wieder hoch.

Unser Vater hat schöne Anzüge gehabt, jeder einzelne war vom Schneider angefertigt worden. Von jedem blieben Stoffreste übrig, die der Schneider sorgfältig aufeinanderlegte und mit einem Stoffstreifen zusammenband. Diese Bündel hob die Mutter sorgfältig im Reisekorb auf, für den Fall, dass mal ein Flicken einzusetzen sei. Doch davon hatte ich keine Ahnung.

Eines Tages, ich mochte etwa neun gewesen sein, war ich allein zu Hause, weil die Mutter mit meiner Schwester zum Arzt musste. Tief in Gedanken versunken, spielte ich mit meiner Puppe, zog sie an und wieder aus. Plötzlich kam mir die Idee, es wäre doch schön, wenn meine Puppe mehrere Kleider hätte, damit ich sie umkleiden könne. Also begab ich mich auf die Suche nach Stoffresten.

Nachdem ich in allen Schubladen und Schränken vergebens gestöbert hatte, stieß ich auf den Reisekorb. Der war die reinste Fundgrube für mich. So viele schöne Stoffe, fein gebündelt beieinander! Ich befand mich wie im Rausch, fledderte jedes Bündel auseinander und fischte mir aus jedem den größten Stofffetzen heraus. Mit Mutters großer Schere machte ich mich ans Werk. Aus einem Stück schnitt ich mir Teile für ein Kleid, ein anderes sollte ein Faltenrock werden, mit passendem Schal. Das nächste Stück würde ein wunderschönes Cape mit dazu passender Mütze. Aus einem vierten Stoff schnitt ich ein weites Kleid zu. Zufrieden mit meinem Werk, setzte ich mich hin und steckte die Teile zusammen. Danach begann ich fieberhaft, die Teile aneinanderzureihen. Meine neue Puppengarderobe sollte wenigstens im Rohbau fertig sein, wenn die Mutter nach Hause kam. Voller Stolz würde ich ihr dann meine Kollektion präsentieren und bestimmt ein großes Lob für meine Schneiderkünste ernten.

Doch die Mutter reagierte völlig anders als erwartet. Zunächst blieb ihr, als sie die Küche betrat, vor Entsetzen der Mund offen stehen. Dann schlug sie die Hände zusammen mit dem Ausruf: »Mein Gott, Friede! Kannst du nicht fragen? Wie konntest du das nur machen? Meine sorgfältig gehüteten Stoffreste einfach zu zerschneiden! Ich fasse es nicht! Womit soll ich Vaters Anzüge nun reparieren?«

Schluchzend beteuerte ich, dass ich die Flicklappen nicht mutwillig zerschnitten hätte. Ich hätte ja nicht gewusst, dass diese Stücke noch gebraucht würden.

Da nun eh nichts mehr zu ändern war, durfte ich meine Puppenkleidung fertignähen. Ganz allerliebst sah meine Puppe später darin aus. Da staunte die

Mutter wirklich und gab mir in Zukunft von sich aus jedes Stück Stoff, das sie nicht mehr brauchte, und abgelegte Kleidungsstücke dazu. Aus diesen »zauberte« ich immer etwas Neues, wie sie das nannte. Ich habe ja so gern Puppenkleider genäht, auch für die Puppen meiner Schwester und meiner Cousinen.

»Ja, wenn du so gern nähst«, stellte die Mutter eines Tages fest, »dann solltest du Schneiderin werden.«

Das war genau das, was ich mir sehnlichst gewünscht hatte. Nach der Schulentlassung bin ich gleich zu einer Schneiderin in die Lehre gegangen. An meine Gesellenprüfung erinnere ich mich noch sehr lebhaft. Außer einem theoretischen Part bestand sie aus zwei praktischen Teilen. Ein sehr schönes beigefarbenes Kleid musste ich fertignähen und auf einem Probelappen musste ich verschiedene Arten von Knopflöchern nähen. Diese machte ich so exakt, dass ich eine Belobigung dafür erhielt. Meine Meisterin zeigte den Probelappen in der Prüfungskommission herum, mit der Aufforderung: »Schauen Sie sich das mal an! Haben Sie je schönere Knopflöcher gesehen?«

Dementsprechend fiel mein Zeugnis sehr gut aus. Leider ist es im Zweiten Weltkrieg abhandengekommen. Einige Jahre arbeitete ich dann in meinem Traumberuf. Da ich den Beruf der Schneiderin erlernt hatte, empfahl mein Vater – er war ein vorausschauender Mann – der Fritzi, Weißnäherin zu werden. Sobald Fritzi ausgelernt hätte, könnten wir, da die beiden Berufe sich ergänzten, gemeinsam ein Geschäft aufmachen. Ich sollte für die Kundschaft die Kleider nähen und meine Schwester die Wäsche.

Leider ist es dazu nie gekommen. Denn bis die Fritzi mit ihrer Lehre fertig war, brach die Zeit der großen Arbeitslosigkeit über das Land herein. Für Schneiderinnen gab es damals nichts mehr zu tun. Von der Arbeitsvermittlung bin ich in eine Taschnerei geschickt worden; das war nicht gerade das, was mir in meiner Kindheit vorgeschwebt hatte, aber immerhin ein artverwandter Beruf. Da ich handwerklich sehr geschickt war, bekam ich bald die Aufgabe, bei den feinen Lederhandtaschen die Vorderseite mit winzigen Perlen zu besticken. Es waren verschiedenfarbige Perlen, die ich zu einem Bild zusammenfügen musste.

An einem Sonntag in den Dreißigerjahren, nachdem Österreich schon längst keine Monarchie mehr war, hatte ich mir vorgenommen, das Schloss Schönbrunn zu besichtigen. Leider setzte ein heftiger Regen ein, als ich schon auf halbem Weg im Schlosspark war. Dummerweise hatte ich keinen Regenschirm dabei. Plötzlich merkte ich, wie sich von hinten ein Schirm über meinen Kopf schob. Erstaunt blickte ich mich um und sah in das freundliche Gesicht eines jungen Mannes.

»Entschuldigen'S bitte, Fräulein, aber es hat mir so leidgetan, dass Sie nass werden.«

So ergab es sich, dass wir das Schloss gemeinsam besichtigten. Während des Rundganges erfuhr ich, dass der junge Mann im Krieg beim Heeresverpflegamt eingeteilt gewesen war. Nach dem Krieg hatte er dann beim Baugewerbe Arbeit gefunden. Ich erzählte ihm von meiner Arbeit in der Taschnerei. Als der

Rundgang beendet war, mochten wir uns noch gar nicht trennen. Deshalb lud er mich auf einen Kaffee in ein Kaffeehaus ein.

Es dauerte gar nicht lange, da haben wir schon geheiratet, und übers Jahr lag ein Bübele in der Wiege. Was hat sich mein Vater darüber gefreut, dass es endlich einen Buben in der Familie gab!

Leider sollte unser Glück nicht lange währen. Mein Mann, der, wie gesagt, auf dem Bau arbeitete, trug an seinem letzten Arbeitstag ein Paar Gummistiefel, die nicht mehr ganz dicht waren. Da es an diesem Tag heftig regnete, bekam er nasse Füße. Das wäre nicht weiter tragisch gewesen. Aber er arbeitete gerade an einer Stromleitung. Ein gerissenes Kabel fiel genau in die Pfütze, in der er gerade stand, und leitete den Strom zu seinen Füßen. Durch den starken Stromschlag war er auf der Stelle tot.

Da stand ich nun mit meinem Kind und war gezwungen, selbst für unseren Lebensunterhalt zu sorgen. Zum Glück war inzwischen die Auftragslage für Schneiderinnen wieder besser geworden. Nun war ich froh, einen Beruf erlernt zu haben, noch dazu einen, den ich zu Hause ausüben konnte. So brauchte ich mein Kind nicht in fremde Hände zu geben. Es sprach sich bald herum, dass ich Nähaufträge annahm. So wuchs meine Kundschaft von Tag zu Tag, und wir beide konnten gut davon leben. Immer wieder aber, wenn ich an meiner Nähmaschine saß, musste ich daran denken, dass sich das alte Lied, das mir meine Mutter in meiner Kindheit so oft vorgesungen hatte, bei mir bewahrheitete:

In der Witwe ihrem Zimmer
hängt a recht a oide[1] *Uhr*
und daneben schläft wie immer
in der Wieg'n der klaane Bua.

Sie tut fleißig Kleider machen,
zu der Kundschaft laufen g'schwind,
und dann wieder heim zum Kind,
hört sein Weinen und sein Lachen.

Am Abend legt sie ihn zur Ruh,
deckt ihn mit dem Kissen zu,
setzt sich an die Wiege sein
und singt dabei die Melodei:

Du klaaner Engel in der Wieg'n,
halt' dich brav und tu net lieg'n[2].
Das ganze Leben a braver Bua,
nimm dir ein Beispiel an der Uhr.[3]

---

1 oide = alte
2 Hier: i. S. v. lügen.
3 Anmerkung der Autorin: Als mir diese Frau ihre Geschichte erzählte, war sie bereits 102 Jahre alt und deklamierte die zitierten Gedichte mit klarer Stimme und mit einwandfreier Betonung.

Ein Paradies mit Duftnote

Anni H., Jahrgang 1924, aus Esch-Alzette/Luxemburg

Wir waren zu Hause vier Kinder, von denen ich das älteste war. Nach meiner Geburt soll mein Vater sehr enttäuscht gewesen sein, denn als Erstes hatte er sich einen Stammhalter gewünscht. Elf Monate später muss seine Enttäuschung noch größer gewesen sein, denn statt eines Stammhalters lag wieder ein Mädchen in der Wiege, die Josette. Drei Jahre danach erlebte er die nächste Enttäuschung, schon wieder eine Tochter! Sie wurde Claudine genannt. Als die vierte Tochter zwölf Jahre nach mir das Licht der Welt erblickte, hatte mein Vater schon gar nichts anderes mehr erwartet. Er hatte sich nicht nur in sein Schicksal ergeben, sondern war sogar stolz auf sein Mädchen-Quartett.

»Ich würde keine von ihnen gegen einen Jungen eintauschen«, antwortete er voller Überzeugung seinen Freunden, wenn sie auf seine »Sohnlosigkeit« anspielten.

Nun ja, ich benahm mich auch wie ein halber Junge. Ums Haus hatten wir einen großen Garten, ein Teil davon eine Wiese, auf der vierzehn Obstbäume standen. Deshalb war der Herbst für uns besonders interessant. Ich kletterte bis auf die höchsten Äste, um die obersten Früchte zu ernten.

In der übrigen Jahreszeit tollten wir Kinder viel zwischen den Obstbäumen herum. Da Spielzeug seinerzeit sehr rar war, haben wir häufig unsere Fantasie walten lassen. Zu unserer liebsten Beschäftigung gehörte es, einen Garten nachzubauen, mit Sand, Steinen, Kastanien und Stöckchen.

Außer den Obstbäumen wuchsen in unserem Garten so gut wie jede Sorte Gemüse und herrliche Blumen in den vielfältigsten Farben und mit wunderbarem Duft. Leider wurde der aber häufig von weniger angenehmen Düften überlagert.

Der elterliche Garten wäre wirklich das reinste Paradies gewesen, wenn einen nicht ständig fürchterliche Gerüche belästigt hätten. Die kamen teils von der Latrine, die sich mitten im Grundstück befand, teils wehten sie von außerhalb herein. Im Haus gab es noch keine Toilette. Man roch die Latrine im ganzen Garten und je näher man ihr kam, umso schlimmer wurde es. Wenn ich mal musste, hielt ich mir die Nase zu, riss die Tür auf, stieß den Deckel weg, verrichtete in größter Eile mein Geschäft, schob den Deckel wieder über das Loch und stürzte hinaus ins Freie, wo ich tief durchatmete.

Für die Nacht stand ein Toiletteneimer im Flur. Das war nicht gerade hygienisch, es ersparte einem aber, im Dunkeln nach draußen zu müssen. Als Kind habe ich das alles nicht als so schlimm empfunden, das gehörte eben in jener Zeit dazu. Bei anderen Leuten war das nicht anders.

Was ich jedoch als wirklich schlimm empfand, das war die Aufgabe, die mir wenige Jahre später zuteil wurde, nämlich in regelmäßigen Abständen die

Latrine zu entleeren. Mit einem Eimer musste ich die Jule (Jauche) aus der Grube schöpfen und in den Garten gießen. Das war der Höhepunkt der Gerüche! Hundert Eimer von dieser »kostbaren Brühe« haben dafür gesorgt, dass Blumen, Gemüse und Obst prächtig gediehen.

Nun zu den Düften, die von außerhalb in unser kleines Paradies eindrangen. Nicht weit von unserem Haus befand sich der Schlachthof. Je nach Windrichtung hörten wir aus dem dazugehörigen Kuhstall nicht nur das Gebrüll der verängstigten Rinder, wir wurden auch durch den unangenehmen Stallgeruch belästigt. Das war aber nichts gegen den Gestank, den das Verbrennen von Knochen verursachte. Wenn der Wind aus der entsprechenden Richtung kam, konnten wir kein Fenster öffnen. Zum Glück ist heute aus dem Schlachthof eine »Kulturfabrik« geworden – Theater, Konzerte und Filme verströmen keine üblen Gerüche.

Das Hüttenwerk ARBED befand sich ganz in unserer Nähe. Der Rauch der Lokomotiven, das Schmelzen von Eisenerz, das Geratter des Krans, der Tag und Nacht in Bewegung war, waren auch nicht gerade angenehm. Aber sie bedeuteten den Reichtum unseres Landes. ARBED war ein luxemburgischer Stahlkonzern und brachte Tausenden von Menschen Arbeit und Brot. Deshalb nahm man das damals einfach hin, ohne zu meckern oder zu klagen.

Das Flüsschen Alzette floss unmittelbar an unserem Garten vorbei. Es verbreitete ständig einen modrigen Gestank, weil die Leute einfach ihr Abwasser hineinleiteten. Trotzdem durften wir als Kinder darin spielen. Gedanken, dass das irgendwie gesundheitsschädlich sein könnte, machte man sich keine. Das Wasser wurde auch nicht untersucht, wie das heute üblich ist. Selbstverständlich wurde mit dem Bachwasser auch unser Garten gegossen.

Allerdings gab es auch angenehme Düfte bei uns. Die waren aber dem Herbst vorbehalten und überdeckten manchmal den Gestank. Wenn die Mutter die Zwetschgen verarbeitete, roch es im ganzen Haus tagelang nach Zwetschgenmus. Je näher es auf Weihnachten zuging, desto häufiger war unser Haus von Bratapfelduft erfüllt. Öffnete man die Speichertür, strömte einem der liebliche Geruch von Äpfeln und Birnen entgegen, die da oben für den Winter gelagert waren.

Die Mutter hat sich viel mit uns beschäftigt. Am Abend spielte sie oft mit uns und hat viel mit uns gesungen. Damit weckte sie schon frühzeitig in mir die Liebe zum Gesang. Auch hat sie uns allen schon früh das Stricken beigebracht. Ich weiß noch, mit fünf – ich konnte gerade mal die Nadeln halten – ließ sie mich die ersten Strickversuche machen. Später dann, als wir drei Älteren schon recht gut stricken konnten, saßen wir mit der Mutter Abend für Abend im Wohnzimmer und ließen die Nadeln klappern. Wir strickten alles, was die Familie brauchte: Pullover, Jacken, Mützen, Schals, Handschuhe, Socken. Damit es uns bei dieser »Arbeit« nicht zu langweilig wurde, gab es ein Buch, aus dem abwechselnd immer eine von uns vorgelesen hat, während die drei anderen fleißig die Nadeln bewegten.

Mein Vater war bei der ARBED beschäftigt, und zwar im Lohnbüro. Nebenbei engagierte er sich auch politisch. Viele Jahre war er Mitglied im Gemeinderat und half somit, die Geschicke unseres Ortes zu lenken. Über zwanzig Jahre lang widmete er sich auch der »höheren« Politik. Zum Ausgleich pflegte er ein schönes Hobby. In den 1930er-Jahren schrieb er einige Theaterstücke in Luxemburger Sprache, die sogar mit Erfolg aufgeführt wurden.

Wenn Vater an seinem Schreibtisch saß und über einem neuen Stück brütete, mussten wir leise sein, damit wir seine guten Gedanken nicht verscheuchten. Wir Kinder wurden von ihm streng erzogen. Er war überzeugt davon, diese Erziehung sei für uns die richtige. Zum Glück wirkte meine Mutter immer ein bisschen ausgleichend. Deshalb hinterbrachte sie ihm am Abend, wenn er von der Arbeit kam, nicht alles, was wir im Laufe des Tages angestellt hatten.

Von meiner Schulzeit wäre auch noch ein bisschen zu berichten. Schon in der ersten Klasse fiel der Lehrerin auf, dass ich gut singen konnte. Deshalb durfte ich bereits in der Primärschule immer wieder vorsingen, Lieder wie: »Der Mond ist aufgegangen« oder »Weißt du, wie viel Sternlein stehen?«. Als ich zwölf oder dreizehn war, ließ mich die Lehrerin von Klasse zu Klasse gehen, damit ich den anderen Kindern vorsinge, weil sie selbst nicht gut singen konnte. Bald fanden sich ein paar andere Mädchen, die gut sangen, u. a. auch meine Schwester Josette. Gemeinsam sind wir alle einem Mädchenchor beigetreten. Das war für mich sehr interessant und eine wunderbare Zeit. Es bedeutete nicht nur, dass ich meiner Leidenschaft, dem Singen, nachgehen konnte, es bedeutete auch, dass ich einen Teil meines Heimatlandes kennenlernte. Mit diesem Chor sind wir im ganzen Land herumgereist, um zu besonderen Anlässen aufzutreten. Wir sangen schöne Lieder in luxemburgischer, in deutscher und in französischer Sprache, wofür wir viel Beifall ernteten.

Das fand vor dem Krieg statt. Dann war mit einem Schlag alles vorbei. An Reisen und Singen war nicht mehr zu denken, nun hatten die Menschen andere Sorgen.

Nachdem man die sechs Jahre Primärschule hinter sich hatte, musste man sich entscheiden, ob man aufs Lyzeum oder auf die Haushaltungsschule wollte. Ich wäre natürlich gern aufs Lyzeum gegangen, weil ich sehr wissbegierig war. Mich interessierte alles, ob Sprachen, Naturwissenschaften oder schöne Künste.

Über meinen künftigen Bildungsweg entscheid jedoch mein Vater. »Was willst du auf dem Lyzeum?«, fragte er. »Da setzen sie dir nur Rosinen in den Kopf, und du meinst am Ende noch, du müsstest studieren. Geh auf die Haushaltungsschule. Da lernst du kochen und bügeln und alles andere, was du später als Hausfrau brauchst. Du wirst ja doch heiraten.«

So große Töne gab er damals von sich. Doch einige Jahre später, als ich wirklich ans Heiraten dachte, legte er mir mächtig Steine in den Weg.

Er meldete mich also auf der Haushaltungsschule an. Eine Widerrede kam nicht infrage. In diesem wie in anderen Fällen hatten wir uns wortlos zu fügen, was uns oft ziemlich schwer fiel.

Als ich jedoch auf dieser Schule war, gefiel es mir recht gut dort, und ich nahm den neuen Stoff begierig in mich auf. In dieser Zeit entschloss ich mich, nicht nur für meinen »Hausgebrauch« zu lernen. In mir erwuchs der Ehrgeiz, Hauswirtschaftslehrerin zu werden. Mit sechzehn Jahren legte ich dazu das erste Examen ab, in welchem ich die erste Stufe zu meiner Karriereleiter sah. Kaum hatte ich es in der Tasche, brach der Krieg aus. Ab da verlangte man von uns, dass wir mit »Heil Hitler« grüßten, statt mit dem vertrauten »Guten Morgen«.

Einigen von uns gefiel das nicht, und wir weigerten uns. Deshalb mussten wir zu fünft oder zu sechst die Schule verlassen. Darüber war ich sehr traurig, denn ich hätte meine begonnene Berufsausbildung gern zu Ende gebracht. Außerdem bedrückte es mich, dass ich mit dem Verlassen der Schule die Quelle verlor, aus der ich mein Wissen schöpfte. Denn ich wollte lernen, lernen, lernen. Bisher hatte ich alles, was sich mir in der Schule an Stoff bot, aufgesogen wie ein Schwamm. Zum Glück merkte ich aber schon nach kurzer Zeit, dass man sein Wissen auch ohne Schule erweitern kann. So habe ich mich mein ganzes Leben lang durch Lesen weitergebildet.

Mit dem Abschied von der Schule hatte ich nicht nur meine Lernstätte verloren, sondern auch den Kontakt zu den meisten meiner Mitschülerinnen, mit denen ich mehr oder weniger enge Freundschaften geschlossen hatte. Freundschaften waren mir immer wichtig gewesen, schon in der Primärschule hatte ich eine ganze Reihe von Freundinnen um mich geschart. Leider musste ich schon früh die schmerzliche Erfahrung machen, dass es auch Mädchen gab, die es nicht vertrugen, dass ich außer ihnen noch andere Freundinnen hatte. Sie betrachteten jede andere als Rivalin. Das bedeutete, wenn ich mit einer Freundin gut auskam, hat die andere das nicht geduldet. Darüber war ich immer sehr traurig. Streitsüchtig war ich nie, sondern immer ausgleichend, immer auf Harmonie aus. Manch eine sagte: »Mit dir kann man keinen Streit bekommen.«

Auch in der Haushaltungsschule habe ich einige gute Freundinnen gehabt, mit denen ich trotz der aufgezwungenen Trennung noch lange korrespondiert habe. Als sich die äußeren Verhältnisse wieder besserten, haben wir uns sogar gegenseitig besucht, und das über einige Jahrzehnte hinweg.

Meine Kindheit empfinde ich im Nachhinein als sehr unbeschwert, meine Jugendzeit aber war vom Krieg überschattet. Bereits 1940 wurden wir evakuiert, weil es für uns wegen der Nähe zur Eisenhütte zu gefährlich wurde. Es fiel uns nicht leicht, unser Haus und unser kleines Paradies zu verlassen. Wir kamen nach Martigny in Frankreich. Das war keine angenehme Zeit, aber wir haben alles gut überstanden. Als es in Martigny ebenfalls brenzlig zu werden drohte und sich der Krieg länger hinzog, als wir erwartet hatten, kehrten wir schon nach wenigen Monaten wieder in unser Haus zurück.

»Hier haben wir wenigstens unseren Garten, aus dem wir uns zur Not ernähren können«, argumentierte mein Vater. »Außerdem sind wir hier nicht auf die Barmherzigkeit fremder Menschen angewiesen.« Damit hatte er recht.

Da ich das Gefühl hatte, ohne gemeinschaftliches Singen nicht leben zu können, und da sich mir schon bald eine Gelegenheit dazu bot, trat ich dem Kirchenchor unserer Gemeinde bei. Ach, war das herrlich und so befreiend, seine Stimme wieder mit vielen anderen erschallen zu lassen, noch dazu zu Ehren Gottes!

Nach Kriegsende fanden in der Kirche wieder feierliche Gottesdienste statt, bei denen einige Musiker den Chor mit ihren Instrumenten begleiteten. Welche Instrumente das im Einzelnen waren, weiß ich nicht mehr. Darunter waren einige Streicher und einige Blasinstrumentalisten. Ich aber hatte nur Augen und Ohren für einen gut aussehenden Geiger, der einige Jahre älter sein mochte als ich. Er gefiel mir vom ersten Tag an; er aber schien von mir keine Notiz zu nehmen. Darüber war ich einigermaßen enttäuscht, doch entmutigen ließ ich mich davon nicht, ich machte ihm weiterhin schöne Augen.

Eines Tages sprach er mich tatsächlich an. »Anni«, gestand er mir, »du hast mir vom ersten Tag an gefallen. Aber ich wage es nicht, um dich zu werben, da ich dreizehn Jahre älter bin als du.«

»Was sind schon dreizehn Jahre?«, entgegnete ich, meine Chance witternd. »Mich stört das nicht.«

Nun störte es ihn auch nicht mehr, und schon bald waren wir ein Liebespaar. Nach einiger Zeit hielt ich es für angebracht, ihn meinen Eltern vorzustellen. Damit erzielte ich nicht die Begeisterung, die ich erwartet hatte.

Meine Mutter wiegte bedenklich den Kopf, wohl wegen des Altersunterschiedes, hielt sich aber mit

Bemerkungen zurück. Mein Vater dagegen versuchte massiv, mir diesen Freund auszureden: »Schlag dir den aus dem Kopf. Der ist viel zu alt für dich. Du kannst nicht gleich den Erstbesten heiraten, der dir über den Weg läuft. Was ist er von Beruf? Kaufmann? Das ist nichts für dich. Meine Tochter hat etwas Besseres verdient. Du musst nur Geduld haben. Der Richtige kommt noch.«

Da ich die Erfahrung gemacht hatte, dass Widerrede bei meinem Vater nichts nützte, hielt ich den Mund und traf mich heimlich weiterhin mit Jean. Ob mein Vater mich beschattet hat oder beschatten ließ, weiß ich nicht. Jedenfalls bekam er von unseren heimlichen Treffen Wind. Er fackelte nicht lange und nahm Kontakt zu seiner Schwester auf, die in Frankreich lebte. Schriftlich fragte er bei ihr an, ob sie mich für einige Monate bei sich aufnehmen würde, damit ich einen Mann vergessen könne, der in mein Leben getreten sei. Wörtlich schrieb er – die Tante hat mir den Brief später gezeigt: *Dummerweise hat sie sich in einen Mann verliebt, der in keiner Weise zu ihr passt.*

Nachdem mein Vater von seiner Schwester eine positive Antwort erhalten hatte, erfuhr ich erst von dieser Aktion. Ohne Vorankündigung befahl er mir: »Pack deinen Koffer. Morgen bringe ich dich zu Tante Yvette.«

Das war für mich wirklich hart. Aber nicht nur, weil das für mich eine Trennung von meinem Freund bedeutete, sondern auch, weil ich mich von meiner Theatergruppe und meinem Operettenchor trennen musste. In jener Zeit hatte ich nämlich viel Theater gespielt und mit einem Chor einige Auftritte in Operetten genossen. Für Letzteren war es vielleicht nicht so einschneidend, wenn ich wortwörtlich von der Bühne verschwand, die Theatergruppe aber würde ernstlich darunter leiden. Wir hatten gerade erst ein neues Stück einstudiert und es erst einmal aufgeführt.

Am Tag vor meiner überstürzten Abreise, es war ein Samstag, fand die zweite Aufführung statt. An dieser durfte ich noch mitwirken. Als ich der Truppe, kurz bevor sich der Vorhang hob, von der Entscheidung meines Vaters erzählte, fielen sie aus allen Wolken. Für sie bedeutete es, dass sie die Rolle neu besetzen mussten, und für die Ersatzdarstellerin hieß es, dass sie ihren Text in aller Eile auswendig lernen musste.

Dabei handelte es um ein Stück in luxemburgischer Sprache. Es hieß »Reckes III«. In diesem spielte ich eine Tochter, die von ihrem Vater dazu gezwungen wird, ihr Zuhause zu verlassen, weil sie sich in den falschen Mann verliebt hatte! Es war also wie im richtigen Leben. Welche Ironie des Schicksals, dieses Stück stammte aus der Feder meines Vaters, er hatte es bereits 1930 geschrieben!

Verständlicherweise brachte ich bei meinem letzten Auftritt in diesem Stück meine ganze verwundete Seele ein. So überzeugend hatte ich noch nie gespielt. Das nichts ahnende Publikum war zu Tränen gerührt. Tosender Applaus war mein Lohn. Im Publikum saß auch Jean. Wie er mir Jahre später gestand, hatte er sich heimlich die Hände gerieben, weil dies mein letzter Auftritt war. Er war nämlich eigentlich dagegen, dass ich Theater spielte. Doch er hatte es nie gewagt, mir das zu sagen, weil er wusste, wie viel mir es mir bedeutete. Natürlich war Jean nicht begeistert davon, dass mein Vater mich für unbestimmte Zeit so weit wegschickte, aber er hat nie mit ihm gestritten. Die beiden haben stets sehr sachlich miteinander geredet.

Meine Mutter war nicht so sehr gegen eine Heirat mit diesem Verehrer. Sie versuchte sogar, des Vaters Bedenken zu zerstreuen: »Wenn Anni ihn liebt, wird das schon gut gehen mit dieser Ehe.«

Aber mein Vater war taub auf diesem Ohr. Er blieb unerbittlich. Am Sonntag packte er mich ins Auto und brachte mich zu seiner Schwester. Bangen Herzens kam ich bei ihr an. Wie würde es mir bei ihr ergehen? Würde sie mich wie eine Gefangene halten?

Bei der Begrüßung war sie sehr distanziert und machte ein todernstes Gesicht. Da rutschte mir das Herz noch mehr in die Hose. Man ließ mich allein im Wohnzimmer sitzen, während Bruder und Schwester in einen anderen Raum verschwanden. Dort gab er ihr wohl Instruktionen, wie sie mich in der »Verbannung« zu behandeln habe. Genauso ernst kamen beide zurück. Zum Abschied reichte der Vater mir förmlich die Hand, und weg war er.

Kaum hatte ihr Bruder das Haus verlassen, brach Yvette in herzhaftes Lachen aus. Jetzt verstand ich die Welt gar nicht mehr. Die Tante stellte zwei Gläser auf den Tisch, schenkte uns einen guten alten Cognac ein und prostete mir zu mit den Worten: »Nun, liebe Nichte, lass uns auf das Wohl deines Liebsten anstoßen, und danach berichtest du mir ein bisschen über ihn.«

Nachdem das ungewohnte Getränk meine Zunge gelöst hatte, erzählte ich bereitwillig, wie und wo wir uns kennengelernt hatten und dass Jean meine große Liebe sei.

»Und die wollen wir uns von meinem Bruder, dem alten Esel, nicht kaputt machen lassen. Er meint immer, es muss alles nach seinem Kopf gehen. In diesem Fall sollte es nach deinem Herzen gehen. Die große Liebe ist ein Geschenk des Himmels, für das man nicht dankbar genug sein kann. Man sollte es mit beiden Händen festhalten.«

Dankbar umarmte ich meine Tante, fragte aber unsicher: »Meinst du das im Ernst?«

»Und ob! Darauf trinken wir noch einen Cognac.«

In den folgenden Wochen gingen dann viele Briefe zwischen Frankreich und Luxemburg hin und her.

Als mein Vater mich nach drei Monaten wieder abholte, musste er einsehen, dass durch die Trennung unsere Liebe nicht abgekühlt war. Deshalb überlegte er, welche Möglichkeiten er noch habe, um mir diese »unmögliche« Liebe auszutreiben.

Die Mutter aber versuchte, zu vermitteln: »Was hilft es? Lassen wir die Anni eben heiraten.«

Er entgegnete: »Und was bringt das? Nach fünf Jahren läuft sie ihm fort.«

Jahre später würde ich allen Leute, die auf diesen Ausspruch meines Vaters anspielten, sagen: »Nach drei Jahren hatte ich drei Kinder, da bin ich geblieben.«

Die Mutter aber antwortete dem Vater in der damaligen Situation: »Du musst nicht alles so schwarz sehen. Es kann auch gut gehen.«

Da gab er schließlich seinen Segen zu unserer Verbindung. Im Jahre 1947, in der schlechten Zeit, haben wir geheiratet. Als wir nach der Trauung bei unserem bescheidenen Mahl saßen, tat meine Mutter den Ausspruch: »Jetzt verliere ich mein Arbeitspferd.«

Es dauerte gar nicht lange, da war mein Jean für meinen Vater der beste Schwiegersohn, den er sich denken konnte. Ja, er war so begeistert von ihm, dass er so tat, als wäre er selbst es gewesen, der ihn eigens für mich ausgesucht hatte.

Mit meiner Hochzeit hatte ich in der Familie geradezu eine Heiratslawine ausgelöst. Nachdem ich meinen Kopf durchgesetzt hatte, stellte Josette unseren Eltern auch endlich ihren heimlichen Verehrer vor und schritt ein Jahr nach mir zum Traualtar. Danach wagte auch Claudine, unsere Dritte, den Eltern ihren langjährigen Freund einzugestehen. So fand im Jahr darauf schon wieder eine Hochzeit in unserem Hause statt.

»Was für ein Glück, dass unsere Alice erst vierzehn ist«, räsonierte mein Vater. »Da bleibt sie uns noch ein paar Jährchen erhalten.«

Flucht und Vertreibung

Irmgard, Jahrgang 1918, aus Breslau

Eigentlich wuchs ich auf wie ein Einzelkind, obwohl ich zwei Schwestern hatte. Bei meiner Geburt war meine ältere Schwester bereits fünf Jahre alt und wurde sehr bald eingeschult. Sechs Jahre später, als ich in die Schule kommen sollte, konnte meine Mutter mich nicht hinbringen, da sie mit ihrer dritten Tochter in den Wehen lag. Deshalb musste mein Vater mich an meinem ersten Schultag begleiten. Das störte mich aber nicht, denn mein Verhältnis zum Vater war von jeher enger gewesen als das zur Mutter.

Obwohl ich also wie ein Einzelkind aufwuchs, mangelte es mir nicht an Spielkameraden. Wir wohnten in Breslau in einem großen Mietshaus, in dem es viele Kinder gab. Von diesen war der Walter mein liebster Spielkamerad, vermutlich, weil wir gleichaltrig waren. Wie bei allen Häusern in unserer Straße gab es einen großen Hinterhof, auf dem es sich herrlich und gefahrlos spielen ließ.

Ein Teil des Hofes war als Garten angelegt, ein Teil als Spielecke mit einem Sandkasten. Damit man den Nutzgarten gießen konnte, gab es auch einen Wasserhahn in dieser Anlage. Natürlich spielten Walter und ich am liebsten im Sand. Mit trockenem Sand kann man aber nicht viel anfangen. Deshalb bedienten wir uns immer wieder an dem Wasserhahn. Irgendjemanden muss das gestört haben, denn eines Tages war er abgestellt.

Deshalb bat ich Walter: »Kannst du nicht mal in den Sand pinkeln?«

Gehorsam tat er das dann auch, und wir konnten unsere Burg bauen.

Einen Tag vor unserer Einschulung war meinem Spielkameraden und mir aber nicht nach Spielen zumute. Stattdessen saßen wir auf dem Rand des Sandkastens und führten ein ernstes Gespräch. »Du, Walter, morgen müssen wir beide in die Schule gehen.«

»Ja, ich weiß. Dann ist es vorbei mit Spielen.«

»Da müssen wir immer lernen.«

»Ja, deshalb ist mir schon ganz bange.«

»Musst nicht bange sein«, versuchte ich, ihn zu trösten, obwohl ich selbst des Trostes bedurft hätte. »Meine Schwester meint, in der Schule sei es manchmal ganz lustig.«

»Meinst du das wirklich?«, fragte er mit einem Hoffnungsschimmer in den Augen.

In der Schule wurde es dann wirklich nicht so schlimm, wie wir befürchtet hatten. Ja, nach einiger Zeit machte sie sogar richtig Spaß. Und am Nachmittag blieb uns noch genug Zeit, um im Hinterhof zu spielen.

Nicht allzu weit von unserem Haus befand sich ein großes Krankenhaus mit dem Namen Bethanien. Dort gab es einen Kindergarten, den ich aber nie besucht habe. Zusätzlich gab es einen Kinderhort. Nachdem wir das erste Schuljahr beendet hatten, zog Walter fort. Da fühlte ich mich sehr einsam.

Deshalb bearbeitete ich meinen Vater: »Du, Papa, ich möchte in den Kinderhort gehen. Von meinen Klassenkameradinnen sind ganz viele dort.« Von dieser Idee war mein Vater nicht gleich begeistert. Doch ich ließ nicht locker. Schließlich meldete er mich an. Pro Tag musste er eine Mark bezahlen. Dafür gab es Mittagessen, den ganzen Nachmittag Betreuung und Hilfe bei den Hausaufgaben. Anschließend haben die Schwestern mit uns gespielt und gebastelt. Ich fühlte mich also so richtig wohl dort, und mein Vater sah bald ein, dass ich die richtige Wahl getroffen hatte. Zum Abschluss des Tages hat Schwester Luisa immer auf dem Harmonium gespielt, und wir Kinder haben fleißig gesungen. Auf diese Weise habe ich als Katholikin unzählige evangelische Kirchenlieder auswendig gelernt, weil Haus Bethanien eine evangelische Einrichtung war.

Ich weiß nicht, seit wann mein Vater arbeitslos war. Er muss seine Stelle schon verloren haben, bevor ich in die Schule kam. Denn bereits in dieser Zeit durfte ich hin und wieder mit ihm aufs Land fahren, was ich sehr genoss. In der Stadt hatte er Tischdecken und Bettwäsche gekauft, für die er auf dem Land immer dankbare Abnehmer fand. Auf diese Weise konnte er ein bisschen zum Familienbudget beitragen. Meistens hat er Geld für seine Waren bekommen, manchmal aber auch Lebensmittel, was vermutlich in der Inflationszeit interessant war.

Von den Sorgen der Erwachsenen während der Zeit der Inflation habe ich glücklicherweise nichts mitbekommen. Aber bald hatte ich eine ganze Schachtel voll Geld, lauter große Scheine: Millionen,

Milliarden, Billionen, mit denen ich jahrelang begeistert gespielt habe. Konkret erinnere ich mich allerdings an eine Situation: Mein Vater ist mit einem Rucksack voller Ware aufs Land gefahren, und bei der Rückfahrt hatte er den ganzen Rucksack voller Geld.

Noch ehe wir in Breslau ankamen, sagte er zu mir: »Das Geld muss ich sofort ausgeben, denn in drei Stunden kriege ich nichts mehr dafür.«

Als ich Schulkind war, konnte ich den Vater natürlich nur noch in den Ferien auf seinen Verkaufstouren begleiten. Für mich war es nicht nur interessant, viel mit dem geliebten Vater zusammen zu sein und ihm bei seinen »Geschäften« zuzuschauen, mich beeindruckte auch das Landleben, das sich sehr von unserem Leben in der Stadt unterschied. Die Häuser standen einzeln, die Straßen waren weder geteert noch gepflastert, Hühner, Enten und Gänse liefen überall herum. Ab und zu durfte ich auch einen Blick in den Stall werfen. Auf diese Weise lernte ich Pferde, Kühe, Schweine und Ziegen kennen. Auf dem Land habe ich sogar gelernt, rohe Eier zu schlürfen. Wenn mein Vater als Bezahlung Eier bekam und wir Hunger hatten, stach er mit seinem Taschenmesser oben und unten ein Loch hinein, und dann tranken wir die Eier mit großem Appetit aus.

An ein Erlebnis aus der Zeit, als ich noch fünf war, erinnere ich mich lebhaft, weil ich recht hatte und mein Vater unrecht. Nachdem mein Vater seine Ware verkauft hatte, machten wir an einem Waldrand Rast und pflückten uns zu unserem Butterbrot Heidelbeeren. Als es Zeit war, zum Zug zu gehen, erhob sich der Vater und marschierte los.

Da sagte ich, er ginge in die falsche Richtung.

»Nein, nein«, antwortete er. »Wir sind diesen Weg gekommen.«

»Nein, Papa, wir müssen da lang gehen.«

Er ließ sich jedoch nicht belehren und marschierte mit mir auf dem falschen Weg davon. Es dauerte eine ganze Weile, bis er seinen Irrtum erkannte und wir umkehrten. Dadurch hatten wir viel Zeit verloren und als wir auf dem Bahnhof ankamen, war unser Zug weg. Wir standen also neben dem leeren Gleis, und er gab zu: »Du hast recht gehabt. Ich hätte auf dich hören sollen.« Das war aber nicht so tragisch, es ging ja noch ein späterer Zug. Für mich aber war es eine Genugtuung, dass er seien Fehler eingestand.

Ob mein Vater überhaupt einen Beruf erlernt hat, weiß ich nicht. Ich erinnere mich nur, dass er immer wieder für einige Tage oder Wochen unterschiedliche Gelegenheitsarbeiten angenommen hat, nur um Geld zu verdienen. Erst 1933 bekam er eine feste Stelle im Straßenbau.

Trotz der Arbeitslosigkeit meines Vaters waren wir nicht arm. Wir hatten immer genug zu essen, waren ordentlich gekleidet und hatten auch alles andere, was man zum Leben brauchte. Das lag daran, dass meine Mutter als Schneiderin Geld verdiente. Schon meine Großmutter, eine sehr dominante Frau, hatte das Schneiderhandwerk erlernt und diese Kunst an ihre Tochter weitergegeben. Während die Großmutter sich auf Damenmäntel spezialisiert hatte, arbeitete meine Mutter im Bereich der Herrenkonfektion. Dazu holten sich beide das Material aus der Fabrik und stellten es zu Hause fertig, wo sie fünf weitere Näherinnen beschäftigten. Sie hatten sich eigens ein Atelier dazu eingerichtet, wo sie fast den ganzen Tag verbrachten. Daher bekam ich meine Mutter kaum zu Gesicht, und folglich war auch mein Verhältnis zu ihr nicht sonderlich eng.

Der Mittelpunkt der Familie war eigentlich die Großmutter. Was sie bestimmte, wurde gemacht. Zu ihr habe ich immer, wie alle anderen auch, »Mutter« gesagt, während ich meine Mutter mit »Mama« ansprach. Wenn man irgendetwas wollte, hieß es immer: »Geh zur Mutter«, womit man also die Großmutter meinte. So hielten es auch ihre anderen Kinder und Enkel, die relativ häufig bei uns auftauchten.

Nachdem ich in der zweiten oder dritten Klasse war, ließen sich meine Eltern scheiden. Es muss wohl schon länger in der Ehe gekriselt haben, wovon ich aber nichts mitbekommen hatte, weil ich – durch den Beruf meiner Mutter bedingt – die Eltern selten zusammen gesehen habe. Von den Gründen für die Trennung bekam ich erst recht nichts mit. Vielleicht hing das mit der Berufstätigkeit der Mutter zusammen. Sie war eine starke Frau, die selbst für sich und ihre Familie sorgen konnte, während mein Vater unter seiner langen Arbeitslosigkeit gelitten haben muss. Jedenfalls hieß es eines Tages, wir Kinder könnten wählen, bei wem wir bleiben wollten. Meine beiden Schwestern votierten für die Mutter, während ich mich als Papakind spontan für meinen Vater entschied. Trotzdem war die Situation so traurig für mich, dass ich bei mir dachte: *Später willst du mal*

Kinder haben, aber heiraten wirst du nicht, dann bleibt dir eine Scheidung erspart.

Zunächst lebte ich mit dem Vater allein in einer kleinen Wohnung, später kam eine Stiefmutter dazu. Das war zum Glück eine angenehme Person, mit ihr verstand ich mich recht gut.

Als ich 1932 aus der Schule entlassen wurde, waren die Zeiten noch immer schlecht, und es bestand keine Aussicht auf einen Arbeitsplatz, deshalb habe ich bei der Großmutter im Atelier mitgearbeitet. Nach 1933, als die Zeiten besser wurden, bekam ich eine Stelle in einer Bekleidungsfabrik. Bis dahin hatte ich – ohne eine richtige Schneiderlehre gemacht zu haben – von meiner Großmutter so viel gelernt, dass ich dort erfolgreich arbeiten konnte. In dieser Firma haben wir am laufenden Band vor allem Militärhosen genäht – erste Kriegsvorbereitungen –, was mir damals aber noch gar nicht bewusst wurde.

Da ich mit sämtlichen Arbeitsgängen vertraut war, wurde ich als Springerin eingesetzt. Das bedeutete, wenn am Band eine Näherin durch Krankheit ausfiel, übernahm ich ihren Platz, was nicht immer einfach war. An einem laufenden Band muss ja jeder Handgriff sitzen. Doch an jedem neuen Platz musste ich mich erst einmal umstellen.

Ich konnte zwar alles, aber am Anfang ging das bei mir nicht so schnell wie bei einer, die den ganzen Tag nichts anderes machte. So staute sich bei mir manchmal die Arbeit. Zum Glück gab es zwischendurch immer wieder mal eine Pinkelpause von fünf Minuten. Manchmal habe ich diese aber durchgenäht, damit sich der Stau an meinem Band auflöste.

Der normale Lohn betrug fünfzig Pfennige in der Stunde, als Springerin bekam ich aber fünfundfünfzig Pfennige. Das war nicht zu verachten.

Die Tage verbrachte ich ja weitgehend in der Fabrik, daher bekam ich nicht viel mit von dem, was sich in dieser Zeit auf den Straßen abspielte oder was sich in der großen Politik tat. Einmal aber habe ich auf dem Nachhauseweg Folgendes erlebt: Auf der einen Straßenseite marschierte ein Trupp Kommunisten entlang, und auf der anderen nahte eine Truppe von Hitlers Anhängern. Als sie auf gleicher Höhe aufeinandertrafen, wurde scharf geschossen. Um unsere Haut zu retten, blieb uns Passanten nichts anderes übrig, als uns schnell in irgendwelche Hauseingänge zu quetschen. Glücklicherweise waren damals in Breslau die meisten Haustüren noch nicht abgeschlossen.

Sonst verlief mein Leben in ruhigen Bahnen. Nur 1939 wurde es erschüttert. Ich erhielt die Nachricht, dass meine Mutter gestorben sei. Obwohl ich damals wenig Kontakt zu ihr hatte, traf mich diese Nachricht hart. Selbstverständlich ging ich mit zur Beerdigung, aber woran sie gestorben ist, erfuhr ich nicht.

Wenige Monate später besuchte ich mit einigen Bekannten ein Varieté. Als wir es gegen Mitternacht verließen, hieß es auf einmal: »Die Polen sind über die Grenze gekommen.«

Da kriegten wir alle Angst und raunten einander zu: »Hoffentlich fängt kein Krieg an.«

Der hatte aber bereits begonnen. Dennoch merkten wir in Breslau lange Zeit nichts davon. Allerdings wurden die Keller als Luftschutzunterkünfte hergerichtet, aber eher als Vorsichtsmaßnahme. Es gab wohl auch mal einen Bombenalarm, dann strömte man in die Keller. Doch das Leben in Breslau schien so sicher, dass man sogar die Menschen aus anderen Gegenden zu uns schickte, damit sie in Sicherheit seien. Es kamen Leute aus Oberschlesien, die wir noch bedauerten. Uns kam nicht der Gedanke, dass es uns auch bald treffen könnte, sogar aus dem Rheinland wurde manch einer zu uns evakuiert.

Da die Flüchtlingsströme zu uns immer mehr anwuchsen, verkauften die Geschäfte alles, was vorrätig war, während man vorher nur alles streng auf Bezugsscheine kaufen konnte. Unsere Nachbarin hatte gerade ein Kind gekriegt. Ich ging in eines der Geschäfte und bekam an Kleinkindersachen alles, was ich wollte, ohne dass man mich überhaupt nach Marken gefragt hätte. Dann lief ich zu der frisch gebackenen Mutter und habe ihr die Sachen übergeben, worüber sie sich sehr freute, sie konnte alles gut brauchen. Die Geschäftsinhaber haben wohl ihre Lager geräumt, weil ihnen klar war, dass bald alles drunter und drüber gehen würde.

Mein Vater ist Anfang 1943 eingezogen worden. Von da an lebte ich mit der Stiefmutter allein. Als mein Vater mir schrieb, er sei in Görlitz stationiert, fuhr ich dorthin, das war an einem Sonntag, an Werktagen musste ich schließlich arbeiten. Eine Schwierigkeit tat sich auf: Wie sollte ich wieder nach Hause kommen? Auf dem Bahnsteig hielt zwar ein D-Zug, der nach Breslau fahren sollte. Für Zivilisten war es jedoch verboten, diesen Zug zu benutzen, wie man einem gut sichtbaren Plakat entnehmen konnte. Was sollte ich machen? Am nächsten Morgen musste ich doch wieder pünktlich an meinem Arbeitsplatz sein, doch an diesem Abend fuhr nun mal kein anderer Zug. Mutig stieg ich einfach in den abfahrbereiten D-Zug ein.

In einem Abteil saß bereits eine Frau mit einem kleinen Kind. Diese wirkte sehr erleichtert, als sie mich erblickte. »Ich bin ja so froh, dass Sie auch mitfahren. Da bin ich doch wenigstens nicht die Einzige, die ihn illegal nutzt.«

»Wie sind Sie überhaupt in diesen Zug gekommen?«, wollte ich nun von ihr wissen.

»Ich bin aus dem Rheinland hierher geschickt worden. Zu Beginn der Reise war das kein Problem, da konnte ich von einem Zug in den anderen umsteigen. Nur in diesen hier hätte ich nicht gedurft, wie an dem Plakat unschwer zu erkennen ist. Da es aber der einzige ist, der heute noch nach Breslau fährt, habe ich mich vorsichtig umgeschaut, ob mich niemand beobachtet, und bin eingestiegen. Ich kann mit meinem Kind doch nicht die ganze Nacht über auf dem Bahnsteig sitzen.«

Nun waren wir Verbündete und zitterten gemeinsam vor einer Kontrolle. Wir hatten jedoch Glück, es kam keine, und wir erreichten tatsächlich ungeschoren Breslau. Schon erhob sich ein neues Hindernis: Wir mussten durch die Sperre. Damit ich diese möglichst schnell hinter mich brächte, suchte ich mir von mehreren Ausgängen denjenigen aus, der den kürzesten Weg zur Straße bot. Dabei verlor ich die Frau aus den Augen. Während ich zügig an dem

Sperrebeamten vorbeiging, hielt ich ihm meine Fahrkarte hin. Dann rannte ich los.

Der Beamte schrie hinter mir her: »Wo kommen Sie denn eigentlich her? Und wo wollen Sie hin?«

Da es bereits Abend war und alles verdunkelt sein musste, reagierte ich auf sein Zurufen nicht. Ich tauchte in die Dunkelheit ein und weg war ich.

Anfang Januar 1945 wurde es auch bei uns ernst. Alle wurden der Reihe nach evakuiert, erst mal die Mütter mit kleinen Kindern, sie mussten um eine bestimmte Zeit am Bahnhof sein, wo sie in die Züge gestopft und gen Westen geschickt wurden. Es war damit zu rechnen, dass wir auch bald an der Reihe sein würden. Unter meinen zahlreichen Cousinen gab es eine, die war etwa im gleichen Alter wie ich, und mit dieser verstand ich mich besonders gut. Da sie ebenso alleinstehend war wie ich, fragte ich bei ihr an, ob sie sich meiner Stiefmutter und mir bei der Flucht anschließen wolle.

Meine Großmutter, zu der Zeit immerhin schon siebenundsiebzig, hätte ich auch gern mitgenommen, aber sie weigerte sich, ihre Nähstube zu verlassen. Ihr Argument: »Hier werde ich noch gebraucht. Außerdem werden sich, wenn ich weggehe, Plünderer über meine Sachen hermachen.«

Zu meiner Beruhigung blieb eine ihrer Töchter bei ihr, meine Tante Else.

Einige Tage später wurden wir tatsächlich aufgefordert, die Stadt zu verlassen. Es war spät am Abend, als wir drei Frauen uns in Richtung Bahnhof aufmachten. Jede hatte von ihrer Habe nur so viel dabei, wie sie tragen konnte. Aus vielen Richtungen strömten die Menschen zum Bahnhof. Das war richtig unheimlich, denn wegen der Bombengefahr herrschte ein strenges Verdunkelungsgebot. Es durften keine Straßenlaternen brennen, und alle Fenster waren sorgfältig zu verhängen. Daher sah man fast nichts. Erst wenn man sich ganz nahe kam, konnte man sich mehr spüren als sehen.

In Bahnhofsnähe kam uns ein Trupp Soldaten entgegen. Diese gaben uns den wohlgemeinten Rat: »Macht bloß, dass ihr rauskommt! Was denkt ihr, wenn die Russen in die Stadt kommen, die werden euch alle vergewaltigen, und wer weiß, was sie sonst noch mit euch anstellen!«

Dieser Warnung hätte es gar nicht bedurft. Unsere Angst war ohnedies schon groß genug und unser Sinn stand uns danach, so schnell wie möglich diese Stadt zu verlassen.

Am Schalter empfing uns ein Beamter mit den Worten: »Heute Nacht geht der letzte Zug in Richtung Westen, beeilt euch.«

Es herrschte ein ziemliches Gedränge an den Waggontüren. Uns drei Frauen gelang es, uns gewissermaßen in letzter Minute in den Zug zu quetschen, und schon ratterte er los.

Meine Stiefmutter hatte eine Nichte, die in der Nähe von Braunschweig wohnte. Das schien uns ein gutes Zwischenziel. Also fielen wir am frühen Morgen zu dritt bei ihr ein. Am nächsten Tag ging es dann bis Berlin, ab da kamen wir nicht weiter und wurden in einer Notunterkunft untergebracht. In Berlin durfte man sich aber nur drei Tage aufhalten. Diese Zeit genügte mir, um etwas Entsprechendes zu organisieren.

Am dritten Tag wurden wir in einen Zug geschoben, der noch voller war als der ab Breslau. Nachdem wir schon eine Weile gefahren waren, fragte ich meine Cousine: »Du, Erna, was sind denn das für Geräusche?«

Durch einen Blick aus dem Fenster suchten wir nach einer Lösung des Rätsels.

»Das sind Schafe«, erkannte Erna.

Eine ganze Herde Schafe, von denen das eine oder andere blökte, war damit beschäftigt, das Gras an der Bahnböschung in aller Seelenruhe abzufressen. In meinem ganzen Leben hatte ich weder Schafe gesehen noch gehört. Etwas später gab es erneut Geräusche. Die waren mir zwar vertraut, aber bei Weitem nicht so harmlos wie die Schafe, Tiefflieger, die es auf unseren Zug abgesehen hatten. Dieser hielt sogleich an.

Wir sprangen heraus und suchten Schutz, indem wir uns in die Böschung duckten. Nachdem die Flieger abgedreht hatten, konnten wir die Fahrt ohne weitere Zwischenfälle fortsetzen. So erreichten wir Stade, gleichzeitig mit vielen Flüchtlingen, die aus anderen Richtungen auf den Ort einströmten. Von dort wurden wir in den folgenden Tagen auf Orte im Landesinneren verteilt.

Wir drei Frauen wurden auf einen Bauernhof geschickt, der sich in der Nähe von Buxtehude befand. Die Bauersfrau war richtig nett, sie kochte erst mal einen großen Topf Suppe, über den wir uns wie die Wölfe hermachten, in den letzten drei Tagen hatten wir ja so gut wie nichts zu essen gekriegt. Während der Fahrt hatte man uns nur dünnen, ungesüßten Tee gereicht.

Am nächsten Tag sollten wir im Haushalt und im Stall mit anpacken. Das sagte mir gar nicht zu, weil ich von all diesen Arbeiten nichts verstand. Während die Stiefmutter sich im Haushalt betätigte und Erna sich auf die Stallarbeit stürzte, ließ ich verlauten, dass ich nähen könne. Darüber war die Bäuerin so begeistert, dass sie aus allen Ecken und Truhen alles herbrachte, was zu nähen und zu reparieren war. Zu meiner Erleichterung gab es eine Nähmaschine im Haus. Nach einigen Tagen war ich mit allem fertig. Deshalb blieb für mich nichts mehr zu tun. Untätig wollte ich aber auch nicht herumsitzen. Ich sah mich berufen, etwas für unsere Not leidenden verwundeten Soldaten zu tun, und meldete mich mit Erna beim Roten Kreuz. Die schickten uns zunächst zur Ausbildung nach Hamburg.

Dort absolvierten wir einen sechswöchigen Lehrgang, bei dem ich einige Sprachschwierigkeiten hatte.

Bereits am ersten Tag sagte die Oberschwester: »Nehmen Sie sich einen Feudel und wischen Sie die Treppe.«

Ich hatte keine Ahnung, was sie meinte. Zum Glück deutete sie meinen hilflosen Gesichtsausdruck richtig und drückte mir einen Wischlappen in die Hand.

»Ist das ein Feudel?«, wollte ich wissen, sie nickte. Also machte ich die Treppe sauber.

Die sechs Wochen bestanden aber nicht nur aus praktischem und theoretischem Unterricht. Es gab genügend freie Zeit, in der ich mir Hamburg und Umgebung anschauen konnte. Mal tat ich das mit Erna, mal allein. Natürlich musste man ständig auf der Hut sein, denn jeden Tag gab es Fliegeralarm.

Solange ich meine Cousine kannte, hatte ich nicht erlebt, dass sie eine Kirche von innen gesehen hätte. Aber als wir mal wieder unterwegs waren und es Alarm gab, fing sie mitten auf der Straße laut an zu beten.

»Mensch, Erna, halt den Mund«, zischte ich ihr zu. »Beten hilft uns im Moment nicht. Wir müssen sehen, dass wir in einen Luftschutzkeller kommen.«

Den fanden wir auch bald, indem wir uns ins nächste Haus drängten.

Ein anderes Mal fanden wir Zuflucht in einem Bunker. Als wir drin waren und ich sah, wie die Eisentüre zuging, geriet ich in Panik. Mensch, dachte ich, wenn davor eine Bombe runtergeht, sind wir alle lebendig begraben. Doch alles ging gut.

Nachdem unser Kurs beendet war, schickte man uns Cousinen nach Lübeck. Dort ging es mit der Ausbildung weiter, und zwar in einem alten Kloster. Kaum waren wir angekommen, gab es Alarm, und alles sauste in den Keller. Bald hörte man von draußen ein Brummen, gefolgt von ohrenbetäubendem Krach. Es musste eine Bombe sein, die ganz in der Nähe eingeschlagen war. Das verriet uns nicht nur der Lärm, sondern auch die Tatsache, dass die Kellerwände spürbar schwankten.

Nachdem auch diese Ausbildung beendet war, verteilte man uns auf mehr oder weniger weit entfernte Lazarette. Wir Cousinen sollten nach Itzehoe. Aber die Eisenbahn fuhr schon lange nicht mehr von Lübeck dorthin, daher waren alle Lkw-Fahrer verpflichtet, die Schwestern vom Roten Kreuz, die am Straßenrand standen, unentgeltlich mitzunehmen.

Bevor man uns von dem Kloster aus losgeschickt hatte, waren wir mit einer Lebensmittelration versorgt worden: Brot, Zucker, Puddingpulver und ein bisschen Butter.

Schon bald nahm uns ein Fahrer auf. Nachdem diesem der Sprit ausgegangen war, saßen wir mit mehreren Leuten – wir zwei Mädchen, unser Fahrer und einige Soldaten, die er ebenfalls aufgelesen hatte – am Straßenrand herum und warteten auf den nächsten Lkw. Um mich nützlich zu machen, formte ich aus meiner Butter Kügelchen und verteilte sie an die Männer. Die freuten sich, dass sie ihr Brot nicht trocken essen mussten.

Als wir das Lazarett endlich – voller Tatendrang – erreicht hatten, konnten wir zu unserer Enttäuschung nicht gleich loslegen. Es fehlte uns die entsprechende Dienstkleidung.

»Tut mir leid«, sagte die Oberin. »Wir haben für euch nichts zum Anziehen, und ohne Schwesternkleidung darf ich euch nicht arbeiten lassen. Ihr müsst wieder zurück nach Hamburg.«

Also tippelten wir zum Bahnhof. Erfreut nahmen wir zur Kenntnis, dass von dort tatsächlich noch ein Zug nach Hamburg fahren sollte. »Kinder, fahrt nicht nach Hamburg«, riet uns der freundliche Schalterbeamte. »Dort ist die Hölle los. Seid froh, dass ihr hier seid. Was wollt ihr überhaupt da?«

»Dort müssen wir uns Schwesternkleidung besorgen«, gab ich zurück.

»Dann fahrt lieber mit einem Lkw. Mit der Bahn ist das viel zu gefährlich. Die Züge werden dauernd von Tieffliegern beschossen.«

Enttäuscht trotteten wir zur Landstraße, wo uns auch bald jemand auflas.

Wir kamen glücklich in Hamburg an, holten an der bewussten Stelle unsere Dienstkleidung ab und landeten, wieder per Lkw, glücklich in Itzehoe. Da erfuhren wir dann, dass uns der besorgte Bahnbeamte vermutlich das Leben gerettet hatte. Denn dieser letzte Zug, der sich von Itzehoe nach Hamburg in Bewegung gesetzt hatte und den wir eigentlich hatten nehmen wollen, ist von Tieffliegern derart beschossen worden, dass es zahlreiche Tote und Verletzte gab.

Am nächsten Tag wurden wir endlich im Lazarett eingesetzt. So deprimierend hatte ich mir diese Arbeit nicht vorgestellt. Lauter junge Männer, die eigentlich das Leben noch vor sich gehabt hätten, lagen hier mit verstümmelten Gliedmaßen. Sie hatten ein Bein oder gar beide Beine verloren, oder einen Arm. Andere waren blind oder sie hatten fürchterliche Kopf- oder Bauchwunden und rangen mit dem Tode. Jeden Morgen wurden die Leichen zwischen den Lebenden weggesammelt.

Wenn ich nachts durch die Schlafsäle ging, stöhnten die Verwundeten oft vor Schmerzen und flehten mich um eine Schmerztablette an. Zu meinem Bedauern konnte ich ihnen jedoch keine geben, da der Medikamentenschrank stets verschlossen war und die Oberschwester den Schlüssel verwahrte. Nach einigen Tagen aber bemerkte ich, dass der Schrank nicht abgeschlossen war. Da entwendete ich ein Röhrchen mit fünfzig Schlaftabletten. Damit hatte ich einen kleinen Vorrat, um den Verletzten helfen zu können.

Nachdem ich bereits einige der Tabletten verteilt hatte, kam das heulende Elend über mich. Denn was bewirkten die paar Tabletten schon angesichts der Not, die ich jeden Tag aufs Neue zu sehen bekam? Es war kein Ende in Sicht. Jeden Tag neue Verwundete, neue Männer, die qualvoll sterben mussten. Die Situation schien mir so ausweglos, dass ich beschloss, meinem Leben ein Ende zu machen. Ich holte das Tablettenröhrchen aus meinem Versteck hervor und wiegte es in meinen Händen hin und her wie einen Schatz. Damit kam ich mir so mächtig vor. Es lag an mir, die verwundeten Soldaten für eine Weile von ihren Schmerzen zu befreien. Ich hatte es aber auch in der Hand, meinem Leben und dem Jammer, der jeden Tag über mich hereinbrach, damit ein Ende zu setzen. Was sollte ich tun? Ich rang mit mir. Sicher, ich würde mit diesen Tabletten einer ganzen Reihe von Soldaten zu mehreren schmerzfreien Stunden verhelfen können. Und danach? Wenn mein Vorrat aufgebraucht war? Dann würde der Schmerz doch wieder über sie kommen, und ich würde nicht mehr in der Lage sein, ihnen zu helfen. Damit war also nicht viel gedient. Wenn ich die Tabletten selbst schluckte, wäre wenigstens mir geholfen. Ich würde hinüberdämmern in den ewigen Frieden und bräuchte mir das Leid der Welt nicht mehr anzusehen.

Als ich nach dem Dienst in mein kleines möbliertes Zimmer zurückgekehrt war, schlich ich hinaus ins Bad und füllte ein Glas mit Wasser. Wieder zurück in meinem Zimmer, begann ich zu schlucken. Eine Tablette nach der anderen. Als ich die letzte in der Hand hielt, fiel mir ein, was mir ein Kartenleger vor Jahren geweissagt hatte: »Du wirst keines unnatürlichen Todes sterben.«

Was soll's?, dachte ich, du hast die Tabletten also völlig umsonst geschluckt. Dennoch würgte ich die letzte mit Abscheu hinunter.

War es nun dieser Gedanke, der meinen Körper dazu brachte, zu rebellieren? Jedenfalls muss ich unmittelbar nach Einnehmen der Schlaftabletten angefangen haben, mich zu übergeben. Ich selbst erinnere mich an nichts. Aber es wurde mir später von meiner Hauswirtin erzählt. War es Zufall oder Fügung? Kurz nachdem ich mein selbstzerstörerisches Werk vollendet hatte, fiel meiner Zimmerwirtin ein, dass sie ein Kleidungsstück brauche, das just in dem Schrank hing, der in meinem Zimmer stand. Da ich auf ihr Klopfen nicht reagierte, betrat sie den Raum einfach und fand mich in einem äußerst desolaten Zustand vor. Ich lag auf dem Boden, das Gesicht in Erbrochenem. Die couragierte Frau ließ mich sofort ins Krankenhaus schaffen, wo mir der Magen ausgepumpt wurde.

Als ich endlich wieder die Augen aufschlug, fragte meine Bettnachbarin: »Was war mit Ihnen los? Sie haben drei Tage am Stück geschlafen.«

In dem Moment fiel mir wieder ein, was ich getan hatte, und wunderte mich, wie ich in dieses Bett gekommen war. Bei der nächsten Visite rief der Arzt an meinem Bett erfreut aus: »Gott sei Dank! Wir haben Sie durchgebracht! Vor Ihnen haben schon zwanzig Schwestern das Gleiche getan. Auch sie hat das Leid der Verwundeten so deprimiert, dass sie nicht mehr leben wollten.«

Was soll ich sagen? Nach ein paar Tagen war ich wieder auf dem Damm. Aber noch bevor man mich ins Lazarett zurückschicken konnte, war der Krieg aus.

Die Zeiten besserten sich, wenn auch nur langsam. Für die jungen Leute, die bisher nur Tod und Elend gesehen hatten, gab es endlich erfreulichere Erlebnisse. Hier und da wurden Tanzveranstaltungen organisiert, die ich mit Erna eifrig besuchte. So gerieten wir 1946 zum Maitanz ins niedersächsische Bassum. Dort lernte ich Artur, einen netten jungen Mann kennen, der mich im Jahr darauf bereits zum Traualtar führte.

Wie dankbar bin ich seitdem meinem Herrgott und meiner Zimmerwirtin, dass sie mir das Leben gerettet haben. Denn nach der Hochzeit sollte mein eigentliches Leben erst beginnen.

Das gerettete Dorf

Regina, Jahrgang 1929, aus Reit im Winkl

Wir gehörten nicht gerade zu den armen Familien des Dorfes. Mit zehn Stück Vieh im Stall bewirtschaftete mein Vater einen mittleren Betrieb, den er kurz vor seiner Hochzeit von seinem Großvater übernommen hatte. Durch den Hof kam aber so gut wie kein Bargeld herein. Um für die Familie etwas Geld zu verdienen, arbeitete mein Vater tageweise als »Lohnfuhrunternehmer«. Das heißt, für die Leute, die bauen wollten, brachte er mit Pferd und Wagen Sand, Kies und Steine aus der Lofer, unserem kleinen Bach, zu der jeweiligen Baustelle. Auch gab es noch einen anderen kleinen Verdienst für ihn. Im Herbst arbeitete er vierzehn Tage lang beim »Straßenbau« mit. Es gab ja noch keine asphaltierten Straßen im Dorf, alle Wege waren nur geschottert, und die schweren Erntewagen drückten immer wieder tiefe Rillen hinein. Deshalb mussten die Wege vor Wintereinbruch immer in die richtige Fasson gebracht werden, damit sich der Schneepflug mit dem Räumen leichter tat. Erst in den 1950er-Jahren wurden bei uns die Straßen geteert.

Mein Vater war Jahrgang 1906, und seine Mutter bereits ein Jahr nach seiner Geburt gestorben, weshalb er von seiner Großmutter aufgezogen worden ist. Sein Vater fiel 1915 im Krieg, deshalb war der arme Bub ab seinem neunten Lebensjahr Vollwaise. So kam es, dass er das Anwesen von seinem Großvater übernahm und nicht von seinem Vater.

Dass meine Mutter aus einer wohlhabenden Bauernfamilie stammte, war schon an der Tatsache ersichtlich, dass sie eine doppelte Aussteuer bekam. Am Hochzeitsmorgen waren auf dem Brautwagen zwei komplette Schlafzimmer zu bewundern, mit allem Zubehör, wie Bettwäsche und Handtücher, während eine Braut normalerweise nur ein Schlafzimmer als Mitgift »heimführte«. Dieses zweite Schlafzimmer sollte meiner Mutter schon bald sehr nützlich sein, da sie ihr Haus dem gerade aufkommenden Fremdenverkehr öffnete. Und von der doppelten Menge Leintücher, die sie mit in die Ehe brachte, benutze ich heute noch welche.

Obwohl wir, wie gesagt, nicht gerade arm waren, war bei uns Sparen angesagt. Fleiß, Sparsamkeit und vernünftiges Wirtschaften bildeten die drei Säulen, mit denen man sein Sach erhalten bzw. erweitern konnte.

Obwohl wir keine Alm besaßen und alle unsere Wiesen brauchten, um Heu zu machen, damit wir im Winter genug Futter hatten, konnte unser Vieh den ganzen Sommer über weiden. Wir besaßen – wie andere Bauern auch – ein Forst-, Laub- und Weiderecht, das seit Generationen grundbuchamtlich verbrieft war.

Weiderecht bedeutete, unser Vieh durfte vom 15. Mai bis zum 29. September auf den Auen rechts und links der Lofer, die dem Forstamt gehörten, grasen. Es gab allerdings auch Bauern, die kein

Weiderecht besaßen und deren Vieh trotzdem dort weidete. Diese mussten aber dafür bezahlen.

Laubrecht bedeutete, aus einem bestimmten Waldstück durften wir jedes Jahr das Laub »ernten«. Dieses brauchten wir im Winter dringend als Streu. Da bei uns wegen des rauen Klimas kein Getreide angebaut wurde, gab es ja kein Stroh, wie man das anderswo als Streu nutzte. Das Laub haben wir drei Jahre aufeinander fallen lassen und es erst im Sommer darauf geerntet. Durch das lange Liegen war es wesentlich saugfähiger als frisches Laub. Damit wir aber in jedem Jahr unsere Streu hatten, teilten wir die Fläche, von der wir das Laub, in drei Teile auf und wechselten von Jahr zu Jahr gewissenhaft mit dem Laubernten ab. Zwischen erster und zweiter Heumahd, natürlich nur bei schönem Wetter, gab es für uns Kinder nichts anderes zu tun, als Laub zu rechen. Erlaubt wurden uns dann weder Schwimmen noch andere Vergnügungen in der Ferienzeit, sondern nur diese Tätigkeit. Das Laub füllten wir in große Netze, Blache genannt. Wenn die fünfundzwanzig Netze voll waren, wurden sie auf den Wagen geladen, und es kam der Wiesbaum darauf wie beim Heu – so nennt man die Stange, die die Fracht sichert. Das Pferd zog die Ladung dann nach Hause.

Unsere Mutter war eine ungemein tüchtige Frau. Als der Vater im Krieg war, schaffte sie es mit uns Kindern, dass wir Jahr für Jahr 250 Netze voller Laub heimholten. Da wir viel Streu hatten, gab das viel Mist, weshalb wir auch viel Heu ernten konnten, denn der Mist wurde im Frühjahr auf die Wiesen gebracht. Er war ein vorzüglicher Dünger, da er ja nicht nur die Ausscheidungsprodukte der Tiere enthielt, sondern auch die Nährstoffe, die im Laub steckten.

Für das Heueinfahren war jahrzehntelang unsere Magd Pepi zuständig gewesen. Wenn sie mit Leiterwagen und Pferd in die Wiese fuhr, nannte man das Futterfassen. Außer von einigen der Kinder wurde das Gespann von zwei Männern begleitet, die schon zu alt waren für den Kriegsdienst. Die haben bei uns ausgeholfen, während mein Vater im Krieg war.

Die Pepi war eine treue Seele. Sie war 1896 als Pflegekind mit gerade mal drei Tagen zu uns gekommen, und mit ihr auch ihr zweijähriger Bruder, weil ihre Mutter im Kindbett und ihr Vater kurz vorher gestorben waren. Mein Urgroßvater ist als Vormund für die beiden bestellt worden. In seiner Eigenschaft als Gemeinde- und Armenrat hatte er sich um verwaiste Kinder zu kümmern. Meine Urgroßmutter hat die beiden dann aufgezogen. Das war dieselbe Frau, die auch meinen Vater ab 1907 großgezogen hat. Während Pepis Bruder nach seiner Schulentlassung das Haus verließ, weil er anderswo eine Schmiedelehre machte, ist die Pepi ein ganzes Leben lang bei uns geblieben.

Bei der Heuernte war es die Aufgabe der beiden Männer, der Pepi das Heu rechts und links vom Wagen hochzureichen, damit die es oben ordentlich zu einem richtigen viereckigen Heufuder stapeln konnte. Die Ladung sollte ja bei der Heimfahrt auf den holprigen Straßen weder verrutschen noch den Wagen zum Umkippen bringen. Damit die Fuhre überhaupt hielt, kam zum Schluss der Wiesbaum drauf.

Der konnte das Heu aber auch nur halten, wenn es sachgemäß geladen war.

Mit zunehmendem Alter wurde Pepi immer ängstlicher und traute sich nicht mehr so recht, sich hinauszulehnen, um das Heu richtig in die Ecken zu stopfen, besonders wenn die Ladung schon eine gewisse Höhe erreicht hatte. Dadurch entstand beim Laden kein richtiges Fuder, sondern eine »Kapelle«. In der Mitte ragte das Heu also regelrecht auf, während die Seiten »verhungerten«.

Das beobachtete einer von unseren Helfern mit Sorge. Deshalb sagte er zu mir: »Gini, das nächste Fuder gehst du aufi.«

Bis dahin war es meine Aufgabe gewesen, nachzurechen, also lediglich die beim Aufladen verbleibenden Reste zu Zeilen zusammenzurechen, damit man sie leichter aufladen konnte. Meine Schwester oder einer meiner Brüder hatten die Aufgabe, das Pferd zu führen.

Nun wechselten wir die »Arbeitsplätze«. Die Pepi übernahm das Nachrechen, und ich stieg ohne Bedenken auf den Leiterwagen. Der Mann, der mich hinaufgeschickt hatte, erklärte mir genau, wie man ein Fuder richtig lädt. So habe ich von meinem elften Lebensjahr an bei uns – bis wir vor einigen Jahren die Landwirtschaft aufgaben – jedes Heufuder gefasst, und jedes ist schön geworden. Ich hatte es ja von der Pike auf gelernt, daher beherrsche ich diese Kunst noch heute; das vergesse ich niemals, wie mir der Mann das beigebracht hat. Wenn du etwas so gut kannst, fällt es dir gar nicht schwer, dann machst du es gern. Mein Vater hätte mir das bestimmt nicht so gut beibringen können, dazu war er viel zu ungeduldig.

Das einzig Schlimme bei dieser Arbeit war, dass in jener Zeit die Weiberleut noch keine langen Hosen trugen. Man trug einen langen Rock und eine Wickelschürze, die wurschtelten sich immer in das Heu hinein. Bis man die wieder rausgezogen hatte! Hinzu kam, dass man im Sommer keine Strümpfe trug. Daher haben einem die Schierlinge, die sich im Heu befanden, ganz schön die Beine verkratzt.

Dennoch hat mir das Aufladen stets viel Spaß gemacht. Und seit ich meine erste Fuhre lud, hat der Duft nach Heu für mich immer einen besonderen Reiz, bis auf den heutigen Tag.

Unser Forstrecht – und es besteht noch immer – besagt, wir dürfen im Gemeindewald jedes Jahr eine bestimmte Menge an Festmetern Holz schlagen. Dieses Recht bezieht sich sowohl auf Brenn- als auch auf Nutzholz. Letzteres konnte man an ein Sägewerk verkaufen. Als Sechzehnjährige habe ich schon mit im Wald gearbeitet. Mit der Wiegesäge half ich, Bäume zu fällen, und mit der Axt habe ich die Stämme von den Ästen befreit.

In einem Zeitraum von zwanzig Jahren hat meine Mutter sechs Kinder zur Welt gebracht. Da ich als Älteste 1929 geboren bin, war ich bereits zwanzig, als mein »kleiner« Bruder 1949 ankam. Obwohl ich immer ein sehr schmales und schmächtiges Kind war, wurde ich bereits mit fünf Jahren eingeschult, wie zwei andere Mädchen auch. Die Bauern legten deshalb Wert darauf, ihre Kinder früh in die Schule zu schicken, damit sie aus dieser auch früh entlassen wurden. An einem fünfjährigen Kind hatte man noch keine große Hilfe, ein Kind aber, das mit dreizehn statt mit vierzehn aus der Schule entlassen wurde, war schon ein ganzes Jahr eher als »vollwertige« Arbeitskraft einzusetzen. Den eigentlich zu früh eingeschulten Kindern wurde vom Schulleiter eine dreimonatige Probezeit eingeräumt. Zwei von uns durften danach in der Schule verbleiben, während die dritte heimgeschickt wurde. Sie war den Anforderungen der Schule noch nicht gewachsen.

Meine Schwester Franziska wurde 1930 geboren, mein Bruder Sepp 1934 und Hans 1936. Schwester Maria kam 1946 zur Welt und unser jüngster Bruder, der Franz, 1949. Bei diesem habe ich eigentlich die Mutterrolle übernommen, obwohl die Mutter immer da war. Doch bei seiner Geburt war sie bereits siebenundvierzig Jahre alt, und wenn ein wichtiger Termin anstand, z. B. die Schuleinschreibung, dann schickte sie mich mit dem Kleinen hin. Ihre Begründung war: »Die anderen Mütter sind alle so jung. Wie sieht denn das aus, wenn ich Alte das Kind anmelde?«

Selbst mit meiner Schwester Maria, die 1946 geboren ist, musste ich schon überall hingehen, weil sich die Mutter dafür zu alt fand.

Bevor für mich mit dem Eintritt in die Schule der Ernst des Lebens begann, genoss ich eine schöne Kindheit. In der Nachbarschaft gab es ja eine Menge Kinder, mit denen ich spielen konnte und durfte. Viel Spielzeug brauchten wir dazu nicht. Wir hatten genug Fantasie, um aus allem etwas zu machen. Am

Waldrand bauten wir »Bauernhöfe« aus Steinen, Rinden und Zapfen. Die heutigen Kinder kann ich nur bedauern, weil sie ständig vorm Fernseher sitzen oder mit ihrer Konsole spielen. Ihnen geht so viel verloren, und vor allem bewegen sie sich zu wenig.

Als ich bereits ein Schulmädel war, billigte die Mutter mir immer noch ein paar Stunden zu, in denen ich mit meinen Freundinnen spielen konnte. Das Unangenehme daran aber war, dass ich dabei immer meine beiden kleinen Brüder hinter mir herziehen musste. Deshalb habe ich es einmal, wie ich glaubte, sehr geschickt angestellt, damit ich mal ohne Buben zu meiner Freundin Liesl konnte, die nicht weit von uns in der Schmiede wohnte. Wir haben nämlich so gern mit unseren Puppen gespielt.

Damals hatten die meisten Bauernhäuser Eisenstäbe vor den Fenstern, vor allem im Erdgeschoss, damit man auch nachts unbesorgt ein Fenster offen lassen konnte. Manche Häuser hatten diese Stäbe auch im ersten Stock, vermutlich, damit niemand bei den heranwachsenden Töchtern kammerfensterln konnte.

Eines Tages nun, damit die Mutter das Knarren der Haustüre nicht hörte, zwängte ich mich an einem der Küchenfenster zwischen den Stäben hindurch ins Freie. Allein daran ist schon erkennbar, wie schmal ich noch im Alter von neun Jahren gewesen sein muss. Doch ich hatte die Hofgrenze noch nicht erreicht, da vernahm ich hinter mir schon die Stimme meiner Mutter: »Gini, die Buben möchten mit dir gehen.« Also musste ich umkehren und meine Anhängsel mitnehmen.

Es gab noch eine andere Freundin, die Resi. Die wohnte auch nicht allzu weit weg. Die war zwar kein Einzelkind, aber ihre großen Schwestern waren schon in Stellung, und ihr Vater war die ganze Woche über als Holzknecht im Wald. Da also niemand da war, der viel durcheinanderbringen konnte, war bei der Resi zu Hause immer alles schön aufgeräumt. Wenn ich aber mit meinen beiden Brüdern einfiel, dann sah es nach kurzer Zeit aus wie auf einem Schlachtfeld.

Das war Resis Mutter gar nicht recht. Deshalb sagte sie eines Tages zu mir: »Gini, du musst das verstehen. So geht das nicht. Schau, wie das hier aussieht! Du darfst zwar kommen, aber deine Brüder brauchst nicht mehr mitzubringen.«

Das bedeutete für mich, dass ich die Resi nicht mehr besuchen konnte. Mit Brüdern ging es nicht, und ohne sie durfte ich nicht kommen.

Vor allem, als es bei uns zu Hause mit dem Fremdenverkehr losging, also hauptsächlich in der Ferienzeit, musste ich die Buben schon morgens in der Frühe aus dem Haus schaffen, damit sich die Gäste nicht gestört fühlten. Da ich mit den beiden Kleinen zu meinen Freundinnen nicht mehr durfte, zog ich mit ihnen in den Wald und bemühte mich, sie irgendwie zu beschäftigen. Solange es Heidelbeeren oder andere Beeren gab, war das kein Problem. Natürlich durfte es auch nicht regnen.

Das war eben damals das Los der älteren Schwestern. Sie hatten sich immer um die kleinen Geschwister zu kümmern, ja, mehr noch, als Älteste musste man viel Verantwortung übernehmen und wurde ständig zur Rechenschaft gezogen. Da hieß es: »Du bist die Ältere, du bist die Gescheitere, du musst immer nachgeben.«

Diese Sätze haben mich geprägt und mich ein ganzes Leben lang verfolgt. Auch wenn es ums Arbeiten ging, die Ältere musste immer mehr machen als alle Nachfolgenden. Ich war auch kein Typ, der sich beschwert hätte. Überhaupt waren die Mädchen damals fügsamer als die heutigen. Man war äußerst pflichtbewusst.

Neben all dem Negativen, das zum Los der älteren Schwester gehörte, gab es aber auch einen Vorteil, den ich zu schätzen wusste. Die neuen Kleidungsstücke und Schuhe habe immer ich gekriegt, und meine Schwestern mussten meine abgelegten Sachen tragen. Allerdings musste ich sehr aufpassen, dass ich meine Sachen schonte. Nach dem Kirchbesuch musste ich das Sonntagsgewand gleich ausziehen und nach dem Schulbesuch die Schulkleidung sofort gegen das Arbeitsgewand austauschen.

An einen weiteren Vorteil erinnere ich mich ebenfalls gern. Einmal sind meine Mutter und eine Tante nach München gefahren, um Weihnachtsgeschenke einzukaufen. Für mich brachten sie von dieser Reise einen Puppenwagen mit, weil ich die Älteste war. Das war für mich das Höchste! Meine Schwester dagegen bekam nur eine Puppe, allerdings musste ich ihr nach zwei Jahren den Puppenwagen abtreten. Aber immerhin, ich hatte eine Zeit lang eine Riesenfreude damit gehabt.

Außer dass alle wehrfähigen Männer eingezogen wurden, hat man bei uns lange Zeit nichts vom Krieg mitbekommen. Wir hörten und sahen lediglich Flugzeuge, die sich in Richtung München bewegten. Um die Radarerkennung abzulenken, haben diese manchmal Aluminiumstreifen abgeworfen, die wir aufsammelten, in feine Streifen schnitten und als Lametta verwendeten.

Einmal allerdings, ich war auf dem Feld, hörte ich ein Flugzeug heranbrausen, und plötzlich gab es einen furchtbaren Krach. Eine Bombe war eingeschlagen. Alle haben einen gewaltigen Schreck gekriegt. Jeder dachte, jetzt ginge es auch bei uns los. Wie wir später erfuhren, hatte man von dem Angriff auf München noch eine Bombe übrig gehabt. Die wollte man bei der Landung nicht mehr an Bord haben, deshalb hat man sie einfach ziellos abgeworfen. Der Pilot war aber so anständig gewesen, sie nicht mitten im Ort fallen zu lassen, sondern hatte sich den hintersten Winkel ausgesucht, in dem niemand wohnte.

Das Kriegsende wurde aber doch noch dramatisch für uns. Ab Mitte April 1945 strömten von den umliegenden Dörfern jede Menge Mitglieder der Waffen-SS in unseren Ort, die brauchten natürlich Quartiere. Sie stürmten in jedes Haus, um nach geeigneten Räumlichkeiten zu suchen. Auch wir wurden davon nicht verschont.

Eines der Betten meiner Brüder wurde »beschlagnahmt«, und sie mussten sich das andere teilen. Wir beiden Schwestern konnten zum Glück in unserem Zimmer bleiben. Unser Einbettzimmer aber wurde für einen jungen Leutnant gebraucht. Der hat bis zum Schluss noch derart gekämpft, als ob er daran glaube, der Krieg sei noch zu gewinnen. Selbst auf unserem Dachboden und im Hausgang schliefen bald Soldaten. Wenn wir in der Frühe aufstanden, mussten wir über sie steigen.

Ein erfreuliches Ereignis gab es aber doch noch in dieser Zeit. Es war Mitte April, da stand mein Vater plötzlich vor der Tür. Da er verwundet und nicht mehr kampffähig war, hatte man ihn heimgeschickt. Das war sein Glück, sonst wäre er in russische Kriegsgefangenschaft geraten, die er gewiss nicht überlebt hätte.

In der ersten Maiwoche muss man endlich zu der Überzeugung gekommen sein, dass der Krieg nicht mehr zu gewinnen sei. Damit den Feinden nichts Militärisches in die Hände falle, wurden unten an der Lofer alle deutschen Panzer, Lastwagen und was sonst noch von der Wehrmacht stammte, zusammengebracht. Meine beiden Brüder, zu dem Zeitpunkt neun und elf Jahre alt, liefen mit all den anderen Dorfbuben hinunter an die Lofer, um sich das Schauspiel anzusehen. Ihnen gab man dann jede Menge Decken und Essgeschirre mit Reis mit, die sie begeistert nach Hause schleppten, man konnte das alles gut gebrauchen. Am 6. Mai wurde dann an der Lofer alles gesprengt, eine Detonation nach der anderen erschütterte die Luft.

Da die Front von Osten her immer näher rückte, befürchtete man bei uns, der Feind werde von Ruhpolding aus in unser Dorf einfallen. Deshalb hatte man bereits Anfang April damit begonnen, Panzersperren zu bauen. Auch privat hatte jede Familie für den Ernstfall Vorsorge getroffen. So hatten wir unseren Keller rechtzeitig für einen längeren Aufenthalt ausgerüstet. Wir hatten Betten und Lebensmittel nach unten geschafft, denn unser Haus lag direkt in der Schusslinie.

Wenn es den Amerikanern trotz der Sperren gelingen würde, bis zu unserem Dorf vorzudringen, wären wir bestimmt die Ersten gewesen, die es erwischt hätte. Schon Tage vorher hatte mein Vater mit einem unserer Helfer im Stall ein Loch gegraben und darin Sachen versteckt, die für uns wertvoll waren, wie Mutters Tracht, Vaters schwarzen Anzug, unser Erspartes.

In der Nacht vom 6. auf den 7. Mai wurde es dann ernst. Die Amerikaner, die Ruhpolding bereits eingenommen hatten, rückten auf der alten Straße gen Reit im Winkl vor. Dort kam es zu heftigen Kampfhandlungen, mit vielen Opfern auf beiden Seiten. Völlig überraschend zogen sich die Amerikaner dann nach Ruhpolding zurück, mit der Bemerkung: »Für dieses Drecksnest opfern wir keine Soldaten mehr.«

Das erfuhren wir aber erst nach Kriegsende. Uns kam allerdings noch vor Anbruch des nächsten Tages durch eine bei uns internierte Engländerin, die wohl einen guten Draht zu den Amerikanern hatte, zu Ohren, dass man am nächsten Tag unser Dorf bombardieren wolle. Sie hofften damit, den ganzen Führungsstab aus dem Führerhauptquartier von Obersalzberg bei Berchtesgaden auslöschen zu können. Man hatte den Berghof zwar am 25. April mächtig bombardiert, man befürchtete aber, die Bonzen hätten sich vorher abgesetzt und in Reit im Winkl Zuflucht gesucht.

Die Information durch die Engländerin war für uns äußerst wertvoll und wurde sofort von Haus zu Haus weitergereicht. So verkrochen sich an diesem Morgen alle Dorfbewohner in ihre Keller und harrten zitternd und betend der Dinge, die da kommen sollten.

An diesem 7. Mai, einem Sonntag, fing es schon in der Frühe an zu schneien. Es schneite und schneite. Den ganzen Tag über fiel der Schnee so dicht auf unser Dorf herab, dass es den Amerikanern unmöglich war, zu fliegen. Das war unsere Rettung. Bis zum Abend lag mehr als ein halber Meter Schnee. Wäre es zu dem Bombardement gekommen, hätte das viele Dorfbewohner das Leben gekostet. Die meisten der Keller hätten einem Bombenangriff keineswegs standgehalten, aber das wussten wir damals nicht. Wir wiegten uns in einer trügerischen Sicherheit.

Da es also wegen des dichten Schneefalles draußen ruhig geblieben war, krochen wir gegen Abend aus unserem Keller und hielten uns wieder in der Wohnung auf. Am nächsten Tag, dem 8. Mai, saßen wir gerade beim Mittagessen, als wir das Herannahen von schweren Panzern vernahmen.

»Schnell, räumt den Tisch ab«, gab die Mutter das Kommando. Ohne nachzufragen, reagierten wir blitzschnell. Dann riss die Mutter das weiße Leinentischtuch herunter und marschierte vor uns her ins Freie. Dort hielten wir das weiße Tischtuch so, dass jeder sehen konnte, dass wir uns ergaben.

Wenig später rollten die amerikanischen Panzer an uns vorbei in Richtung Dorfmitte. Auf dem ersten Panzer prangte ein Bild des Führers mit einem Plakat darunter, auf dem in großen Lettern stand: *Hitler kaputt.*

Auf diese Weise erfuhren wir, dass der Krieg zu Ende war. Wir alle waren der Überzeugung, dass der liebe Gott uns den Schnee geschickt hatte, um uns zu retten.

Und es stiegen aus tiefstem Herzen viele Dankgebete zum Himmel.

Roswitha Gruber

Wunderbare Kindertage

Großmütter erzählen

288 Seiten, Taschenbuch
ISBN 978-3-7655-4352-4

Die 15 Frauen, die in diesem Buch ihre Geschichte erzählen, wuchsen in der ersten Hälfte des 20. Jahrhunderts auf. Sie erzählen von ihrem Alltag auf dem Land, der Schulzeit, dem Erwachsenwerden in einer Großfamilie und von der ersten Liebe. Ihre Erinnerungen sind von tiefer Dankbarkeit geprägt, denn trotz manchem Schweren erlebten sie auch viel Freude und Liebe.

Ein Buch voller Erinnerungen, die zu Herzen gehen.

Roswitha Gruber

Die Großmutter vom Weiherhof

320 Seiten, Taschenbuch
ISBN 978-3-7655-4367-8

Vroni ist gerade einmal fünf Jahre alt, als ihr Vater durch tragische Umstände schwer verletzt wird und ihre Mutter stirbt. Wie soll es nun mit der kleinen Familie auf dem Weiherhof in der Holledau weitergehen? Gut, dass Vroni von ihrer Ziehoma Kathi und ihrem Mann unterstützt wird! Die beiden helfen den Kindern und ihrem verletzten Vater dabei, den Alltag zu meistern.

Lebendig und warmherzig erzählt Roswitha Gruber die bewegende Geschichte dieser Familie aus der Holledau (Bayern), deren Mitglieder sich erst in ihre neuen Rollen einfühlen müssen, aber dann mit viel Liebe, Gottvertrauen, und Klugheit auch die schwersten Zeiten überwinden.

In größerer Schrift